天敌

警察与小偷，如同猫与鼠一般生为天敌

马永昌 著

时代出版传媒股份有限公司
安徽文艺出版社

图书在版编目(CIP)数据

天敌/马永昌著. —合肥:安徽文艺出版社,2016. 11
ISBN 978-7-5396-5823-0

Ⅰ. ①天… Ⅱ. ①马… Ⅲ. ①长篇小说-中国-当代 Ⅳ. ①I247. 5

中国版本图书馆 CIP 数据核字(2016)第 172774 号

出 版 人: 朱寒冬
责任编辑: 岑 杰　　装帧设计: 锐达设计

出版发行: 时代出版传媒股份有限公司 www. press-mart. com
安徽文艺出版社 www. awpub. com
地　　址: 合肥市翡翠路 1118 号 邮政编码: 230071
营 销 部: (0551) 63533889
印　　制: 合肥锐达印务有限责任公司 (0551)62827094

开本: 880×1230 1/32 印张: 8 字数: 160 千字
版次: 2016 年 11 月第 1 版 2016 年 11 月第 1 次印刷
定价: 25.00 元

TIAN DI

目录

一、美女被偷气难咽　怒打窃贼贼狡辩

西安是我国大西北的一颗璀璨明珠，这座现代化的大都市，处处闪烁着光辉灿烂的古代文明之光。同时它又是大西北地区政治、经济、文化、教育的中心和重要的交通枢纽。这里四季分明，物产丰富，文化悠久，民风淳朴。每到春天，暖阳和百花总把西安这座古老而又现代的文明城市装点得五彩斑斓。十三朝古都的风采引得中外游客络绎不绝，流连忘返。我们要讲的这个故事，发生在二十世纪九十年代中期，惊险的一幕从这里拉开。

在西安火车站贵宾接待室里，坐着一男二女三位候车乘客，这时，一些省市领导赶到为他们送行。刘副省长正在同他们亲切话别，言语之间充满了谢意，他递了一支香烟给鲍昶后感激地说："鲍厅长，真的很感谢你。说实话，西北这个地方需要救助的孩子太多了，你给我们'希望工程'捐献的八万元钱，一下子就能解决几百个孩子的上学问题，我代表省政府和团省委希望工程办公室谢谢你，我代表那些贫困辍学的儿童谢谢你。"

鲍昶一边摆手一边笑着说："刘省长不必客气，儿童是祖国的花朵，未来是他们的，我给他们'浇点水'，帮助他们茁壮成长是应该的。"

贵宾接待室里的两个女服务员听说眼前的这位帅哥捐了八万元钱，吃惊地相互看了看，其中一个对另一个耳语道："哎哟我的妈呀，八万元在我们县城能买一套很大很大的房子啊，这个人年龄也不大，你说他怎么会有这么多的钱呢？ 该不会是偷来的吧！"

"瞎说什么，娜娜你也不仔细看看，这个人仪表堂堂，怎么可能是'三只手'呢？ 你没听见刘省长称呼他鲍厅长吗？他是一个当官的。"

"当官的？ 当官的也不会有这么多的钱呀……"刚出校门、涉世不深的娜娜疑惑不解地问，"萍姐，他该不会是贪污受贿来的吧？"

就在两个女服务员交头接耳议论的时候，希望工程办公室的张主任拉着一位二十七八岁的女士来到了刘副省长的面前："哎，刘省长，我来给您介绍一下，这位是《新华日报》的记者刘玉丹，《救救这两个孩子》的报道就是她写的。"

"哎哟，失敬失敬，刘记者你的那篇报道写得太感人了，我看了两遍流了两遍眼泪。 哎，张主任，到目前为止你们收到多少捐款了？"

"报告刘省长，我们现在已经收到二十多万元了，估计要不了多长时间就能达到三十万元。"张主任兴奋地说。

"瞧，这么短的时间，我们'希望工程'就收到了一大笔捐款，刘记者，这全是你的功劳啊。 请坐，快请坐。"刘副省长热情地招呼着。

"刘省长，您别急，看看我是谁呀？ 咯咯咯……"突然从张主任身后传出一阵银铃般的笑声，紧接着，闪出一位姿色过人的女子。

刘副省长吃了一惊：“哎哟，林大小姐，你怎么在这里呀？ 哦，瞧我这记性，张主任打电话向我汇报，有一位林总经理为我们希望工程募捐了两万元款，当时我还以为是一位男士呢，现在不用猜我也知道是谁了。 哈哈哈……请坐请坐，快请坐。”

肖萍和娜娜重新给客人上了茶水。 刘副省长说：“你们几个人捐献的十万元钱和从其他地方募捐来的二十多万元善款，对整个贫困落后的大西北来讲并不算多，但是对那个年年财政赤字的贫困县和年年依靠救济粮的贫困乡来说，无疑是一笔不小的数目。 最为关键的是，你们营造了一种良好的社会风尚，倡导了人们对爱的奉献，体现了当代社会一种高尚品德。”

这时车站广播传来了“西安至北京的列车就要进站了，请各位旅客到 2 号检票口，准备上车”的声音，刘副省长握着几个人的手笑呵呵地说：“感谢你们这些值得我十分敬重的人，再次代表那些贫困辍学儿童谢谢你们。 嗯，既然留不住你们，那就祝你们一路平安。 哈哈哈，古人说得好，‘千里送君，终须一别’啊，欢迎诸位下次到西安来做客。”最后他转向林艾笑着说，“请林大千金回去以后，一定要代我向老首长问个好，两三年没有见面了，我抽时间一定去北京看望他。”

林艾嫣然一笑：“刘省长，这可是您说的哦，我爸前些日子还念叨您呢！”

刘副省长笑着回道：“哈哈哈……你放心，我讲话算数，抽时间我一定去。 哦，对了，如果老首长有时间，请他到西安来，我想听一听他对西安新城区的规划和建设……”

在刘副省长和林艾的旁边，省检察院的王检察长拉着鲍昶的手笑着说："鲍厅为我们检察系统带了个好头，令我十分钦佩，我准备号召全省检察干警向您学习，一起为贫困儿童献出一点爱。呵呵呵，著名歌手韦唯唱得好哇，'只要人人都献出一点爱，世界将变成美好的人间'……嗯，好了，其他的我也不再说什么了，您这一次是来也匆匆去也匆匆，下一次来一定要多住些日子哦，我陪您感受一下西安这座古城悠久厚重的历史古迹和改革开放以来取得的巨大成就。呵呵呵……另外就是请您指导指导我们的反贪污工作……"

大家在热烈的气氛中相互客套了一番后出了贵宾接待室，鲍昶、林艾和刘玉丹被车站的工作人员领上了站台。这三个人引起了众多旅客的关注，有几对旅行结婚的情侣议论开了，一个小伙子指着林艾和刘玉丹说："你们看，你们看，那两个姑娘长得真出色，水灵灵的，犹如华清池里的出水芙蓉。"

"哎，说什么呢你？"旁边一个女孩子捣了一下小伙子小声地提醒道，"喂！你少看一点，别看到眼睛里拔不出来了，你的新婚妻子正瞅着你翻眼呢！"

小伙子嘿嘿一笑，拉着身边一个满脸不高兴的女孩子的手说："亲爱的，你可不能生气。你想一想，如果一个男人遇见漂亮的姑娘不看上两眼，他还是男人吗？他肯定是一个太监，哦不不不，太监也喜欢美女，他……他肯定是一个不正常的男人。嘿嘿嘿，人家都说看美女养眼。"

另一个小伙子咂了咂嘴赞叹道："哎，这两个美女真出色，模特一样的身材，演员一样的脸蛋，大家闺秀一样的气质，绝了。"

第三个年轻人歪着脑袋轻轻地点了点头，附和道："嗯，真漂亮！"而后对周围几个脸色不太好看的年轻姑娘打趣说，

“哎哎哎，我们说我们的，你们几个人怎么这样呀？瞧你们几个人的表情，真让人受不了。”然后哄着自己的老婆说，“嗯，亲爱的，你千万不要嫉妒哦。哦，对了，她们是‘出水芙蓉’，你是‘娇贵的牡丹’。嘿嘿嘿……”

其中一个女孩子似乎真的生气了：“瞧你们几个人，天天吹大牛夸自己是什么俊男呀帅哥的，这回不沾沾自喜了吧？”她指了指鲍昶说，“你们看看那个男士，唉——相貌堂堂、风度翩翩、气质非凡，那才叫帅哥呢！”然后小嘴一咧说，“我要是嫉妒的话，早追人家去了。好了好了，检票进站了。”

在检票的队伍中，有几个特殊人物手持站台票也进了站，这几个人既不是来接客的，也不是来送客的，他们的眼睛不停地扫视着周围旅客的衣袋和挎包。原来他们是专门奔着旅客的财物来的。鲍昶和林艾就是他们选中的“羊儿”之一。

列车进站后，鲍昶招呼林艾和刘玉丹说：“你们两个人先上车，我从车窗把行李和土特产递给你们。”

这时过来几个年轻人，其中一个戴着近视眼镜的小伙子笑嘻嘻地说：“喂，两位姐姐，还有这位大哥，你们都上车，我们哥儿几个帮你们往上搬。嘿嘿嘿……我姓刘，和你们同在这节卧铺车厢里，放心好了。”接着，小刘招呼旁边的两个小伙子说，“小孔，这两个行李箱交给你。哎，‘小色眼’，你提这两包东西。”然后他抱起一个最大的包裹上了车。

在卧铺车厢里，鲍昶谢过几个好心帮忙的小伙子后，开始整理行李和大包小包的土特产，他把东西整理好后已满头大汗。刘玉丹拿了几张面巾纸给他擦了擦，而后调皮一笑，对林艾说：“哎，艾姐，我第一次和哥相遇就是在这样的卧铺车里，那时我们是下铺对下铺，今天又是下铺对下铺，你说这是不是一种缘分呀？嘻嘻嘻……”

林艾学着刘玉丹的样子，冲她回了一个“嘻嘻嘻……”，然后一本正经地说：“丹丹，我现在郑重其事地跟你说，今后不许你叫我‘艾姐’，就叫‘姐’，听到了没有？”

鲍昶看刘玉丹做了一个鬼脸，帮腔道：“这个意见呀，提得对，别人不知道的话，还以为你的这个姐姐排行老二呢！”

刘玉丹咯咯地笑了，跷起兰花指柔柔地摇着：“NO、NO、NO，要是按排行的话，我就该喊她三犟子姐姐了。”然后咧着嘴，做着鬼脸，拖长了声音冲林艾柔声柔气地喊道，“姐——”接着，嬉皮笑脸地逗道，“姐，这下行了吧！笑一个给我看看。”

林艾摇了摇头，嘴角挂着一丝微笑，无奈地说：“你呀，除了在酒桌上，我什么时候都占不了你便宜。”

刘玉丹把两只手放在耳朵两边，一边扇着一边哇哇地做着鬼脸：“谁叫你比我大呢，大的就应该让着小的。‘孔融让梨’知道吧？你就是有着美好品德的‘孔融’。嘿嘿嘿……哦，对了，姐，下回不准再欺负我了！尤其是在酒桌上。嘻嘻嘻……”

“嘻嘻嘻……”林艾撇着嘴还了刘玉丹一个嬉皮笑脸的样子，然后半真半假地说：“你不要拿‘孔融让梨’的故事来麻痹我，你给我记着，哪一天我非叫你喝得把胆吐出来不可。”

刘玉丹的嘴角抽动了几下，脸伸向前，盯着林艾小声地问：“姐，不会吧？那样，我会死得很难看的。好，不理你了。”她转过脸故意大声对鲍昶说，“哦，对了，哥，上次你帮我看手相还没有看完呢，现在得给我补上。”说着把手放在了鲍昶的腿上。

林艾心想：这个死丫头是跟我争宠呢，还是有意气我呢？不管怎么说，我先气气她再说。于是说：“丹丹，你想叫哥心疼你是吧？ 告诉你，昨天晚上哥以为我酒喝多了，他硬是把我从酒店的外面背上了电梯，然后又把我从电梯里背到了房间。 哎呀，那个滋味啊……”

林艾正美滋滋地娓娓道来时，一个斯斯文文的中年男子突然来到她的旁边，轻声轻语地问：“喂，这位女士，你丢什么东西了没有？”

坐在对面的刘玉丹，见林艾把头扭到一边没有搭理人家，轻轻地叫了一声“姐”，然后用脚碰了碰她，意思是说：你身旁的这个人不像是个不三不四的坏人。 林艾扭头看了来人一眼，很不高兴地甩了一句：“莫名其妙。”林艾为什么会是这种态度呢？ 原因很简单，就是她们长得出众，经常会遇到一些找她搭讪甚至没事找事的男人。 林艾见那个中年男子一动不动地站在那儿，嘴角挂着一丝微笑默默地看着她，丝毫没有半点儿要走开的意思，便冲着那个中年人大声喊道：“你什么意思呀你？ 死皮赖脸的，你再不走我就不客气了。”

中年人面带微笑，仍然客气地说：“没什么意思，我是在问你，你有没有什么东西被人偷了？”

“什么，你说什么？”林艾赶紧拿过挎包，发现包上被人用刀划了一道口子，她慌忙打开挎包，突然惊叫了起来，“哎哟，不好了！ 我的钱包没了。”

刘玉丹伸头看了看包里，关切地问：“里面有多少钱？”

“我的钱全在里面，大概有四千多元。”林艾显得很难过。

小刘惊愕地伸了一下舌头，对旁边的小孔和“小色眼”说：“我的乖乖，这位姐姐被偷这么多钱，比我去年一年挣的工钱还多呢！”

这时，大家不约而同地把目光转向了问话的中年人。 中年人仍然面带微笑一动不动地站在那里，林艾赶紧起身着急地问：“同志，您是不是知道我的钱包被谁偷了？ 说呀，您能不能快点儿告诉我呀！”

中年人看着傲气顿失、满脸焦急的林艾，抿嘴一笑：“怎么，不赶我走了？”停了一会儿接着说道，“这样吧，你先冷静地想一想，我去办点儿事再回来找你……”

“哎，大哥您别走，刚才是我不对。 您快说，到底是谁偷了我的钱包，急死我了。”林艾一把拽住了他的衣袖……

鲍昶分析，这个中年人是不会走的，他是在有意调节林艾的神经，而且林艾被偷的钱包肯定与他有着某种联系。 他站起身有礼有节地说：“同志，刚才我妹妹的态度确实有点儿不好，既然她给你道歉了，你就别让她着急了……”

中年人会意地笑了笑，然后不紧不慢地解开外衣，从腋下拿出一个非常精致的手包，慢声慢语地说：“这个手包是你的吗？”

“是我的，是我的……”林艾连声应道，赶紧伸手去接。

就在林艾的手触及钱包时，中年人突然将钱包藏到了身后：“你说是你的就是你的了呀？ 一样的东西多得很，你有什么证据证明是你的呢？”

林艾伸着手，眼睛发直，愣愣地站在那里，显得很尴尬。刘玉丹摇晃着她的手臂提醒说：“姐，人家是在问你包里有什么东西。”

“我的证件全在里面。 还有，我从银行里一共提了两万四千元，那两沓捐给陕西省希望工程了，剩下的四千元在包里。 哦，对了，是用橡皮筋扎上的。 另外里面还有二百多元零用钱，还有……”

中年人打开手包，里面果然有厚厚一沓人民币是用橡皮筋扎上的。然后他从包里拿出身份证一边看着林艾一边念道："姓名，林艾，性别，女……住址，北京市万寿路甲15号……哈哈哈……看来这个包真的是你的，拿去吧，看看钱少不少？"

林艾接过手包大概看了一下，连声说："不少，不少，谢谢您，谢谢。"

中年人问："你没有数怎么知道不少呢？"

林艾肯定地说："不数我也知道不少。哎！这位先生，我的手包怎么到您手上了？这是怎么一回事儿呀？"

鲍昶示意林艾往里面坐坐，然后招呼那个中年人说："来，您请坐。"

中年男子坐下后打趣地说："林女士，你该不会怀疑是我偷了你的钱包吧！"林艾赶紧摆手解释说："没有没有，我丝毫没有这个意思。今天能遇到您这样的好人，我感谢还来不及呢，怎么可能怀疑你是小偷呢？"林艾嘴上这么说，可是心里却在想：既然他不是小偷，我的钱包怎么会在他手里呢？如果他是小偷，哪有偷了人家的钱还还给失主的呢……她紧锁眉头，越想越纳闷。

中年男子看了看林艾的表情，笑着说："我是上海市公安局的警察，专门从事反扒和反扒教学工作。你们几个刚进火车站的时候，就被两男一女三个扒手盯上了。其中一个男扒手在你们排队上车的时候趁机划开了你的挎包，偷出钱包后传给了他的同伙。后来这三个小偷全被我们抓捕归案了。"

"原来是这么回事呀！"林艾茅塞顿开，赶紧从包里拿出二百元塞到中年男子的手里，非常感激地说，"谢谢，谢谢您，警察同志！来，一点儿小意思，不成敬意。"

中年人面带微笑轻轻地推开林艾的手："不用谢，人民警察为人民，这是我们的本职工作。只是——只是你刚才的态度有点儿让人受不了。”

林艾脸色微红，腼腆地低下了头，小声赔礼说：“我以为你是……不好意思，对不起哦。”

刘玉丹插科打诨地解释说：“我姐她呀，肯定是把您当成没事找事的小混混了，因为她经常遇到这种事儿。”然后眉毛一挑，笑嘻嘻地对林艾说，“姐，没想到吧，人家是便衣警察，是社会治安的守护神，不是那种拈花惹草的小混混，更不是想吃你这块‘豆腐’的色魔……”

林艾白了刘玉丹一眼打断她的话：“去去去，胡说什么呀你。”然后恭恭敬敬地问，“警察同志，您贵姓？”

中年人很有礼貌地回道：“免贵姓李，名建设，人送外号‘李反扒’。刚才我说了，我是专门从事反扒和反扒教学工作的。”

刘玉丹疑惑不解地问：“哎，警察同志，车站那么多的人，您是怎么知道那两男一女是小偷的呢？”

李建设嘿嘿一笑：“不瞒诸位，我有这方面的‘功底’呀！”笑后，他说，“所有的人都知道，哪里都避免不了小偷，中国是这样，欧洲是这样，美国也不例外。北京有贼，上海有贼，广州贼更多。现在西安也出产这类‘产品’，所以呀，不怕你们笑话，这段时间我转遍了整个西安市，无论是东大街、西大街，还是商场，哪里都少不了他们的身影。但是，像贵市小偷这么猖獗、肆无忌惮的，还是罕见。就是因为这个，我才被你们市局请过来授课的。”

刘玉丹笑嘻嘻地问：“照这么说，您抓小偷还挺有本事的呢！”

李反扒哈哈一笑：“嗯，可以这么说吧！”

警察抓小偷是一个有趣的话题，鲍昶饶有兴趣地问：“为什么吴家坟这个地方有那么多的小偷呢？”

李建设亲热地拍了拍他的大腿说：“今天就算了，如果你今后有闲工夫的话可以到吴家坟来，站在杨家村口的天桥上，凭栏观察。两边的两个车站，一个在长延堡市场门口，另一个是在杨家村口，你会看到那里几乎是贼的天下。几个星期以前，也就是我刚到的那一天，一个普通百姓对我说，他说他不是火眼金睛，但是凭他长期的观察也能认出来一些贼来。判断的标准很简单，就是那些试图从别人身上转移财物的人。那天仅他认出来的，就有十个男的、六个女的。第二天，我摸查了吴家坟公交车站和火车站，令人吃惊的是：那里的小偷多得简直无法下手。”

说到这里，李反扒打了一个手势说：“这些贼就是在做一份很简单很平常的工作——偷，有时候是抢。而周围那些走动的、无事闲聊的、做买卖的或者观望的人，都熟视无睹。说实话，我真的为他们感到脸红，为他们感到羞耻。多少七尺高的汉子，多少顶天立地的男儿，多少身强力壮的西北狼，他们的血性都到哪里去了？

“我和一个姓翁的小商贩聊天，他说他来西安已有四年了，他去过很多地方。最后，他得出的结论是吴家坟的贼最多，并且大有向西安各地蔓延的趋势。老翁说，吴家坟现在已经成为小偷的训练基地了。因为，凡是没有经验的小蟊贼想成为一个技术合格的扒手，需要一个漫长的训练过程。要知道，把别人的钱包转移到自己的手里，而且不被人发觉，就像练习乾坤转移大法一样困难，这绝对是一个技术活儿。所以，一个小蟊贼要成为熟练老手，不知道要犯多少次错误。而对小偷来说，犯错误就意味着挨打、进班房。而在吴家坟公交车站和火车站这些地方，小蟊贼们无须担心这个问题。

去偷吧，自己去摸索吧。失败了就失败了，没有人敢打你！你可以放心大胆地去尝试，你也可以训练各项技术，你可以练习在行进中掏人钱包，在晃动的公交车上掏人钱包，在挤车门时掏人钱包；你可以偷姑娘的，也可以偷小伙子的，当然喽，大爷大妈就更可以随便地偷了。在练习好之后，去东大街西大街吧，去北京上海吧，有了在吴家坟积累的经验，这些小偷就可以迅速‘致富奔小康’了。所以，每当吴家坟有人丢了一个钱包，那就意味着在全国其他地方将有十个人丢钱包。不过这个数据仅仅是推测，也许还远远不止呢！老翁的一席话，令我羞愧难当，幸好我穿的是便衣，没有被他认出来是警察，要不然我就无地自容了。”

这时，车厢上铺突然传来一个中年妇女的声音：“吴家坟的警察难道都死光啦？吴家坟的男人们难道都阳痿啦？我要是见到那些大老爷们儿，非痛骂他们一顿不可。真是岂有此理。”

大家抬头看了看上铺那个说话有点儿粗鲁的妇女，但没有人和她搭话。刘玉丹说：“对待任何事情都不能冷漠，冷漠的态度就是罪犯的帮凶，罪犯的奶娘，罪犯的教练！”

李建设说：“我赞成你的观点，我们做任何事情都不能抱着冷漠的态度。”稍停，他接着说，“经过一番调查研究，我找到了原因：吴家坟的男人把责任往派出所身上推，派出所又把责任往制度上推，推来推去，给小偷留下了机会。后来西安市委书记在一次干部大会上说：‘……现在，我们这里的社会治安很乱，单凭派出所的力量是不够的，单凭几个血气方刚的汉子也是解决不了问题的。大家要把车站、居委会以及整个社会力量动员起来，来一个全民抓贼运动。希望大家不要再推三阻四，如果有谁没有尽心尽责，一定要严肃处理。’”

刘玉丹点了点头赞同道：“这话说得对，做丈夫的不出来保护他们的老婆，做哥哥的不出来保护他们的妹妹，做弟弟的不出来保护他们的姐姐，这哪儿成呢？ 这个书记说得好、说得对。”

李建设说：“贼最爱偷的是女性。 偷得顺利，女性损失的是财物；偷得不顺利，女性受到伤害的是人身。 哦，对了，聊了这半天，我还不知道怎么称呼你们几位呢。”

鲍昶笑着自我介绍道，“我姓鲍，叫鲍昶，在检察院工作。”然后指着林艾说，“她的身份证您已经看过，姓名我不说您也知道了。 她原先在建设部工作，后来‘下海’了，现在是一家大公司的副总。”最后指着刘玉丹说，“她叫刘玉丹，是北京《新华日报》的记者。”

李建设赶紧站起身恭敬地说：“失敬失敬，真人不露相啊！”他看了一眼鲍昶身边包上印的字，然后握着鲍昶的手，“我一看您就是高检院的领导，幸会幸会，公安和检察同属政法口，我们是一家，车上有什么困难尽管找我，保证有求必应，哈哈哈……认识你们我很高兴。”

鲍昶还了礼后递了一瓶矿泉水给他：“今天真的很感谢您，要不然林女士的损失就大了。 我代表她再一次向您表示谢意。”

李建设喝了一口水，说：“今天我遇到你们几位算是一种缘分，你们就不要再客气了。 下面还要请林女士协助我们做个笔录呢。”

“没问题。 我知道你们办案讲的是证据。”林艾回答得很干脆。

“林艾，要不要丹丹陪你去？”鲍昶问。

“不用了，我去去就回。”林艾说后随李建设走了。

哐啷，哐啷……轰鸣的列车保持着单调的节奏向前奔驰，在列车乘警办公室里坐着一个正值青春年华的女人，她长发披肩，没有一丝零乱。搽了胭脂的脸庞呈水红色，嘴唇殷红而丰满。宝蓝色的旗袍裹着她成熟的身体，旗袍左上方绣着一朵粉红色牡丹，衬托得她漂亮的脸颊越发动人，白色高跟鞋使她更显亭亭玉立。要不是戴着手铐，谁也不会想到她是一个行窃的扒手。李建设拉开门往里面努了努嘴，对林艾说："你的钱包就是她偷的，没想到也看不出来吧。她就是西安大名鼎鼎的女神偷，人称'快手美女'。"

林艾指着眼前的女小偷非常气愤地说："你人长得挺漂亮的，没想到是个'三只手'呀你。"

"快手美女"对林艾翻了一眼，把头转向了一边，一副满不在乎的样子。林艾上前劈脸就是一个嘴巴："我叫你翻眼。"

"你干吗打人呀？我又没有偷你的钱！""快手美女"大声嚷了起来。她说话的声音没有一点儿陕西腔。

李建设赶紧拉住林艾："林总，林女士，你……你冷静一点儿，冷静一点儿好不好？"

林艾怒不可遏地指着她说："你没偷我的钱，我的钱包怎么到你手上了？在事实面前你还敢抵赖，你看我好欺负是不是？告诉你，姑奶奶不是好欺负的。"

"你是谁姑奶奶嗨？""快手美女"嘀咕了一句。

林艾见她还敢还嘴，伸手又要去打，李建设赶紧把她推出了门。林艾冲着那个女贼发火道："我那个挎包价值上千元钱呢，你给我划了一道口子，那是鳄鱼皮的你知不知道？"

"看你啰唆的，我又没有划你的包。""快手美女"喃喃地说。

“你再嘴硬，我马上还打你，信不信？”林艾把袖子往上捋了捋。

“告诉你，我也不是好欺负的。”“快手美女”又翻了翻眼，大声地回道。

“我就不信治不了你了！”林艾说着又要进去打她。

正在做笔录的女乘警小丁赶紧站起来阻止道：“哎哎哎，这位女士！ 我跟你说，打人是不对的。 她犯法，我们会依法处理她的……”

林艾没有理会，指着“快手美女”火气冲天地继续斥责道：“你年纪轻轻的，人也长得漂漂亮亮的，你说你做什么不行，可偏偏要做贼呢你？”

“你说谁是贼呀？ 我看你才是贼呢！”“快手美女”大声反驳道。

“嚯，”林艾讥笑道，“这年头什么人都有，被警察抓住了还不承认自己是小偷，真邪了门了。”

女小偷摸着火辣辣的脸颊，嘀嘀咕咕地不知说了些什么。李建设见林艾火气未消，对另一位乘警说：“蔡警官，你先把林女士带到餐厅等着，我看一下笔录就过去。 哦，对了，你如果见到杜队长，叫他到餐厅向我汇报一下另外几个案件的进展情况。”——杜队长叫杜先林，是李建设从上海带过来的得力助手。

李建设看完笔录后，发现“快手美女”的挎包旁边有一张两寸黑白照片，上面是一对四五岁的双胞胎姐妹，他拿起来看了看，觉得有点面熟，问道：“哎，你这张照片是哪里来的？上面的两个女孩子是谁？”

“快手美女”没有搭理，仍不停地摸着火辣辣的脸。 女乘警一拍茶几训道：“问你话呢，装什么呀装？”

“快手美女”抬头看了一眼，咬了咬嘴唇说：“这个跟案件没有关系，我不想说，嘛事儿？”

女乘警用笔敲着茶几说：“你不说就以为我们不知道了呀？ 这里面肯定有一个是你。”

“快手美女”不服气地回道：“你能，你说这里面哪一个是我？”

女乘警拿过照片看了好大一会儿，怎么也分不出这两个小女孩哪一个是面前的这个人，她们两个长得真是一模一样。李建设知道再问下去也没有什么结果，对女乘警说：“小丁，照片的事就算了，你继续审问吧，我到餐厅去了。”

李建设和蔡警官向林艾询问了失窃的情况。 经查，林艾被盗现金四千二百四十元，被割手包一只价值一千一百八十八元。 做完笔录以后，李建设陪林艾回到卧铺车厢，刘玉丹好奇地问：“姐，笔录做完啦？”

林艾冷冷地答道：“做完了。”

“哎！ 姐，你见到那个女扒手了吗？”

“见到了，我还打了她一个嘴巴。 哎，你说可恶不可恶，她把我的包划了那么长的一道口子，还敢朝我翻眼，真是岂有此理。”林艾气愤地说。

刘玉丹见林艾满脸不高兴，附和着说：“不多，该打。要是我，至少要抽她两个大嘴巴，哦不，是四个大嘴巴，不然难解心头之恨。 姐，真的。”

林艾看了刘玉丹一眼，摇了摇头说：“一个漂漂亮亮的女孩子，你说她做什么不好，可偏偏要做一个万人唾骂的贼呢？真令人费解。”

刘玉丹惊愕地问：“那个女扒手还能有多漂亮吗？”

林艾从鼻子里哼了一声说：“唉，别提了，从外表上看，绝对是一个美人胚子，可是……李警官，还是您说给她听吧，省得我一提起她就心烦。”

李建设说：“这个女人有两个外号，一个是社会上送她的——‘快手美女’，另外一个是我们公安局的人给她起的外号——‘玉面鬼手’。这第一个外号嘛，说了两个方面：一是扒窃的速度快，二是人长得漂亮，这个我就不多解释了。关键是第二个外号，这个外号是公安局根据众多失窃者的报案材料归纳出来的。这个女人当地人不偷，老人和孩子不偷，女人也不偷。她专门偷那些到西安办事或者旅游的男人，只要这些‘大款’被盯上了，她就会以色相来分散他们的注意力，并屡屡得手，所以公安局内部就有人给她起了这个绰号。据说这个女人还有一个嗜好，就是喜欢看那些失窃后的男人的凄惨相，谁要是哭鼻子了，她就更开心了。”

“她有病吧。”刘玉丹说，接着反问了一句，“李警官，您有些话我就听不明白了，既然‘快手美女’不偷女人，那她今天为什么偷起我姐姐的钱包来了呢？这不是有一点儿矛盾吗？”

李建设正要解释，忽然杜队长走过来喊了一声：“李支队长，您来一下，我有事找您。”李建设站起身笑了笑：“你们先聊，我去去就来。”

李建设走后，鲍昶见林艾老是翻来覆去地看她那个被划破的包，知道她很心疼，劝道：“林艾，你不要因为一个包老是闷闷不乐的好不好？生闷气是很伤身体的。再说，你也打了人家了。”

林艾头一扬说：“打了，可我的气还没有出完呢！”

鲍昶递了一瓶矿泉水给林艾：“来，喝点儿水歇歇，打人也是很累人的。你累着了没有呀？”

刘玉丹听了这话心里直想笑，她帮林艾拧开矿泉水瓶盖递给她说：“姐，来，喝口水消消气。不喝啊？要不我讲一个郑板桥与小偷的故事给你消消气？”刘玉丹轻轻地咳嗽了两声，清了清嗓子说，“一天深夜，一个小偷钻进了郑板桥家的院子。郑板桥为官清廉，并不怕偷，只是担心小偷碰翻了他的兰花盆，更担心小偷被小黄狗咬伤。于是在黑暗中‘献’诗一首，他说：‘细雨蒙蒙夜沉沉，梁上君子进我门。’小偷听了吓了一跳，正欲躲藏，但听得郑板桥吟道：‘腹内诗书存万卷，床头金银无半文。’小偷听明白了，知道此乃是暗示，便赶紧转身，郑板桥接着吟道：‘出门休惊黄花犬，越墙莫损兰花盆。’小偷听了非常感激，便小心翼翼地爬上了墙头，然后又听到：‘天寒不及披衣送，趁着月色赶豪门。’诗中体现了郑板桥对‘梁上君子’的某种同情心和对豪门的憎恨。如此认真的叮咛，言辞之谆谆，也的确让小偷感到了一丝‘温暖’。”

“还给小偷温暖呢，要是我呀，非叫小黄狗咬他几口不可，这种人太可恶了。”林艾愤愤地说。

为了让林艾开心，刘玉丹眼睛转了几圈后神秘地说：“姐，下回见到姓‘俞’的人坚决不要理他……”

林艾看着刘玉丹，不解地问：“为什么？”

刘玉丹一本正经地说：“据我考证：在古代，由于姓‘俞’的人拿了别人的东西，古人在造字的时候为了叫后人记住姓‘俞’的这种恶习，才在他的姓旁边加了个‘人’字旁，‘人’和‘俞’合起来即为‘偷’。既然姓‘俞’的祖上如此，那你想想他的后人能好吗？”

“岂有此理，你以为我什么都不懂啊？”林艾反驳说，“告诉你，偷，形声字。从人，从俞，俞亦声。‘俞’的意思是‘捷径’‘直接’。‘人’和‘俞’结合起来，表示‘走捷径的人’，本义是指‘不劳而获的人’。这跟‘俞’姓一点儿关系也没有。丹丹，你真会胡编乱造。”

刘玉丹见没有把林艾逗乐，反而讨了个没趣，她转过脸摊开双手向鲍昶做了个无奈的鬼脸。鲍昶笑道：“活该，我看你下一次还要不要小聪明了。”

这时李建设正好回来了，他见鲍昶在笑，忙问：“鲍检察官，你为何在笑啊？”

鲍昶解释道：“刘大记者本想编个故事逗林总开心的，结果讨了个没趣。哈哈哈……”

李建设看了看林艾，安慰道：“算了，林女士，别生气了，你算是非常幸运的了，小偷被抓到了不说，钱物也追回来了。不像有些人被偷了以后，小偷没有抓着，钱物也没有追回来，那岂不是更惨？”

鲍昶接上话说：“没错，这种事儿我就见过。前不久，我亲眼看见一个大老爷们儿被偷了，急得团团转，眼泪都急出来了。要不是我给他买了张车票，他连家都回不去。”

李建设说：“今天我们在车上一共抓了五个小偷，而失窃报案的一共有七起，还有两起案件没有破。其中一个农民工找工头借了八百元钱，准备回乡下看望生孩子的老婆，结果被偷了，现在急得要命，恨不得跪下来给乘警磕头了。还有一个带着生病孩子的老妇人被偷了两千一百元钱，眼睛都哭肿了，她求我们一定要把她的钱找回来，那是给孩子做手术的救命钱，不然她也活不了了。刚才我的同事把我叫出去就是为了这事。”

鲍昶推测说：“会不会是那几个小偷的同伙干的？”

李建设说：“我已经做了安排了，看能不能从这几个人中间发现一点儿线索，不过从乘警讯问被抓的几个小偷的供述来看，似乎不大有这个可能。现在我们的几个便衣又一节一节车厢挨个儿巡查去了，这第三次行动我估计也没有多大希望。”

“您的意思是，如果窃贼不动手，是很难被发现的，是吧？”鲍昶说。

“是这个意思。”李建设答道。

刘玉丹突然问道：“哎，李警官，这几个小偷是怎么知道我姐的包里有那么多钱的？”

林艾很不高兴地说：“丹丹，你别跌相了好不好？我心里现在难受得很呢。”

鲍昶用手碰了碰刘玉丹：“丹丹，你就别再多言多语了好不好，再添乱你姐就要流眼泪了，你看她那眼角。”

林艾噘着嘴看了鲍昶一眼，娇嗔地埋怨道：“哥，你怎么这么说我呢你？”

鲍昶指着林艾笑着逗道：“瞧，不生气了吧！再等会儿就要笑了。”

林艾白了他一眼，不好意思地回了一句：“去你的。”

刘玉丹从林艾手上拿过包仔细看了看，咂了一下嘴说：“这个包真的挺好的，如果就这么扔了太可惜了。哦，对了，我想起来了，我听我的一个同事说，东黄城根有一个皮匠，包修得可好了，要不回北京以后我带你去看看？你不信啊，我说的是真的，比如在包的口子上粘个商标什么的。”

“嗯，丹丹说得有道理，”鲍昶补充道，“我看粘一条鳄鱼商标上去就不错。”

李建设说：“扒手的目标主要是钱，其他什么都不管。有一次，一个扒手偷了一个男人屁股后口袋里的东西，当他用刀片划的时候，谁知那个男的一动，刀片一下子划到那个男的屁股上去了，疼得那个大老爷们儿捂着屁股嗷嗷直叫。”

林艾扑哧一声笑了。刘玉丹更是笑得前仰后合：“哎哟我的妈呀，李警官您太搞笑了，咯咯咯……笑死我了您。”

听到刘玉丹银铃般的笑声，李建设也乐了：“我说的是实话，真的。”稍停片刻，他接着说道：“刘记者，现在我来跟你说说那个女扒手偷林女士的缘由。据‘玉面鬼手’交代，她今天是冲着鲍检察官来的……”

鲍昶吃了一惊：“她冲着我来干吗呀？我身上又没有钱。哎，她人长得什么样儿的？哦，我想起来了，就在我们在车站站台上等车的时候，有一个二十多岁的女子，身穿一件宝蓝色旗袍，脚蹬一双白色高跟鞋，从我面前过的时候脚一崴歪倒在我的身上，后来我口袋里的卫生纸和几十元钱就没有了，这事儿我印象非常深。不过，我当时没想到她是扒手。”

“是她，就是她，我在乘警办公室里打的就是这个臭娘儿们。”林艾说。

刘玉丹仰起头，抬起环抱在胸前的右手，食指顶着下巴歪着脑袋想了一下说：“嗯，我猜测，那个女扒手肯定是把你的那卷手纸当成钱了。”

“事情的经过是这样的，”李建设绘声绘色地说，“据男扒手尹铁柱交代，他来到火车站后，第一眼就盯上了你们几个人，大概是鲍检察官符合‘玉面鬼手’下手的标准吧，尹铁柱打电话告诉了‘玉面鬼手’。‘玉面鬼手’听了非常高兴，因为她很多天没有找到像样的‘猎物’了。估计就是刘记者说的那种情况，她以为鲍检察官鼓鼓的口袋里装的全是大钞，但她得手后非常扫兴，这时正好尹铁柱从林女士的挎包里掏到了一个手包，并传给了他的同伙，由于手包有点儿大，那个同伙没有地方藏，便迅速地塞到了‘玉面鬼手’的挎包里，当我的搭档抓捕尹铁柱时，‘玉面鬼手’见情况不妙赶紧逃到了列车上，结果被我的同事抓了个正着。 鲍厅，你看看这些钱物是不是你的？”

鲍昶接过八十元和一卷手纸，叹了口气无奈地摇了摇头：“真没想到我也成了‘玉面鬼手’的猎物了。”

李建设说：“对有头有脸的男人实施扒窃，这个女人多半采用的就是这种方式。 试想一下，哪个大老爷们儿会想到一个貌美如花的女子歪倒在自己身上的时候是在实施‘乾坤转移大法’呢？”

刘玉丹笑嘻嘻地逗道：“哥，就在那个美女歪倒在你身上的时候，感觉如何？ 有没有那种心血来潮或者激动不已的感觉？”

鲍昶笑了：“你这个鬼丫头，告诉你，我既没有什么心血来潮，也没有什么激动不已。 想法嘛，倒是有一点儿……”

“什么想法？ 你该不是想……”刘玉丹迫不及待地问。

鲍昶微笑着说：“就是在她歪倒在我身上的瞬间，我想伸手去扶她一下但又没敢动。 就这么多，不许你再拿我咂味了啊。”

刘玉丹用手碰了一下林艾，问：“哎，姐，你信吗？”

林艾微微一笑，没有回答。

大家笑了一阵子后，林艾的情绪也逐渐好了起来。 李建设接着说：“这下你们知道她为什么被称为‘玉面鬼手’了吧！ 为了将这个影响社会治安的女扒手缉拿归案，西安市公安局和铁路派出所可没少下功夫。 我从上海到西安之前，他们就多次联手组织过抓捕行动，但都一次又一次地被她逃脱了。现在我举两个例子给你们听听：有一次，西安市公安局的一个老便衣跟踪了几天，她都没有动手。这天，‘玉面鬼手’来到华清池游览区的大门口，不一会儿她就锁定了一位富豪模样的男子。只见她从挎包里拿出照相机走到那个大腹便便的男子面前，嗲声嗲气地说：‘先生，请您帮我照张相好吗？’——游客请游客帮忙拍照，这在景区是一种屡见不鲜的现象。胖男人见是一个美女请他帮忙，咧着大嘴二话没说就接过了照相机。‘玉面鬼手’在镜头前摆出一个又一个美丽动人的姿势，把那个胖男人忙得不亦乐乎。拍完照，‘玉面鬼手’从笑得合不拢嘴的胖男人手里拿回相机的同时，也从他的口袋里‘拿’走了他的钱包。这时老便衣信心十足地上前一把捉住‘玉面鬼手’大声地说：‘这一次我看你还往哪儿跑！’‘玉面鬼手’突然大声喊道：‘有人调戏妇女啦，有人调戏妇女啦……来人啊……’随着呼喊声立刻跑过来几个小伙子，不问青红皂白就大打出手，然后就把老便衣往派出所拖。老便衣说明情况后才得以脱身，而‘玉面鬼手’早就趁混乱将钱包放回到胖男人的口袋里了。由于老便衣没能拿出证据，在上百人围观的情况下无可奈何地将她放了。事后，老便衣悔恨地说：‘我抓了一辈子小偷，没想到临退休前却栽到一个黄毛丫头的手里。唉，丢人啊！’”

李建设喝了一口水接着说道：还有一次，“玉面鬼手”来到西安火车站的候车大厅里，她那滴溜乱转的眼睛不一会儿就停留在一位中年男子的身上。此时这个男人正操着一口上海话用手机和一个女人聊天，“玉面鬼手”挤进人群走到那个老板模样的中年男人跟前，用胳膊一拐将他的手机碰到了地上。“哪个小赤佬没长眼睛呀……”老板模样的男子正要发火，突然听到一句勾魂摄魄的声音：“大哥，对不起，是我……”

“玉面鬼手”弯腰捡起手机继续柔声柔气地说，“大哥，实在对不起呀，我不是故意的，您看看您的手机摔坏了没有，如果摔坏了我赔您。”

如花似玉的长相、娇里娇气的声音立刻让那个老板模样的男人变成了结巴，他赶紧接过手机说：“没……没什么，这个旧……旧手机，我正要换新的呢。”

“玉面鬼手”嫣然一笑：“大哥，我是赶这趟火车到上海的，您也是去上海的吗？ 如果我们是同路的话，请您帮我看一下行李，我买一点东西马上就回来，行吗？”

那个男子连忙应道：“我们是同路，你去吧，我帮你看着。”

就在那个男子双手接过她的旅行包的瞬间，“玉面鬼手”掏了他的钱包然后打了一声招呼就开始往外挤。 一切都显得那么自然。 可是令“玉面鬼手”万万没有想到的是，她刚刚走出几步就被一个年轻小伙子抓住了。 大家知道在公共场所只要有一点儿风吹草动就会立刻引起混乱，更何况是一男一女两个年轻人扭在一起呢。 年轻小伙子大声喊道：“大家都不要动，我是便衣警察，这个女人是小偷。”

“玉面鬼手”一面往回挣一面向她搭讪的那个中年男子喊道：“大哥，救救我，这个人要流氓。”

那个男子立即挤了过去，一把抓住小伙子的衣领喝道：“大庭广众之下，你想干什么？”

小伙子着急地说：“你赶快把手松开，我跟你说，这个女贼偷的就是你的钱包。 快松手呀你！”

这时，“玉面鬼手”向围观的人群大声说道：“你们在场的人都是‘青天’，如果这位男士的钱包没了，我就是小偷；如果这位男士的钱包没有丢，他就是流氓。”“玉面鬼手”为什么敢说这个话呢？原来她趁混乱之际已神不知鬼不觉地将钱包又放回到了那个男士的口袋里了。

现场顿时平静了下来，那个男子愣了一下，马上松开手去摸自己的口袋，然后从口袋里掏出钱包对众人说："你们看，我的钱包没有丢。喂！大家看清楚没有？"现场一片哗然，意外的结果使我们这个涉世不深的便衣十分尴尬，他只好拿出证件向众人解释说："我确实是警察，她真的是小偷。"

这时人群中有人喊道："警察怎么了？警察也不能随便抓人呀！"

又有人喊道："捉奸捉双，捉贼捉赃，你凭什么说人家是小偷呀？"

竟然还有人指责说："一个漂漂亮亮的大姑娘，怎么看也不像个贼呀！是你想吃人家的'豆腐'吧。"

老练的"玉面鬼手"突然号啕大哭起来："哎哟我的娘哎，这让我怎么活呀……在事实面前你还血口喷人，我到公安局告你去。"说着一把鼻涕一把眼泪地走出了人群。

刘玉丹摇了摇头说："这个女人真不简单，难怪人送外号'玉面鬼手'呢。"

林艾愤愤地说："她再能，这一次恐怕也难逃法网了。哎，李警官，对这种人可不能心慈手软啊。"

李建设大笑起来："哈哈哈……你是想叫我揍她一顿呢，还是想要我搜集证据多判她几年呢？"

"当然是后者喽。"林艾不好意思地解释道。

"你放心好了，比你痛恨她的呀——大有人在。"

林艾笑了："是，是呀，单说那几个便衣警察就不会放过她的。"

李建设说："我们办案'以事实为依据，以法律为准绳'，不讲感情。今天'玉面鬼手'偷了鲍检察官的钱，但数额不大，很难定她罪；如果那两个男扒手和'玉面鬼手'是一伙的，林女士失窃的金钱数额就能认定她是共同犯罪，下面等着她的就是坐牢了。好了，不说她了。哦，我忘了，哈哈哈……"李建设忽然大笑起来，他指着鲍昶说，"大专家在这儿呢，我在他面前讲这些岂不是班门弄斧。不好意思，见笑了，见笑了。"

鲍昶对面前的这个人虽然不是太了解，但对他爱说爱讲又不失礼节的为人还是比较喜欢的。他笑着说："李支队长能从上海被邀请到西安来讲授'反扒技能'课程，肯定不是一般的人物。您到西安仅仅几个星期，横行多年的'玉面鬼手'就被您人赃俱获了，佩服，佩服。真不愧为反扒高手啊！"

李建设谦虚地笑道："不瞒你说，除了抓小偷和反扒教学工作，我这个人没有其他的本事。哈哈哈，我说的是真的。"

二、往事揪心难忘怀　寒霜未尽雪又来

李建设到餐车拿了一些饮料回来，招呼着鲍昶、林艾和刘玉丹说：“大家甭客气，我请客，不够我再去拿。”说着给每人发了一听。 之后他自己打开一听，一边喝一边问：“哦，对了，鲍厅到西安来是办理案件的还是旅游的？”

刘玉丹笑眯眯地说：“他呀！ 既不是办案的也不是旅游的。 您猜一猜，看您能不能猜得出来？”

“嗯，”李建设想了想说，“不是走亲访友就是搞检察工作调查研究的。”

“哈哈哈……李警官，您不要猜了，您肯定猜不出来。”林艾笑盈盈地插话说，“我跟您说吧，他是专程来向陕西省希望工程捐款的。”

“捐款？ 这种事我怎么能猜得出来呢！”

“鲍检察官一次性捐了八万元钱呢！”刘玉丹把“八万元钱”几个字咬得很重。

“这么多钱啊！”李建设吃了一惊。

鲍昶笑着说：“那都是人家馈赠给我的，俗话说得好，

‘外财不发命穷人’。假如我鲍昶今生今世注定是个命穷之人,即使我把这笔钱留下了，日后也肯定会灾难连连。与其如此，我还不如趁早把它捐给贫困辍学的孩子们呢。李支队长您说是不是这个道理？”

这时围观的人群中有人插了一句：“这叫救人一命胜造七级浮屠，更何况这个当官的救的是一大群孩子呢？”

刘玉丹看李建设似乎没有听明白，她解释说：“是这样的：数年前鲍检察官出差路过河南商丘的时候，救了一位在交通事故中身受重伤的年轻姑娘，此人是西安市某大酒店副总经理，名字叫花蕾。前年冬天，一个叫赵士保和一个叫王大平的人找到花蕾的父亲花富伟，提出每人出资三十万元合伙开一家‘天上人间’桑拿浴场，老花不愿意。后来经过协商，让老花只出钱不参加经营管理，老花才同意。由于这个桑拿浴场经营得当，生意很是红火，仅半年时间他们就每人分得红利二十多万元。然而在离‘天上人间’浴场不太远的‘海龙’浴场却是另一番景象，那里生意萧条、月月亏本。为了整垮‘天上人间’，夺回生意，‘海龙’的老板唐子怀收买了两个卖淫女到‘天上人间’里做‘皮肉生意’，然后通知他的叔叔（西安市公安局某派出所的所长）去抓。结果赵士保、王大平和老花都被西安市某区法院，以容留妇女卖淫罪判处有期徒刑五年。为了救出父亲，花蕾到处上访为父亲申冤。一次偶然的机会，她在北京遇见了鲍检察官，鲍检察官出于正义，通过最高法院的一个庭长在陕西复查案件的机会，干涉了这起案件。后来经法院审判监督程序进行再审才平反这起冤案。为了表示感谢，三个受害人经公证处公证后向鲍检察官馈赠了八万元钱。然而鲍检察官一分钱也未留，把它全部捐给了陕西省希望工程。”

李建设听后肃然起敬，握住鲍昶的手说：“鲍检察官，不是我恭维你，你太高尚、太令人敬重了。”

“哪里哪里，我只是做了我应该做的。”鲍昶客气地说。

两人相互客气了一番后，鲍昶问：“哎，李警官，现在有那么多技术非常高超的扒手，该不会都是从吴家坟练出来的吧？”

李建设微微一笑说：“鲍检察官，我先声明一下，我喜欢这样称呼你。鲍检察官你不知道，小偷也是分等级的。那些高级小偷、上档次的小偷基本上都是经过严格训练出来的，不像吴家坟的小偷多数都是自学的。在他们的那个行当里也有‘正规军’和‘杂牌军’之分。”

刘玉丹吃惊地问：“竟有这种事儿呀，您该不会是忽悠我们的吧？”

李建设一本正经地说：“确实如此，我说的全是真话。那些被人称为小蟊贼的小偷一般来说都是‘杂牌军’出身，经常被抓的那些小偷基本上都是这号人。而那些经过严格训练出来的高级扒手是不容易被抓到的，贼头就更不用说了。经过正规训练出来的贼头就看不起自学成才的贼头。中国最为著名的神偷‘燕子李三’，大家都知道吧？他就是经过名师指点的。关于‘燕子李三’的传说有好多个版本，我今天只说有根有据、历史上留有案件卷宗的‘燕子李三’——李景华。这个人就是拜田盘山万松寺的石敢当为师的，后来又从石敢当同道师弟五台山的法慧那里学得‘燕子三抄水’的绝世轻功。他偷窃的对象不是小家小户，而是深宅大院、高墙阻隔、守卫森严的富家大户。李景华作案无数，很少失手。他最早名震江湖是因为偷了洛阳警备司令白坚武家的财物，之后光顾了临时执政的段祺瑞府邸，还偷过国务总理潘复、执政秘书长梁鸿志和爱新觉罗·瑞仲等人的财物，可谓是轰动一时。

“据说‘燕子李三’有一个徒弟叫段云鹏，又名段万里，江湖人称‘赛狸猫’，也是一代轻功好手，活跃在二十世纪三十年代至五十年代初。他十六岁离家出走，后来到军队当兵并混了个上尉副官。二十四岁时，他离开军队回到北平，拜著名轻功高手、侠盗‘燕子李三’为师，学会了不少偷盗作案的本事。

“抗日战争爆发前，段云鹏离开军界，混迹江湖，沦为惯偷。屡屡在平津地区作案，曾夜入天津市市长官邸、德国大使馆及一些阔商住宅行窃。段云鹏生性狡猾，作案极少失手。因此，平津两地的刑事案件卷宗内并无实名，大多数案件也成了无头案件。

“抗日战争胜利后，国民政府军统局局长戴笠将段云鹏吸收进了行动组，授中尉军衔。国共谈判期间，段云鹏奉命刺杀中共代表叶剑英、滕代远，但被警卫人员发现而未得手。1947年，段云鹏用轻功破坏了中共北平市地下交通站，以至数百名中共地下工作者被捕，段云鹏因此受到了蒋介石的接见和重奖。为了庆贺这一殊荣，全国各地来了不少的贼头向段云鹏祝贺。其间，在这些贼头之间发生了一场鲜为人知的争斗，即拜师学艺出来的贼头和自学成才出来的贼头之间展开了一场大决斗。规则是双方各派三名选手进行车轮战，由段云鹏亲自当裁判，在当天晚上的舞会上，段云鹏指了指一个将军的妻子和一个商会会长的三姨太，对天津的李爷（拜师方的）贼头和宁夏的马爷（自学方的）贼头说：‘你们两个人谁要是能把那两位女士的项链以最快的速度转移到我的手上，谁就算赢。输者淘汰出局，赢者继续。’

“没多大工夫，李爷来到段云鹏面前将一条金项链交到了他的手上，马爷被淘汰。之后，由保定的赵二爷挑战天津的李爷，由于赵二爷窃取金戒指的速度比李爷慢了几秒也被淘汰出局。最后是广州的追风哥挑战李爷，结果也被李爷挑落马下。那一次的决战结果表明：‘正规军’就是比‘杂牌军’的偷技高超，印证了‘名师出高徒’的说法。”

“哎，李警官，那个李爷叫什么名字，是天津什么地方的人呀？”刘玉丹笑嘻嘻地问。

“你问这个干什么？”

“不瞒您说，我舅舅家姓李，也是天津人，我看能不能闹上一个亲戚什么的，这样我就不缺钱花了。”刘玉丹一边说一边咯咯地笑了起来。

李建设指着刘玉丹笑着说：“没想到你这个大记者还挺幽默的。要叫我说呀，这个李爷跟你母亲家肯定是亲戚，不信你回家问问你母亲。哈哈哈……”

“哎，李警官，说正经的。”鲍昶打断了他们的玩笑，问，“你说的那个段云鹏是不是国民政府保密局下令叫他暗杀毛主席的那个人？”

“没错，就是他。”李建设肯定地回答道。

“哦，要是这个人呀，我也知道，”林艾插话说，“段云鹏是当时的公安部部长谢富治以反革命罪亲自签字批准枪毙的。以前，我只听说他是一个特务，没想到他还是一个非常有能耐的盗贼呀！”

“不要说你了，”鲍昶看着林艾毫无保留地说，“实话实说，要不是听李警官说，到现在我也不知道段云鹏是一个江洋大盗，更不知道他还是著名侠盗‘燕子李三’的徒弟。刚才李警官说拜师学出来的人比自学出来的人能力强，这个我信，尤其是名师、大师，这些人不但技艺高超，而且身怀绝技。

这样的例子古今中外比比皆是。”

李建设说：“现在大部分小偷都是有组织的，行窃也是分地域或者势力范围的，偷窃都有明确的分工。譬如：有专门偷上衣口袋的，有专门偷裤子口袋的，还有专门划包偷取财物的。但也不排除有顺手摸一单的……有很多小偷还经常聚在一起开经验交流会呢。”

“哎，我插一句。”鲍昶问，“有没有小偷聚在一起进行比赛的？”

“这个情况是有的。据听说前几年他们还在郑州召开了一次‘全国小偷代表大会’呢。”李建设说。

刘玉丹笑道：“您说得也太悬乎了吧，又是有组织，又是有明确分工，还开什么经验交流会，我不信。”

李建设微笑着说：“我原来就干过此事。说白了我以前就是一个小偷，而且是一个非同寻常的小偷，对他们的内幕我太了解了。”

林艾咯咯地笑了起来：“别逗了吧，李警官，您要是说在电影或者在电视剧里演过警察抓小偷，我信。”

刘玉丹说：“小偷大多都贼眉鼠眼的，从面相上看，您就不像是个坏人，要叫您演小偷我估计您都演不好。”

李建设认真地说：“在你们几个有身份、有修养的人面前，我什么都不想隐瞒，在两位漂亮女士跟前我也不觉得丢人。实话实说，我以前确实是一个小偷，而且是一个技术非常精湛的小偷，技术比吴家坟练出来的小偷不知要高出多少倍。打一个不恰当的比喻：他们给我做孙子我还不愿意要呢！”

李建设的这番话说得刘玉丹和林艾面面相觑，她们俩怎么也不敢相信眼前这位斯斯文文、温文尔雅的中年警官过去竟然也是个扒手。

鲍昶心想：李建设说的话有可能是真的，他很可能就是人们常说的“浪子回头金不换”的那种人。为了进一步了解面前这个人说的是真是假，他说：“李警官，如果您曾经真的是一个技术高超的小偷，那您能不能表演一下，给我们几个人长一长见识？”

李建设爽快地说：“没问题。”然后起身对站在自己身边看热闹的一个小青年说：“请你帮我拿一下饮料。”小青年刚刚接过去，李建设马上又拿了回来：“算了，我还是把它放到茶几上吧。”李建设把饮料放到茶几上后，回头问那个年轻人：“小伙子你贵姓？”

年轻人腼腆地一笑：“我姓刘，文刀刘。上车的时候我为两位姐姐搬过行李。”

李建设坐回原处，他把一个精致的领夹递给鲍昶：“你看看小刘的领夹怎么样？”

鲍昶接过领夹立刻明白了是怎么一回事，称赞道：“李警官，您真行呀您，眨眼的工夫您就把小刘的领夹‘偷’到手了。哎，大家看看。”

小刘低头看了一下胸前，有一点儿不好意思地说：“李警官您太厉害了，我一点感觉都没有，真乃神人也。”

就在鲍昶起身将领夹递给小刘的时候，李建设也迅速地站了起来，他从鲍昶手上拿过领夹说：“还是我来吧，用法官的话说，这叫‘恢复原状’。”李建设把领夹为小刘夹好后拍了拍他的胸口说：“小伙子，下回看热闹的时候要多长几个心眼，不然会哭鼻子的。”

小刘挠了挠头，嘿嘿傻笑了几声。

李建设转身从茶几上拿回饮料坐回了原处，他喝了一口后逗乐地说：“你们在场的人，谁要是能猜出鲍检察官口袋里的钱现在‘跑’到什么地方去了，我就请谁吃午饭。”

鲍昶本能地摸了一下上衣口袋，这才意识到，自己曾经被“玉面鬼手”偷去的那八十元钱又不翼而飞了，他抬头看了一下周围人的表情，没有发现丝毫线索，然后笑着说：“李警官，您的‘乾坤转移大法’太厉害了，我怎么也想不明白，您是怎么把我的钱‘转移’出去的。”

此时，周围十几双疑惑不定的眼睛全都盯着李建设的手，他们怎么也看不出来那双和常人没有什么不同的手会有如此高超的技能。

李建设见没有人说话，他笑着对林艾说：“哎，林女士，请你把鲍检察官的钱还给他吧！”

林艾莫名其妙地问：“什么，您说什么？ 您什么时候把钱放到我这儿了？”

李建设哈哈笑道：“我要是告诉你，你不就成了我的同伙啦！ 如果你要想真的成为我的同伙，现在摸一下你的口袋也不迟呀。”

“我来看看是真是假。”刘玉丹说后起身就要去掏林艾的口袋。

“你不要动，不然的话，你口袋里的钱包马上就长腿‘跑’了。”李建设半真半假地说。

众人发出一阵大笑，刘玉丹吓得赶紧坐了回去。 林艾心理上虽然有了准备，但手伸进口袋时还是吃了一惊：“哟！李警官，您今天真的让我大开眼界了。 说实话，您简直比‘玉面鬼手’还要‘玉面鬼手’。 这会儿我怎么突然感觉和您坐在一起一点儿安全感也没有了，真的。”

接着众人又是一阵大笑。 鲍昶伸出大拇指佩服地说：

“李警官，您的技术我觉得用‘绝活儿’这个词都形容不了。”

小刘向前挪了挪，头伸得像鸭儿似的：“李警官，收我做徒弟吧，我也跟您学‘反扒’。嘿嘿嘿……您看怎么样？”

后面不知是谁也跟着喊道：“李警官，我也要拜您为师，收下我们吧。”

“小刘，你一定要学。学会了，你家的破草房不到一年就变成小洋楼了。”小孔笑着逗道。

几句话又把大伙儿逗得大笑起来。这时人群中又有一个人喊道：“小刘，你给两个漂亮的姐姐磕个头，让她们替你求个情，保准成。”

小刘的脸被羞得通红，回头对那个人喊道：“‘小色眼’，我知道，哪儿有美女哪儿就有你，请大家让开点，让他到前面来。”

外号叫“小色眼”的小伙子不屑一顾地笑着说：“看美女，这是我的自由也是我的权利，咋地？”

刘玉丹赶紧制止说：“好了好了，你们就不要瞎起哄了。”

林艾看了一下围观的人群笑嘻嘻地劝说道：“大家都不要凑热闹了，该干吗干吗去吧。”话虽是这么说，但没有一个人愿意离开。

过了一会儿，鲍昶说：“我看了一本书是介绍古代小偷的，书中说古代小偷的名目很多：掀开屋顶砖瓦弄个窟窿，顺着绳索下去的小偷叫‘开天窗’；掘壁穿穴的小偷叫‘开窑口’，也称‘开桃源’，他们钻入墙穴偷取财物；专门盗墓的小偷名叫‘掘冢’‘椎埋’；撬门行窃的小偷叫‘排塞赃’。其中天未亮时活动的叫‘踏早青’，大白天动手的叫‘白日闯’或‘白日鬼’，黄昏时出人不意行窃的叫‘跑灯花’；专门趁着主人锁门外出、开锁入户偷盗的叫‘吃恰子’，‘恰子’就是锁，这类小偷凭借自配的‘万能钥匙’开锁行窃；以乞讨为名，先上门观察地形和财物所在，然后找机会去偷窃者，叫‘铁算盘’；专门趁人不备，窃取别人晾晒衣物的小偷，叫‘收晒郎’；专门偷鸡的叫‘拾账头’；专门偷牛的叫‘牵鼻头’；专门进船舱偷窃的叫‘钻底子’，‘底子’指的是船；用长竿等工具‘钓’财物的，叫‘挖腰子’；在人群中偷窃的小偷叫‘插手’，其中徒手行窃的叫‘清插’，借助剪子、刀片等行窃的叫‘浑插’，‘浑插’中还有‘剪绺’‘小利’，‘绺’是北宋城里人佩戴的一种由丝络组合成的袋子，跟今天的钱包差不多，不过，‘绺’是拴在衣服上的。

“古代的小偷还以行窃的区域来分类：城外的小偷叫‘草窃’，城里的小偷叫‘市偷’。‘市偷’身手矫捷，技高一筹。即使防守森严的地方，有的‘市偷’也能来去自如，行窃手段高明，当时的人们称这些防不胜防的‘市偷’为‘妙手空空儿’。

“据《汉书·张敞传》记载，汉宣帝刘询当皇帝时，因为小偷太多，社会治安很不好，曾多次调换京兆尹。以抓盗贼出名的胶东相张敞，就曾被刘询调到长安，接任京兆尹。

“张敞确实有一套，到任后他摸清了长安盗贼的底细，先将几个在长安过得很滋润的‘偷长’（贼头）找来责问，令他们抓贼赎罪。到底是贼头，鬼点子亦多。他们请张敞暂时任命他们当官，回家后便大办酒席，听说‘老板’当官，全城的大贼小贼都前来祝贺，个个喝得大醉。贼头暗中在小偷的衣裙上，染上红褐色标记，而捉贼的官吏坐在巷子口等候，见到衣裙上有红褐色的就抓，这天一下子就抓到了几百个贼。

“后来审查发现，有一些高手一个人就能偷好几十家，后来这些小偷统统被法办了。经过这次整顿，长安城的社会治安一下子好转，‘市无偷盗’，小偷也不敢再来长安‘闯码头’了。

“比张敞更绝的还有，南北朝时有一位叫王敬则的官员，他抓小偷的手段更加厉害。王敬则是南朝齐人，时与京城建康（今南京）相连的吴兴郡，社会治安状况很不好，盗贼很多，偷抢案件频发。据《南史·王敬则传》记载，当时新到任的太守王敬则决心‘严打’。当时有一个十来岁的小孩子在路上拾到他人丢失的物品，王敬则借此大做文章，把小孩抓来杀头示众，吓得盗贼不敢露头，从此‘路不拾遗，郡无劫盗’。为了彻底禁偷，王敬则抓来一个小偷，当着他们亲属的面严刑鞭打，然后罚小偷去扫马路。后来他还允许小偷‘轮岗’：就是可以举报以前的同伙，来替代自己扫马路，即所谓‘令偷者举旧偷自代’。此事一经传开，当地的小偷生怕被认出来，全都逃走了，当地一度‘天下无贼’。这种抓盗贼的手段，可以叫‘用贼捉贼’法，既绝又灵，深为后世推崇。”

李建设惊讶地说：“哎哟，鲍检察官你知道的还真不少嘛！”

“嘿嘿嘿，那都是书本上说的，估计那些有关小偷行窃的代名词现在也与时俱进了。哎，您从小偷转变为警察，一定有一段鲜为人知的经历吧。不难猜想，您的那段经历肯定不同寻常……”鲍昶笑着问道。

李建设的心突然沉了下来，他叹了一口气说：“鲍检察官你说得对，我确实有一段不同寻常的过去。唉，那是一个昏暗的年代……一切都来得那么突然，一切又都来得那么可怕……”李建设的思绪一下子回到了少年时代，他说：

二十年前，“文化大革命”正进行得如火如荼，有一天下午，我冒着瓢泼大雨从复旦附中回到家里，刚一进门我就被眼前的情景惊呆了——一大群戴着红袖章的造反派正围着我的父母训话。我一进门，其中一个造反派对我妈说：“你儿子回来了，有什么话赶紧说吧，我们还要赶路呢。”我母亲一边用毛巾给我擦雨水一边对我说：“孩子，我和你爸要到‘五七’干校去了，这一去还不知道什么时候才能回来，你要好好地照顾奶奶。记住，只要有事你就去找你们班上的傅老师，她跟妈妈是好同学，我已经打电话和她说过了……”我母亲的话还没有说完，就过来几个人把他们拖走了。临出门时有一个造反派用手敲着我的脑袋说：“小兔崽子，你爸是走资派，从今天开始你就是小‘黑五类’了。”那时我还不到十六岁。晚上，奶奶把我搂进怀里含着眼泪对我说：“乖孩子，你爸爸是个好人，他每天都拿着红宝书在毛主席像前‘早请示晚汇报’、跳‘忠字舞’、狠斗‘私’字一闪念，昨天下大雨前他还带领干部群众给里弄的军烈属买米送菜、问寒问暖的呢……”

第二天里弄里贴得到处都是“打倒走资派李文成”的标语。大概过了一个星期，有一天我刚跨进学校的大门，一下子围过来好多同学指手画脚地说：“他就是走资派李文成的儿子”“把他中队长的臂章摘下来，给他戴高帽子游街示众”“管明亮快把你糊的高帽子拿过来”……我看情况不妙拔腿就跑，他们追上来把我按倒在地，一阵毒打，末了一个女生竟然踩在我身上说：“再踏上一只脚叫他永世不得翻身……”从那以后，他们天天把我拖到学校大门口，给我戴上“打倒小‘黑五类’”的高帽子示众。为了躲避这种屈辱，我只好“辍学”了。为了不让奶奶伤心，我每天只能到外面去闲逛，放学的时候再按点回来。家庭发生了重大变故，最能体现这个变故的就是生计，没过多长时间，奶奶和我开始吃水泡饭了，后来就是连稀饭也喝不饱了。

这天早晨，冷空气南下，上海下起了大雨，并不时伴随着一阵阵大风。大概是突然降温的原因，本该只吃半碗稀饭，奶奶又让我多吃了半碗。就在我背上书包拿起雨伞要出门的时候，奶奶拿出两毛钱对我说：“今天很冷，如果你饿了就买一点吃的垫垫肚子。”我知道家里困难，两毛钱能买二斤多大米，赶紧对奶奶说：“奶奶，我们家现在这么困难，您还是留着买粮食吧。”说后我就撑开雨伞顶风冒雨地走了……我在街上漫无目的地一边走一边伤心——我想见爸爸妈妈，我想到教室里上课，我想能再吃上一顿饱饭。可是对当时的我来说，那都是痴心妄想。大雨淋湿了我的衣服，肚子饿得咕咕乱叫，真可谓饥寒交迫。十点半钟左右我来到我们学校旁边的新华书店，不一会儿我们班上的学习委员刘巧玲来了——这是她和我的约定：每周二的体育课和每周五的自习课，她都会来到这里把她前几天的课堂笔记借给我，让我回家自学以便跟上老师的课程。另外，再把那几个整我的同学的动向告诉我。

刘巧玲来了以后，把手上的笔记本装进我的书包，然后从口袋里掏出两个馒头递给我说：“看你这几天瘦得，赶紧吃了吧！”这简直就是雪中送炭，我接过馒头感激地点了点头，然后大口大口地吃了起来。尽管我当时非常饿，可我还是只吃了一个，因为我家里还有一个年迈的奶奶，我要把另一个留给她吃。我吃下一个馒头后不好意思地对刘巧玲说：“谢谢你，这个馒头我过一会儿再吃。”然后把它装到了书包里。刘巧玲向周围看了看，拉着我来到书店里面小声地对我说：

“那几个高年级同学打你、给你戴高帽子游街示众的原因我打听出来了，不是因为你爸进‘五七’干校劳动改造，我们学校进‘五七’干校劳动改造的父母多了去了。主要是两年前你爸在国棉六厂当厂长的时候，开除了一些游手好闲、上班赌博、手脚不太干净的职工。在那些被开除的职工中就有几个人是他们的家长，比我们高一级的管明亮就是其中的一个。他们把这些怨恨全部发泄到了你的头上，这些天他们不知道到我们班上来了多少趟，还问了你家的住址呢。你可千万不能被他们抓到！唉，你要是能到亲戚家躲一躲就好了。喂喂，要不叫我爸给你转个学校怎么样？”我一听当时就懵了——学，肯定是上不成了；躲？往哪儿躲呢，在上海我一个亲戚也没有；转学？又怎么转，现在家里连稀饭都快要喝不上了，转学的费用又到哪里去搞呢？我无计可施、无法可想，更不能向一个女孩子哭诉。我强忍住眼泪佯装笑脸对她说：“让我想一想再说吧。”过了一会儿，她说她该回去了，同学们还等着她收作业本呢。她看我没有反应，微笑着把纤细的手伸到我面前说：“怎么，上一次的笔记本不想还我啦？”我赶紧拿出来递给她说：“谢谢了，你真好。”她一把从我手上夺过笔记本，一蹦一跳地远离了我的视线。刘巧玲对我很好，我原以为是因为她爸和我爸曾在上海市工业局是同事的关系……

为了调节一下李建设悲伤的情绪，刘玉丹笑咯咯地说：“刘巧玲对你那么好，你们肯定是恋爱了。”

李建设摆了摆手赶紧解释说：“没有没有，那时我还不到十六岁，就像一只没有开叫的小公鸡，哪里懂得什么谈情说爱呀。老实说，那个时候我连一点点春心萌动的感觉都没有，因为我饥寒交迫、身心疲惫。”

林艾指着刘玉丹说：“你这个傻丫头，那怎么是谈恋爱呢？ 是刘巧玲暗恋上小帅哥了。”

李建设笑了：“那也不叫暗恋，只是喜欢，后来呀，要不是出现了意外情况，她真有可能成了我的爱妻。”说着他从口袋里掏出工作证，从里面拿出一张头戴黄军帽、扎着两条小辫子的姑娘的照片说：“这就是她那个时候的照片，你们看看怎么样？”

“哇，水灵灵的，真漂亮。”林艾惊呼了一声。

刘玉丹一边看一边评论说：“‘脸若银盘，眼似水杏，唇不点而红，眉不画而翠。’刘巧玲长得真好看，真的。”

那个小刘伸头看了一眼，插话说：“我看有点儿像电影《海岛女民兵》里的海霞，英姿飒爽，人见人爱。”

中铺上趴着的那个中年妇女插话说：“小刘是看到那两个小辫子联想出来的，要叫我说呀，她的脸型特别像《白毛女》里的喜儿，眉清目秀的。”

这时，人群后面有人喊道：“你们都不要乱打岔了好不好，再打岔我们就要到站下车了，下面请李警官继续往下说。”

鲍昶哈哈笑了起来：“看来，有关小偷的故事，还有不少人喜欢听呢！ 李警官，您继续开展反扒知识教育吧。”

李建设收起照片接着回忆道：

从新华书店出来，我拖着沉重的脚步无精打采地来到学校大门口，我看了一会儿想进而又不敢进的教室准备回家了。突然，一个二十六七岁的青年人拍了拍我的肩膀亲切地说：“小兄弟，你很长时间没有上学了吧？”

我看是个陌生人，撒腿就跑，他一把拽住我：“小兄弟，你不要害怕，我不是坏人，我和你爸是熟人，我有话要跟你说。”

我喊道：“放开我，我不信。”

“难道你不想知道你爸爸李文成在什么地方吗？”

我一听赶紧问：“我爸爸他现在在哪里？ 我想见他，你能带我去吗？”

他说：“你爸现在在奉贤县‘五七’干校，离这里非常远，他住集体宿舍，吃集体食堂，每天挑大粪浇菜、喂猪养鸭，什么农活都得干。 现在管得很紧，根本不给外人见面，等过一段时间我再想办法带你去。”

我的心情顿时好了起来，仿佛在黑暗里看见了曙光。 心想：只要能见到爸爸，上学、吃饭就没有问题了。 我问：“那你什么时候能带我去呢？ 我想尽快到学校上课。”

他安慰我说：“你的心情我理解，现在你爸被打成了‘走资派’，‘走资派’就是‘牛鬼蛇神’‘黑五类’，你现在是‘牛鬼蛇神’‘黑五类’的儿子，你想一想，你们学校的同学能让你跨进学校的大门吗？ 他们见了你还不把你往死里整啊！ 我已经注意你很长时间了，他们总是欺负你。 我看你蛮可怜的，走，我带你吃一点东西去。”

我摇了摇头说：“我不认识你，我不能跟你走。”

他说：“我叫郑爱国，你爸是我的老领导，你爸在国棉六厂当厂长的时候，我是厂里的机修工，有一天我不小心被机器轧掉了一根手指头，是你爸亲自送我到医院的，你看看……”他把只有半截的食指伸到了我的面前，接着说，“后来你爸不但让我吃了工伤，还把我调到了厂部办公室。 他对我有恩，我不能忘恩负义。 今天我请你吃饭只不过是尽我一点点心意而已。”

郑爱国的一番话让我放下了戒备心，随后他带我来到一家饭店饱饱地吃了一顿，并买了几个肉包子让我带给奶奶。之后，他每天都带我出去玩，请我吃饭。当时我不只是为了填饱肚子，最重要的是为了见到我的父亲。大概过了半个月，我看郑爱国根本没有带我到“五七”干校去的意思，就开始不想见他了。这天我背着书包在僻静的里弄里转了一会儿，便早早地来到新华书店等刘巧玲——我们已有好几次没有见面了。不知为什么这一次她又没有来。就在我无精打采往回走的时候，郑爱国出现了，他一把拽住我说：“小李，你让我好找哇！这几天你跑到哪里去了？”

我一边推他的手一边说：“你是个骗子，我不想见你。”

他照我脸上就是一巴掌，骂道：“你他妈的到处骗吃骗喝，还……还讲我是骗子，真他妈的岂有此理。”

我直愣愣地瞪着他说：“是你讲带我见我爸的……”

郑爱国目露凶光吼道：“你爸是走资本主义道路的当权派，是无产阶级专政的对象，是你想见就能见的啊？”他指了指周围墙上继续骂道，“这些大字报、标语，你没长眼睛啊！小兔崽子，把吃我的喝我的全都吐出来，我就不找你了。”

我一听就知道问题严重了，显然他是在找我赔钱，我说：“我现在没有钱，不过，要不了多长时间我就会把钱还给你的。”

郑爱国冷笑一声：“哼，就你这个熊样，别看这几十块钱，那可是一般干部两个月的工资，你拿什么来还？你爸你妈在‘牛棚’里自己都顾不了自己，靠你奶奶来还？我想都不敢想。你要是不马上还钱我就到你家搬东西去。你看什么看？你以为我不认识你家呀！”

我一听就傻眼了。周围虽然围了不少人，但是没有一个敢帮我说话的。过了一会儿郑爱国突然换了一个口气，说：

“这样吧，我来给你想一个办法，我给你找一个地方干一个月的活，一个月后钱账两清，到时候你走你的阳关道、我走我的独木桥，怎么样？啊？”

无奈之下，我只能答应。当天下午，我被郑爱国带到一个地方，就像现在电影或电视剧里经常出现的帮会大厅一样，两边站着几个横眉竖眼的壮汉，前方正中的太师椅上坐着一个老家伙，圆圆的脑袋，头发快掉没了，他双目微闭，左手扶着椅子扶手，右手不停地转动着两个发亮的山核桃。与这个环境最不协调的是，这人居然长得慈眉善目的。此人正是这里的一帮之主，人称“管爷”。此时管爷旁边站着一个人，正指指戳戳地给跪在地上的一个女孩子训话。管爷看见站在门外等候的郑爱国后，说了声：“……把她带下去，叫她好好长点记性。”然后招呼道：“国子，你进来吧。”

郑爱国把我领进屋里让我站在中间，然后屁颠屁颠地跑到管爷跟前小声地说了些什么，我趁郑爱国低语的时候，打量了一下四周，只见屋子里面古色古香，明式的桌椅、长案，正面挂着一幅中堂，看样子是名人所作，旁边的博古架上摆放着很多不同种类、大小不一的瓷器。待郑爱国耳语完毕，管爷对我说道：“你小子到这儿后给我老实点，要不然不要怪我管某人不讲义气。”声音不大却令人生畏。

郑爱国把我拽到管爷跟前，托起我的右手说：“管爷，您老看一看他的手，绝对是个上等‘钳工’的料。”

当时我没有听懂，心想：只有人说我的手指长，是个弹钢琴的好材料，从来没有人说我适合干钳工这种“粗活”。

管爷接过郑爱国献上的一支香烟，在两指之间玩得乱转，然后低头看了看我的手指，称赞说：“不错，是块好料子，把他送到‘钳工’车间去，看看二爷喜不喜欢、愿不愿意教他，如果二爷不愿意教就选个高手好好地带一带。哦，对了，训练前的教育要照常进行。”

管爷招了招手，一个叫蔡大头的彪形大汉走了过来，二话没说抓着我的肩膀就走。蔡大头把我带出大厅来到隔壁房间，指着一个吊在房梁上的女人说：“看到了吧，到了这儿就要听话，叫干什么就干什么，不然下一个吊在这里的就是你。”

我说：“我是来干活还钱的，你们不能这样对待我。”

蔡大头揪住我的耳朵说：“我只知道老大是叫你学‘钳工’的，‘钳工’你知不知道？”他看我发呆，一个字一个字地说：“就，是，扒，手。”

我一听是叫我学小偷，立刻喊道：“我不干。”说着就要跑。

蔡大头一把抓住我的头发，差一点没把我提起来，照脸就是两记耳光：“你要是敢跑，你要是再喊，我马上就把你吊起来，你信不信。”然后把我撂倒在地，骂了一句：“我要不是看‘老大’对你不错，现在我就叫你脚朝天头朝地。你个小兔崽子，竟敢惹老子生气。”说着又狠狠地踢了我一脚。

晚上，我被关在一个套间的内屋里，窗户是被钢筋焊上的，根本逃不出去。郑爱国和蔡大头买了一些酒和菜在外间。

那天夜里，是我有生以来最不平静的一夜。我看了一眼睡在我两边的郑爱国和蔡大头，流下了痛苦的眼泪。我想，这辈子难道就这么完了吗？父母被造反派带走的那一幕再次浮现在了我的眼前；奶奶佝偻着腰为无米下锅而四处奔波的身影挥之不去。迷迷糊糊之中，我好像被人捆绑着吊在一棵大树上，下边有人指着我说：“用黑漆在他脸上写上‘小偷’两个字，明天游街示众以后再把他送到派出所去……”第二天上午，游街示众后，我被他们带到了学校，管明亮指着我对围观的同学说：“谁说龙生龙、凤生凤的，李文成的儿子不是变成小偷了吗？”然后他端来一盆狗血一下子浇到了我的头上……我惊出一身冷汗，猛地坐了起来。黑暗中，我摸下床，试图逃走。突然一道强烈的手电筒光照在我的脸上，蔡大头厉声吼道：“干什么呢你？”

我吓了一大跳，赶紧说：“我要解手。”

蔡大头恶狠狠地骂道：“你他妈的要是想逃跑，老子整死你。那边有马桶，快去。你个臭小子！”

我解完小便回到床上，眼泪不停地往外流，那一夜是我有生以来感觉最漫长的一夜，也是最痛苦的一夜。后来我把当时的感受写下来，作《如梦令》词一首：

日月无光雨骤，
乌云密布心头。
狂浪卷孤帆，
高喊无人相救。
无故、无故，
哭喊神灵保佑。

三、小偷内幕知多少　便衣诉得更深奥

第二天，我的小偷训练正式开始了。郑爱国把我带到一个四合院，进了东边的一间房间，这个房间与普通人家的客厅没有什么两样，所不同的是，房子中间依次摆放着三个煤炉，煤炉上烧着三盆开水。郑爱国把我带到坐在八仙桌旁的一个人面前——此人三十来岁，眉清目秀，着一身浅灰色长衫，仿佛解放前的教书先生——这个人的相貌我并不怎么反感，但他从事小偷的行当却拉开了我们之间的距离，我一直对他敬而远之。郑爱国嘿嘿笑了两声，点头哈腰地说："高教授，请您看看这个学生如何？"

高教授围着我转了一圈，拿起我的手仔细看了看，然后捏了捏我右手的食指和中指说："先天条件不错，这个学生我带了。"他重新回到桌旁坐下，抽出一支牡丹烟点燃，不紧不慢地对我说："从今天开始你就叫我高老师，我教你的功夫是'转移大法'中的'二指禅'，也叫'二指神功'，俗称'无影手'，就是用中指和食指去转移物品。我要教的课程共有六门，你在这里待多长时间，是两年、三年，还是五年，这个

时间的长短完全取决于你自己。”他把我领到煤炉前，指着盆里的开水说：“你的第一课，就是把这个盆里的5分硬币钳到另一个盆里去，然后再把它钳回来，总共180枚，每次限时60秒。这一课所练的功夫就一个字——快。记住了：慢，就会烫伤你的手。你什么时候练出来了，我什么时候再教你往下练。”

把180枚5分硬币从滚开的水中夹出来，还有时间限制。我心想：你不要站着说话不嫌腰疼，我先为难为难你再说：“高老师，你能做一遍给我看看吗？”

那个姓高的瞪了我一眼，又抓了一大把硬币哗啦一下丢到了盆里，然后把秒表朝我手里一放，只见他两个手指上下翻飞，另外一个盆里的硬币就像断了线的珍珠直往下落，就在我伸头想仔细看清楚时，他掐停了秒表。235枚硬币，他仅用了46秒。闪电般的速度看得我目瞪口呆，半天没有缓过神来。他把毫发无损的两个手指在我面前翻转了两下，然后用毛巾擦去水，从口袋里钳出一支香烟点燃，提醒道：“喂！怎么样，不是天方夜谭吧！”

我无话可说，只得硬着头皮练了起来。可是，不管我怎么去钳，就是钳不住，两根手指笨得就像木棍一样，我断断续续地折腾了两个小时也没有夹出几个硬币，我急得直跺脚，恨自己没有用。此时虽然我的手已被开水烫得通红，但我仍坚持不懈地夹着，高教授坐在我的对面，不是喝茶就是抽烟，就像眼前没人一样。当他发现我那股倔劲儿的时候，他放下手里的茶壶，对我说：“好了好了，不要蛮干了。再这样捣腾下去，不一会儿你的手就要起泡了。现在听我说，你最大的问题就是思想不集中，下手前没有用脑子。”他用筷子指着水里的硬币说：“要想快速钳出它们有两种方法，一是捡那些翘起边的硬币夹，夹住后在拿出的瞬间快速地旋一下，周围的硬币就会被水流旋起来，然后甩出手里的硬币赶紧去钳水里还没有倒下的那枚，周而复始即可；二是看准一个硬币的外边沿，中指下去轻轻一推它就会翘起来，食指往上一靠就夹住了。”然后他从口袋掏出一枚硬币放在桌上做完示范后说：“练这种功夫一定要记住八个字：集中精力，眼尖手快。如果你快得像小鸡啄米一样，或者更快，开水还能烫到你的手指吗？我估算过：人的手指放在开水里两秒钟，是不会被烫伤的。另外我还要告诉你，人的手是无所不能的，只有脑子想不到的，没有手做不到的。”

在高教授的点拨和指导下，我很快掌握了这门技巧。当天下午，我就能在两个小时内把 180 枚 5 分硬币钳到另外一个盆里了。三天后我把时间缩短到了半个小时，半个月后我成功地结束了第一课，即在 60 秒内从开水里钳出 180 枚 5 分硬币。大概是熟能生巧的缘故吧，第二课练习的是钳 2 分硬币，第三课练习的是钳 1 分硬币，同样的数量、同样的秒数，我总共用了十一天就练出来了。

我的接受能力，远远超出了高教授的想象，虽然他没有说出口，但是我从他的表情和神态上能够看得出来。接连几天，他既没有教我第四课，也没有叫我继续练习第三课，而是陪我漫无边际地闲聊。在聊天中我除了不了解他不愿多说的身世以外，有关扒窃的方法、扒窃的招数、目标的识别、行业的术语等，几乎了解遍了这个行当的所有知识——而这些看起来旁门左道的东西，却在我日后的反扒工作中发挥了很大的作用。在与高教授的交谈中我慢慢地对性格内向、话语不多的他产生了一些好感。一天傍晚，高教授对来接我走的郑爱国说：“你去跟老大说一声，今天晚上我留小李吃饭。另外，请你帮我到外边买一斤猪头肉、半斤花生米、一瓶白酒和一瓶红酒。”

郑爱国一头雾水，他既没走也没敢问，因为眼前这个人带过很多徒弟但从来没有留过人吃饭，就连帮里各路头目也没有喝过他一杯酒，他怎么也想不通，为什么二当家的会对这个小孩子这么好。

高教授不耐烦地说：“我讲话不管用了是吧？”

郑爱国赶紧点头应道：“是，二爷，我……我这就去。”

望着郑爱国远去的背影，高教授鄙夷地说了一句：“废物一个，江湖上有几个被人剁了手指的？ 手艺不精，丢人现眼。”

此时，我才明白，原来郑爱国的手指不是什么工伤，而是行窃时被人抓住剁掉的。 我心里暗暗地骂了一句：“狗杂种，骗子。”

高教授的意外举动惊动了老大，管爷除了买了高教授钦点的几样吃的喝的以外，另外还买了好几个菜并添了两瓶白酒过来。 一进门他就笑哈哈地说道：“哈哈哈……老二能开戒，说明有喜呀！ 今天晚上你不用掏钱，所有花销全部算我的，不够再叫国子去买。 呵呵呵……”

在那个物资贫乏、什么都靠计划供应的年代，高教授平时抽的不是牡丹就是大前门香烟，今天管老大带来的又是八大名酒之一的古井贡。 他们平时用的东西，就是有钱有时候也买不到。 甚至十六级干部也达不到这样的生活水平。 然而当人们知道这是黑帮老大和贼窝，也就不足为奇了。

高教授邀请管爷坐下后，递了一支牡丹烟给他，我为他们点着香烟，摆上菜，倒上酒，正准备退下，高教授一把拽住我，露出了很少见到的微笑。 他对管老大说：“管爷，你不知道，小李这孩子天资聪颖，学东西一点就通，再难的技术一学就会。这还不到一个月他就学完了我的三门课程，这在我带的学生中是极其少见的。如果我没有看错的话，不出五个月他就能出师，不出三年就能名震江湖。”

管爷惊讶地说：“真的呀？他还能比你的其他几个高徒厉害吗？”

高教授说：“老大，你不知道底细，我那几个学生花了两三年的时间只学了我三分之一的本事，小李这孩子就不同了，他不到一个月就学去了三分之一，这是我‘高卖’世家五代才遇到的一个奇才，我估计再有三到四个月他就能把我身上的技术全部学完。哈哈哈……这太令我高兴了。”

管爷心知肚明，他的整个“江山（地盘）”有一半是靠这个二当家支撑的，这不仅仅是因为他为帮里培养了几个高端人才，还因为他的“二指神功”经常令那些侵犯本地盘的“老荣”空手而归。今天他能出此诳语，当面夸奖他的徒弟是旷世奇才，这绝非是和自己打打牙祭。于是他咧着大嘴哈哈笑道：“人才难得呀！奇才更是难得啊！小李，快坐下，把红酒倒上，陪管爷和你师父喝一杯。”

我说：“对不起管爷，我不会喝酒。”

管爷的脸突然沉了下来：“我管爷说话从来没有掉到地上过，你就喝一小盅，敬我和你师父。”

高老师微笑着对我说：“小李，按管爷说的做。”

我倒了一小杯红酒敬了管爷和高老师。管爷大笑，夹了几块猪头肉给我，招呼说：“吃菜，哈哈哈……只管吃菜，下面就不要你喝了，我和你师父喝。来，老二，我们两个人干一杯。”

管爷与高教授频频举杯、你来我往，不知不觉下去了半瓶。高教授说："管爷，你知道，我已经一两年没有沾酒了，今天我之所以破戒就是因为收了这么一个好弟子。"说后又抓了一把花生米给我。

管爷拍了拍自己的脑袋指着高教授笑哈哈地说："老二呀，你一高兴也把我乐得什么都忘了，哈哈哈……哦，对了，你现在身体怎么样了？"

高教授没有回答，只是轻轻地摇了摇头。

就在这两个黑帮头目把酒问盏喝在兴头上的时候，蔡大头拖着一个五花大绑的女孩子进了房间，粗声粗气地说："管爷，这个臭婊子老是逃跑，您看怎么办？"

管爷脸一横恶狠狠地说："按老规矩，灭了。"

那个女孩一听要把她处死，赶紧跪下来哀求道："管爷饶了我吧，管爷饶了我吧，我再也不跑了……二爷救救我呀，二爷……"

蔡大头给女孩子嘴里塞满杂物然后捏住嘴唇，郑爱国拿起针线就要缝她的嘴，女孩眼泪汪汪，哼着凄惨的鼻音……

我吓得手脚冰凉战战兢兢地挪到高教授身边，下意识地抱住了他的胳膊。高老师看了我一眼，摸了摸我的手背，然后把筷子往桌子上一撂，冷冷地骂了一句："真他妈的扫兴，喝个鸟酒都喝不安生。"

管爷看高教授突然撂下了脸子，皱了皱眉头，然后对正在忙活的蔡大头和郑爱国骂道："你们两个人瞎了眼了，没看见二爷正在和我喝酒吗？有眼无珠的东西……还愣着干吗？拖下去，明天再说。"

后来我才知道：管爷曾经许诺过，不在高教授面前体罚人，更不能杀人。

酒席散了以后，我悄悄地恳求高教授说："师父，我想请您求管爷饶了那个小姑娘，您看她多可怜呀。”

他抚摸着我的头，嘴角露出了一丝微笑：“这几个月来，你是第一次这样叫我，要不是我身体原因，我真想收你做义子。去吧，没事，明天我们上新课。”

第二天风和日丽、阳光灿烂，我的心情不知有多好，因为不但郑爱国一反常态地对我点头哈腰、满脸堆笑，而且我长期被人欺辱、在别人面前抬不起头的心理突然得到了解脱。有一位哲人说过：不管你处在什么样的人群里，只要能得到大家的尊重，你的心灵就会得到莫大的慰藉。

当我再次跨进那个所谓的钳工车间的时候，我愣住了。房间里的煤炉没有了，取而代之的是四个人体模特，他们分别穿着中山装、军干服，还有一些我叫不出名字的服装，这些服装有一个共同的特点，就是口袋上都有纽扣。高教授对我说：“今天我要教你的课程是解纽扣，解纽扣这件事什么人都会做，有的人用两只手去解，也有的人用一只手去解，但从来没有人想到过用两个手指头去解，更没有人会想到两个手指解起来比任何解法都要快。能快到什么程度？现在我告诉你：它比剪刀还要快。现在这里并排站着四个模特，上衣共有七个小口袋、八个大口袋，屁股后面的裤子上共有四个小口袋。这些口袋全部都是扣上的。你看好了——”说罢，他就像走大街一样，围着四个模特走了一圈，然后招呼我说：“你再仔细去看看吧。”

我依次查看后，令我惊讶的是，这四个模特口袋上的纽扣全都被解开了。短短的几秒钟解了十九个扣子，太神奇了，真的令人难以置信。新鲜事物总是具有强大的吸引力，这大概就是人们常说的好奇心吧。我被他那闪电般的速度和轻如鸿毛的手法彻底吸引住了，就像猫儿见了鱼一样，惹得我心里直痒痒，想不学都不行。不过，我得先声明一下：当时我想学的原因只是新奇、好玩，并不是真的想去做小偷。

高教授演示过了以后对我说："人眨眼的时间为0.2～0.4秒，人的视觉反应大约是0.1秒，如果要让别人睁大眼睛也看不见你的手，你手的速度必须达到0.05秒。功夫不是天生的，而是苦练出来的。'冰冻三尺非一日之寒，滴水穿石非一日之功'讲的就是这个道理。现在我把两个手指解纽扣的方法、步骤和基本要领教给你。你要认真刻苦地练习，熟能生巧。"

在高教授手把手的指导下，我很快就能解开各种纽扣了。然而，要达到快若闪电般的速度绝非易事，我苦练了很长时间也没能达到他一秒钟解开三个扣子的最低要求。这天上午，高教授突然把我叫到面前表情痛苦地说："小李呀，你解纽扣的技术就暂时练到这儿吧，抽时间再加紧练习。现在我的身体越来越差了，我怕我哪一天突然倒下，你后面的功夫就学不成了，所以我想把下面几门课的要领提前教给你，你再慢慢地去练。实话告诉你吧，就是下面的功夫不学，你也是帮里的顶尖高手了。但是，把你培养成帮里的顶尖高手并不是我的目的，按照你的条件和智慧，你应该是'二指神功'的第六代传人，成为这个行当里的老大。我们这个家族，祖上以'高卖'自称并闻名于江湖。所以我要把这门绝技全部传给你，下午我就教你钳鸭蛋煤球和夹豆腐的功夫……好了，我要歇一会儿了。"

面对眼前这个人，我不知道该如何是好，因为他不仅有绝技有学识，更为重要的是这个人城府太深，深不可测。

下午，他坐在椅子上指着地上一个空煤炉和一个炉火正旺的煤炉说："你今天的课程就是把这个炉子里的三十个鸭蛋煤球钳到另外一个空炉子里去，然后再钳回来，限时 20 秒。注意，既不能夹得太紧也不能夹得太松。紧了烧手，松了夹不住。”

他看了看我畏惧的样子说：“以前没有鸭蛋煤球，我练的都是烧红的铁蛋，铁蛋比煤球重，钳起来更困难。你不要害怕，眼是孬种、手是好汉。我再说一遍：手是无所不能的。只要你用心地去练它，它就会出现意想不到的奇迹。再说你已经有了钳硬币（耐热、快速）的基本功了，再练这个功夫应该不会花太长的时间。”

过了好一会儿，他指着八仙桌上的一块豆腐说：“你练完钳鸭蛋煤球的功夫后，接下来就练它。”他用刀在豆腐上划了很多下，将它划成很多厚度不到一厘米的小方块。不过，从外表上看还是一块整的。他缓缓地站起身，显得有点儿吃力，然后伸出食指和中指夹起一片小块豆腐向我示意了一下，意思是说：怎么样，豆腐钳得起来吧。然后轻轻地放在了一边。猛然间，他二指传动犹如蛟龙摆尾，转眼间四十块小豆腐被转移到了另一处，并重新组成了一块大豆腐。

高手分为超一流高手、强一流高手和一般高手。高教授是业内真正的超一流高手，看他出神入化的表演，简直就是一种享受。我好奇地上前试了一下，可是两个手指刚夹到豆腐它就碎了，结果我把几十块小豆腐全部试完了也没有夹起来一块，更不要说移动它了。

高教授又拿来一块大豆腐并划成很多小方块，他打趣地说：“小子，怎么样？还想试试吗？实话告诉你，我要是不说出里面的诀窍，你永远也钳不起来，更不用说快速移动它了。练这个功夫有一个四句口诀，叫作‘一抵二拨三再夹，抬起中指快搬家……’”

然后他对照口诀分步进行了演示。按照他的手法和口诀我很快也能把小块豆腐夹起来了。高教授点燃一支香烟，微笑着拍了拍我的肩膀说：“技法我都教给你了，但愿你不要令我失望。好，开始练习夹鸭蛋煤球吧。”

第二天，我来到“钳工”车间，发现高教授不在，桌子上留有一张纸条，上面写着：“小李，我外出有事，过一段时间才能回来，希望你刻苦练功，早日成为‘二指神功’的传人。即日，高老师。”我呆呆地看着用毛笔写出的那行小楷，想从中窥探出这个神秘人物的身世。然而……

就在我发愣的时候，管爷来了，我从管爷的口中才知道高教授身患重病住院了。管爷对高教授这个人也知之甚少，只知道他是“老荣”世家，“无影手”的第五代传人。“无影手”为何人所创，历代传人有哪些，无从知晓。就连高教授的真实姓名，也没有人能说得清楚。

“哎哎哎，李警官，那个‘鸭蛋煤球’你练出来了吗？那个高教授的病后来好了没有？你偷没偷过人家的钱包？那么长时间您奶奶是怎么过的？您爸爸妈妈后来怎么样了？哦，对了，还有那个女孩子……”刘玉丹迫不及待地提出了一大堆的问题。

林艾听了有些着急：“你这个大记者呀！叫我怎么说你才好呢？你像连珠炮似的一下子‘轰出’那么多的问题，叫人家怎么回答你呀？再说了，人家李警官还没有讲完呢！”

鲍昶笑了：“呵呵呵……她呀，也是遇到新鲜事物了，‘新鲜事物总是具有强大魅力的’。何况她还是我们《新华日报》的著名大记者，那就更不会放过任何一个疑问了。”

刘玉丹说：“小偷虽然人人都恨，但小偷的故事谁都爱听，更何况李警官说的是我们从未听过、从未见过的内幕呢！

这种新鲜事儿我当然要刨根问底喽，这也许就是记者的好奇心所致吧！”

林艾笑着摸了摸刘玉丹的手挑着音调说：“我的大小姐哎，好奇不是你们记者的专利，我不是记者，我也很好奇。”

李建设微笑着打趣道：“对鲜艳的花朵我从来都不会放过多看几眼的机会，对漂亮姑娘的提问我总是有问必答的。但是有一条，你不能把我写出来卖了，不然的话，我好没面子哦！”

刘玉丹咯咯地笑了：“我敢吗我？不经过您的同意，您借两个胆子我也不敢呀。”然后娇声娇气地说，“好了，李警官，您快说吧。”

“哦，我说我说。哎，我该从何说起呀？”李建设看着刘玉丹故意问道。

“先说‘鸭蛋煤球’，然后再说‘豆腐’。”林艾插了一句。

李建设咳嗽两声清了清嗓子说：“面对一炉通红的鸭蛋煤球，我转了几圈也没有敢下手。后来，我想了一个办法：在脸盆里倒上开水把两个手指反反复复地伸进去适应，这一招果然奏效，很快就提高了两个手指的耐热度和耐热时间。这天我咬着牙，以最快的速度、最轻的力道，接连钳了几个鸭蛋煤球到另外一个炉子里，过了一会儿我又连着钳了几个，就这样我停一下钳几个，并逐步增加每一次所钳的数量，最后我终于练出来了，速度是 20 秒 60 个。”

林艾惊讶地问：“那不是平均一秒钟要夹三个啊！您的手能受得了吗？”

李建设说：“受不了也要受，他们才不烦你这些神呢！你夹也得夹，不夹也得夹。不然的话，他们就把你的手放到火上去烤。”

“这也太狠了吧！”刘玉丹直咂嘴。

“如果高老师在场，我估计他们就不敢这么做了。”林艾猜测说。

李建设说：“据说江湖上练‘上刀山下火海’的功夫，比我练的这个还要残酷得多，那玩意搞不好是要送命的。而我练的这种功夫不会送命，练的要诀就三个字：准、轻、快。”

“您的手指后来怎么样了？”刘玉丹关心地问。

李建设说：“你想想那能受得了吗？当时我的手又红又肿、灼痛难忍。每练完一遍我都会放在凉水里去冰一冰。”

“那您为什么不想办法逃走呢？”

李建设冷笑了一声说：“逃？一是逃不了；二是如果被抓回来了，轻者打得你皮开肉绽，重者就把你搞死。”

“简直就是无法无天。”林艾气愤地说。

李建设叹了一口气：“唉，你说得对，那儿就是一个无法无天的地方，不然怎么叫‘黑道’呢。我讲一件事给你们听，叫你逃你都不敢逃了。当时和我一起被他们骗去的还有一个女孩子，叫周岱梅，稍微比我大一点。她逃跑了好几次都没有跑掉，每一次抓回来都被他们打得死去活来。最后一次她被抓回来以后，管老大拨拉一下手说：‘既然她不长记性，那就送她去见阎王爷吧！免得毁了帮里的规矩。’这时，过来两个彪形大汉把她的两只手拧在背后用细铁丝捆住，嘴里塞满东西，用针把嘴唇缝上后戴上口罩，外面披了个军大衣塞到汽车里，找一个没有人的地方就……”

“这个女的就这样被处死啦？”林艾的声音有点儿颤抖。

李建设点了点头，脸色阴沉地说：“后来我听说周岱梅被他们拉到一个偏僻的地方塞到阴井里闷死了。”

小刘面带怒气而又十分吃惊地说：“这些人胆子也太大了，难道他们就不怕被公安局抓到了，要坐牢要枪毙的吗？”

鲍昶笑着解释说：“李警官说的是二十年前的事，那个时候‘砸烂公检法’，社会很混乱……哎，不说了，你小，说了你也听不懂。”

“小色眼”插话说：“检察官说得对，那个时候他还穿开裆裤尿尿和玩泥巴呢，他懂个屁呀？ 哈哈哈……”

小刘很不高兴地说：“你这个人呀，到哪儿都没有正经话。 你什么时候才能长大成人呢，我真为你娘愁得慌。”

“小色眼”嘿嘿笑了几声：“俺娘才不愁呢，去年俺打工给家里寄了四千块钱，俺娘说：‘今年盖新房，明年给俺娶媳妇，后年她就能抱上孙子了。’她呀，乐得不得了，一点儿都不愁。”

刘玉丹看了看这两个喜欢抬杠的小伙子，心想：现在农民进城打工不但改变了他们贫穷落后的面貌，而且增长了见识，变得能说会道了。 要不是改革开放，他们可能穷得连饭都吃不饱，哪还有时间贫嘴。

林艾对两个小伙子拌嘴没有什么兴趣，她只爱听李建设的故事。“哎，李警官，您夹豆腐的功夫是怎么练的？ 您给我们说一说。”

李建设调皮地一笑：“练这个功夫的秘诀我已经粗心大意说出来了，可是练这种功夫的动作恕我直言，那是万万不能相告的。 结果我可以告诉你，我搬移四十块小豆腐的速度比高教授还要快上几秒。”

林艾故意用轻蔑的眼神瞟了一下李建设的手，带着激将的语气说：“就您一个文弱书生，谁信呀？”

李建设笑着反问了一句：“你真的不信吗？”

林艾笑嘻嘻地说："说实话，看不出来。"

李建设说："世上无难事，只怕有心人。只要你能吃下那份苦，用心去练，奇迹就会发生。我不但练出了火中夹煤球，而且练出了快速夹豆腐的功夫。后来，高教授听说我练完了所有的课程，并达到了他的要求，拖着病躯从医院回到了'钳工'车间，对我进行了一次全面的测试，最后他满意地点了点头说：'你可以出道了。但是，我对你有一个要求：你不能为所欲为，要记住，在这个行当里也有良知。没有良知的人就是禽兽，甚至连禽兽都不如。'过了很长时间，他又对我说：'你不要担心你的奶奶，她生活得很好，每个月都有人送生活费给她……我剩下的时间已经不多了，我也不想到医院去了，我知道这个病是治不好的。'他缓慢地从身上掏出一份遗嘱和几把钥匙，突然从他手中滑落一张二寸黑白照片，上面是一对双胞胎女孩，大概四五岁的样子，我把照片从地上拾起来递给了他。他把那份遗嘱和钥匙放在我的手里说：'我住的地方有五千多元钱，还有一些其他东西，你留下一千元后按照我的遗嘱进行分配，剩下的钱你替我捐掉，为我做点好事，免得我到阴间受罪。'"

"我的娘哎，姓高的偷了人家这么多钱呀，那要害多少人啊！太可恶了。"刘玉丹之所以惊讶是因为那时普通人的工资每月只有三四十元。

小刘插话说："就是的，这种人早死早好，死了叫他下十八层地狱。"

李建设说："当时我也以为它是偷来的，可我看了遗嘱后才知道那是他祖上留下来的五千块大洋。另外，还有一个精美的玉指环翡翠戒指。在这次交谈中，我还了解到了一些其他信息：一是他不姓高，而是姓李，但不是'燕子李三'的后代；二是他家祖上几代，男的都没有活过五十岁，他认为这是上天对他‘高卖’世家的惩罚，所以他这一代立下了‘五不偷’的誓言，即老人、孩子、妇女、残疾人和救命钱不偷；三是不承认我是他的徒弟，只承认我是他的学生。”

林艾一边摇头一边说：“这个人怪怪的，有点儿令人费解，真的。”

刘玉丹猜测说：“高教授这么信任您，肯定是把您当成关门弟子了。”

李建设点了点头，微微一笑说：“是这样的。当天中午，管老大带着几个小头目提着礼物来看望高教授，高教授对我耳语说：‘你得露一手，让管爷不可小视你，去吧。’他看我有些胆怯便鼓励道：‘胆子大是一个男人基本素质的体现，胆子小的男人不是好男人，无所畏惧的男人最值得人们敬重。’我点了点头，走上前去给管爷和其他几个小头目行了个礼，在从他们手上接过礼物的同时我顺手转移了他们身上的东西，并连同礼物一起递给了高老师。高老师满意地对我点了点头，他把一块怀表和两个钱包递给管爷说：‘小李给您送了一份见面礼，不知管爷是否满意？请管爷您过目。’

“管爷看了一下自己的怀表，又掂了掂手里的钱包，忽然哈哈大笑起来：‘奇才！真他奶奶的奇才！帮里几十年来就出这么一个。老二呀，我不但满意，而且还要感谢你才是。’然后对旁边几个手下说：‘小李这小子，今后谁也不准欺负他、亏待他，不然的话，别怪老子对他不客气！’然后把钱包撂给了旁边的两个人，带着训导的口气说：‘小李才六七个月时间就练出了这么高超的技术，看看你们自己愧不愧，今后你们都要多学着点。’

“那两个人接过自己的钱包，好像被人抽了两记耳光，丑得无地自容，恨不能找个地缝钻进去。

“管爷走后，高老师又教了我一套专门窃取别人手表的技术。最后，他拿起我的右手一边看一边摸了摸，然后深深地叹了一口气说：‘小李呀，我教你的这身功夫，不知道是帮了你还是害了你。唉，今后就凭你的良知了。’我对高老师的这句话揣摩了很久很久。

“几天之后，管爷把我叫到面前，满脸堆笑地说：‘小李呀，你练就了一身绝技，我不能埋没人才，从今天开始你就可以大显身手了。’然后他指了指站在一旁的郑爱国和蔡大头继续说：‘他们两个给你打下手，专门为你接管钱财。’

“我一听吓得心里怦怦直跳，没想到管爷这么快就叫我出去行窃了。我忙不迭地说：‘管爷，我还小，功夫还没有练好，能不能过些日子再说呀？’

“管爷哈哈大笑道：‘不小不小，英雄出少年嘛。岳飞在《满江红》中说：‘莫等闲，白了少年头，空悲切。’据我所知，意大利的首都罗马有一个三十多岁的女人叫帕诺瓦，她从孩童时候就开始行窃了，如今行窃技艺高超，拥有‘黄金之手’的美誉。你跟她当年相比，大得多了。’

“我心里暗暗地骂道：这个老东西竟然也知道岳飞的《满江红》，还曲解其意用它来鼓励我偷窃，真是岂有此理。我假装没有理解管爷的意思，好奇地问：‘‘黄金之手’？是不是她的手是黄金做的？’

“管爷咂了一下嘴无奈地解释说：‘哎，你扯到哪里去了。如果是黄金做成的手，她还能偷得了东西吗？我的意思是她的手非常厉害，偷起来神不知鬼不觉，偷得的钱比黄金还要多。’

“‘管爷，比黄金还要多那是多少钱呀？’

“‘嗯，’管爷自知说漏了嘴，想了半天也没有说清楚，他手一挥显得有一点不耐烦地说：‘她偷得的钱非常多，你三辈子也花不完，她住的别墅就是她偷来的钱买的。好了，不要啰唆了，赶紧去吧。’

“我本来是想和管爷打打岔，叫他改变主意的。可是……万般无奈下，我就这样被迫开始了人生第一次耻辱的偷窃。在上海南京路这个世界闻名的商业街上，我看到了很多‘找光阴’的人，但手法都很一般。我在熙熙攘攘的人群中始终没有下手，两个‘跟班’急得一个劲儿地催促并用管爷的淫威恐吓我。万般无奈之下，我被迫下手了。我的第一个目标是一个四十多岁穿得像干部模样的人，在与他擦肩而过的时候，我解开了他中山装的上衣口袋，轻松地夹出钱包传给了我身后的二传手郑爱国。在外滩，我看见一个外国人在向一个中国大学生问路，我上前搭讪又从那个‘老外’的衣袋里‘转移’出了一个钱包。在重新回到南京路的时候，我对一个‘钳工’下了手，将他半天的‘劳动所得’全部转移给了我的‘跟班’。

“晚上，郑爱国点头哈腰、满脸堆笑地将我‘转移来’的钱包献给了管老大，管爷接过来数了数后，惊愕地说：‘嗬！好家伙！名师出高徒啊！今天小李出手不凡，收获的是：现金二百九十八元，全国通用粮票三十斤，上海市粮票七十斤。’然后他拿出二十九元钱和十斤粮票招呼我说：‘小李过来，这是我给你的奖励。’然后对其他人说：‘你们都给我听好了，今后谁干得好，谁偷得钱多，管爷我就奖励谁。嘿嘿，这叫多劳多得。’当时我接过‘奖励’心里不知有多高兴，因为我从来没有见过那么多的钱和粮票。”

“您这么厉害啊！”刘玉丹惊讶地说。

“这还算厉害呀？”李警官不以为然地说，“从那天之后，我每天都有几十元的收入，这些收入除了管老大的奖励之外，我还能从掏到的钱包里迅速取出一两张钞票后再传给我身后的‘跟班’，而且神不知鬼不觉。嘿嘿嘿……不过这种事情只持续了两三天。”

鲍昶微微一笑说：“你一天挣人家一个月的工资，那个时候你一定很舒心吧？不过在你高兴的同时，不知有多少人在痛哭流涕，在叫爹喊娘，在诅咒……”

李建设面带羞愧地说：“鲍检察官你说得对，不过在当时那个环境中，我也是身不由已，因为他们控制得很紧，我根本无法摆脱。你要是不干，轻者不给饭吃，重者拳脚相加。如果你连续几天没有收获，惩罚更是残忍。”

刘玉丹同情地说：“那种情景是人都能想得出来。唉，您后来怎么成了一名警察了呢？”

李建设说：“是这样的，大概是我出去行窃的第四天上午，管老大突然把我叫住了：‘小李，过来过来，我听说你们复旦附中里有一个宝贝花盆常年不浇水花也不死，你路熟带两个人去想办法给我弄来。’

“到自己的学校去偷窃，我为难地说：‘我不知道有这样的花盆，更不知道它在什么地方。再说我也不会干偷花盆这个活。管爷，您还是换一个人吧。’

“管老大嗒了一下嘴说：‘有人知道它在什么地方，你只管带路，其他事你就甭管了。去吧，就这样定了。’

“夜里，我带着两个人翻墙进了学校，然后来到校长办公室楼下。那两个人从二楼窗户翻进去，用绳子系着放下来一盆五针松。可是刚刚搬到学校的围墙边上就被保卫人员发现了，在一片‘抓小偷’的喊声中，那两个年轻力壮的家伙丢下我翻墙跑掉了，而我……”

鲍昶笑道：“瞧您这身板，我一看就知道，您不是一个翻墙越沟之人。怎么样，被抓住了吧！”

林艾着急地问：“哎，他们打没打您？后来怎么搞了？”

李建设说：“那个时候逮到小偷就打是司空见惯的事，就在他们对我拳打脚踢骂声连连的时候，有一个年轻人喊道：‘你们都过去，我用绳子把他绑起来吊到树上好好地打。’无巧不成书，这个年轻人正是我的好同学、我的班主任傅老师的儿子陈国庆。当他看见是我时大吃一惊，赶紧把他母亲喊来——当时傅老师已经是副校长了。傅老师借着手电筒的光擦去我嘴角的血，责问旁边的人：“他是我的学生，你们怎么把他打成这个样子？嗯？不就是一盆花吗？”一句温暖的话，令我失声痛哭，我把实情一五一十地告诉了她。她很同情我的不幸遭遇，暂时把我留在了她家里。傅老师告诉我，‘现在教育战线出现了‘回潮’，学校开始重新抓学习了。’我一听就急着要回到班上去上课，傅老师说：‘那帮盗窃团伙一天不除，社会就一天得不到安宁，你也不会安生。’之后在学校的大力支持下，我配合公安机关打掉了这个盗窃团伙——法院以故意杀人罪、盗窃罪、故意伤害罪判了管老大几个人死刑，那些盗窃团伙的骨干分子也被判了重刑。当时我想，如果高老师没有病逝，法院会怎么处理呢，我又会是怎样的心情呢。”

刘玉丹关心地问：“哎，您没事吧？”

李建设拖着腔调说：“没事，那个花盆只值几毛钱，你说我能有什么事？只是名声不好听罢了。”

“那你前面偷的钱没找你算账吗？”刘玉丹疑惑不解地接着问。

鲍昶笑着解释说：“没有受害人的证据，就没有法律事实。很多小偷之所以被派出所放了，就是因为缺少受害人的证据。再说，他不满十六岁，也不够追究刑事责任的年龄呀。”

“抽时间我一定要把您的亲身经历写成一篇报告文学。”刘玉丹不由自主地突然冒出了一句。

李建设赶紧摆了摆手：“哎哎哎，刘女士，你就别笑话我了！”

鲍昶说：“李警官，她真的是一名记者，而且是《新华日报》的著名记者，擅长纪实文学报道，文笔特棒。”

李建设带着告饶的语气说：“刘大记者哎，你还是饶了我吧，咱们已有言在先，这种事还是不写为好。不然的话，我就寝食难安了。”

“哎，丹丹，不要老惦记着写呀写的。你问的问题，李警官还没有说完呢……”

林艾的话还没有说完，刘玉丹马上插了上去：“哦对对对，小偷团伙被打掉以后您怎么样了？还……还有——哦，对了，还有那个小姑娘，就、就是你们班上的那个学习委员……哟，怎么了？看您不太高兴的样子，是不是嫌我问得太急太多了？那您一个一个地讲吧。”

李建设长长地叹了一口气：“刘巧玲为了我被管明亮一伙打伤住院，后来转学了……再后来……”

“我要找妈妈，我要找妈妈……”突然传来一个孩子的哭声，李建设分开围观的人群，抱起一个三四岁的小女孩赶紧帮她找妈妈去了。

四、终逃贼窟显妙手　反扒联盟擒贼头

李建设回来还没来得及坐下，刘玉丹着急地问：“孩子她妈找到了吗？”

“找到了。”李建设拿过饮料喝了一口说，“她躲在卫生间里吸食毒品，已经被乘警控制起来了。”

“天哪！毒品都蔓延到这儿来啦？真不敢想象。”刘玉丹吃惊地说。

林艾说：“我到过云南和缅甸交界的南伞和瑞丽，那里的生意很红火，听说有些毒品就是从那里走私入境的……”

刘玉丹摇晃着林艾的手臂娇声娇气地说：“姐，不说贩毒的事儿，好吗？李警官的故事还没有讲完呢……”

林艾柔柔地点了一下刘玉丹的脑袋说：“你呀，也太任性了，什么事儿都得由着你。好，我不说了，请李警官继续吧。”

李建设笑了笑说：“刘记者，你撒起娇来太可爱了，你姐拿你一点儿办法都没有。”

刘玉丹一边摇晃着脑袋一边做着鬼脸说：“谁叫她是我姐

呢？ 大的就应该让小的，我要是姐姐的话随便她怎么着。哥，你说是不是呀？”

鲍昶给李建设递了一个眼神，说：“你要是再闹的话，我就和李警官出去抽烟了。”

“好好好，我不闹了，请李警官开讲吧。”

李建设喝完手里的饮料接着说道：“后来，学校让我上课了。 没过多长时间我的父母也平反回来了。 母亲摸着我清瘦的脸默默地看着我，眼泪扑簌扑簌地落了下来……我又感受到了伟大的母爱。”

“傅老师说：‘就叫王老师和张老师看着你吧！’

“我笑着说：‘看是肯定看不住的。’说后，我走到刘老师跟前递给她一个钱包笑眯眯地晃了晃说，‘刘老师，劳驾您把这个钱包还给傅老师行吗？’

“傅老师的右手死死地摁住自己的口袋说：‘怎么可能呢？ 我的钱包还在我的口袋里，你糊弄谁呀你？’

“我笑着解释说：‘我已经把刘老师的钱包和您的钱包调换了。 不信，您拿出来看看不就真相大白了。’

“这时，刘老师摸了摸自己的口袋惊讶地喊道：‘哎哟，我的钱包真的不在了。’

“台下一片哗然，王老师和张老师先是莫名其妙，后是目瞪口呆。 他们两个人怎么也想不通自己的眼睛会这么笨。”

鲍昶赞叹道：“哎，后来您怎么进公安队伍了？”

李建设显得有点儿兴奋：“治安科的郜科长多次找到傅校长商量，非要我每个星期天配合他们民警到街上去维护社会治安。 一个青少年能陪着警察上街去抓小偷，去维护当地的社会治安，当时我的心里甭提有多高兴了。”

“您抓小偷行吗？ 要是抓不到那多丢人呀？”刘玉丹带

着怀疑的目光看着他。

“是啊，街上那么多人，您又怎么能知道谁是小偷谁不是小偷呢？ 他们脸上又没有字。”林艾接着问。

李建设手一挥，满不在乎地说：“老高教过我，一个人是不是小偷我一眼就能看出来。小偷在街上，一般不与人对视，他们两眼总是关注别人的衣兜、皮包、背包等，关注贵重物品放在什么位置。他们特别留心外地人、单身女性、老年人。选中目标后，一般环顾四周，若无其事地接近目标，迅速下手，赶紧离开。再说呀，人家警察也没有把我当成一回事，头一回上街，一个叫王启明的便衣警察拍了拍我的肩膀说：‘小李呀，抓扒手是一件很危险的工作，你能抓就抓，不能抓不要逞能，不要一点点大就牛皮烘烘的，跟着我和张队长后面多学着点。啊！ 听见了没有？ 老实跟你说，要不是邰科长的指示，我才不带你这毛孩蛋子出来呢，碍手碍脚的。’这分明是大人教育小孩子的口气，他们压根就没把我放在眼里。这种伤人自尊的话，令我非常生气，我当即决定先戏弄戏弄他一番。于是，我扭头进了一家大商场。王便衣指了指我，对张队长说：‘这孩子人不大，还挺倔的嘛。’

“在商场的皮鞋柜台前有几个人在挑选皮鞋，一个二十多岁的年轻人凑上去看了一下正要离开，我走上前和他撞了个满怀，随即争吵起来。王便衣和张队长赶紧过来问是怎么一回事，我对王便衣耳语说：‘这个人是小偷。’

“王便衣瞪了我一眼：‘不要瞎胡说。’

“我说：‘你的香烟被他偷去了。’

“王便衣摸了摸自己的口袋，香烟真的不在了。这时正在买皮鞋的一个中年妇女突然喊道：‘哎呀不好了，我的钱包丢了。’

“我指着那个年轻人对王便衣说：‘那个妇女的钱包也是他偷的。’

“就在王便衣半信半疑之时，张队长一把抓住年轻人喝道：‘我是警察，把钱包拿出来。’

“年轻人哆哆嗦嗦地掏出了钱包，但他看见还有半包大前门香烟时，立刻声明说：‘这个烟我不知道是哪里来的。’

“王便衣拿过香烟看了看，用手点着他的脑袋咬着牙说：‘妈的，还敢说不知道是从哪里来的，胆子不小啊你？’”

刘玉丹拍着手咯咯地笑道：“好玩，真好玩，太逗了。”

鲍昶笑哈哈地指着李建设说：“您也真够调皮捣蛋的。”

李建设笑哈哈地接着说：“好玩的还在后面呢！ 从商场出来以后，我们来到了长途汽车站，我绕着挤满人的售票窗口转了半圈，顺手又把王便衣的半包香烟塞进了一个二十七八岁的女窃贼的包里，当女扒手偷了一个中年妇女的钱包正准备离开时，我拽着王便衣拦住了她的去路，大声说：‘我们是警察……’女扒手哆嗦了一下撒腿就跑，王便衣伸手将她捞了回来喝道：‘蹲下。’

“张队长上前摘下她的口罩一看，大声训道：‘肖英，你前天才从拘留所出来，今天又出来害人啦！ 死不悔改呀你！ 啊！ 把包里的东西都倒出来我看看。’

“肖英磨磨蹭蹭地将包口朝下，地上落下了四样东西：一个钱包，一副墨镜，一盒化妆品，再者就是那半包大前门香烟。 突然一个中年妇女蹲下身来拾起地上的钱包敲着肖英的头说：‘老娘就剩十块钱了你也偷呀！’

“张队长从被窃妇女手上拿下钱包说：‘等会儿到派出所去处理。’然后指着地上的香烟问，‘怎么，学会抽烟啦？’

“肖英低声低语地说：‘我，我也不知道它是从哪儿来

的。’

“王便衣摸了摸自己的衣袋，拿起香烟看了看，又看了看我。看着他那纠结的表情，我忍不住扑哧一声笑了出来。王便衣气得点着我的脑袋说：‘回头我再找你算账。’”

众人齐声大笑起来，林艾和刘玉丹倒在卧铺上直抹眼泪，差一点儿笑不出声来了。过了好半天，刘玉丹才坐起来，一边用面纸擦眼泪一边喘着粗气说：“哎哟我的妈哎，我的笑筋快要笑断了。”

李建设接着说：“从派出所出来，王便衣怒不可遏地说：‘你小子是怎么回事，我的香烟得罪你了是吧？你怎么老是戏弄我、让我难堪……’

“张队长赶紧阻拦道：‘你多大了，他才多大，算了算了，小李虽然玩笑开得过了点，可是人家第一次配合我们就抓了两个小偷，要不然我俩转悠一个星期还不知道可有这个成绩呢？’

“王便衣的气没有消，仍然愤愤地说：‘你小子为什么三番两次地捉弄我？嗯，是不是我踩着你尾巴了？小孩子不学好，我明天到学校找你老师去。’

“我翻了翻眼还嘴道：‘谁叫你看不起人的呢？’

“张队长突然明白了什么：‘哦——这下我明白了。王警官伤了你的自尊，你才戏弄王警官的，对吧？好了，你们俩算是扯平了。记着，我们是来维护社会治安的，不是来赌气的。’张队长看了一下手表接着说：‘现在才十点多钟，我们再到菜市场看看去。’

“在菜市场卖猪肉的门前挤满了手拿供应券的人，我碰了碰张队长低声示意他：‘注意，旁边那个女的是贼。’

“我的话刚说完，那个女人就掏了一个老太太的钱包，我

急忙转身抓住她的手腕拧到她背后。张队长把她铐上后，竖起大拇指讲了一句我最爱听的话：‘不简单，英雄出少年啊！’

“王便衣也跟着说了一句心里话：‘小李呀，一上午就抓了三个贼，你不得不让我刮目相看了。’

“下午，我们三个人又抓了两个小偷，可谓是战果辉煌。

“傍晚时分，我们路过一个里弄时，有一个老奶奶正从别人家的炉子里夹鸭蛋煤。张队长赶紧跑了过去：‘阿婆，您家的炉子又灭啦，来，我帮您搞。’大概是铁钳不好用的原因，张队长夹了很长时间也没有夹出来一个鸭蛋煤球，急得他满头是汗，他把铁钳递给王便衣，搓着灼痛的手说：‘启明，你来试试。’

“王启明夹了几下后把铁钳往地上一扔：‘个饿伐来塞，吾起寻双夸子去（这个不行，我去找双筷子去）。’

“我笑着说：‘要不我来试试？’

“王便衣朝我翻了一下眼，指着煤炉说：‘你要是能夹出来，晚上我请客。’然后用轻蔑的语气说：‘瞧把你能的。’

“我伸出食指和中指在他面前晃了几下，张队长看了一眼对王启明说：‘哦，别小瞧人家，小李他有必胜的把握呢！’

“我二话没说将手伸进炉中，只几秒钟就夹了十几个煤球出来。顿时把张队长和王启明惊得目瞪口呆，半天说不出话来。

“站在一旁的阿婆吓得连声喊道：‘傻孩子，不能这样搞，会烧坏手指的……’阿婆的话还没有说完我就停了下来，她挪着小脚来到我面前心疼地说：‘傻孩子，让我看看烧伤了没有？’

“我把两个手指伸到她的面前笑着答道：‘阿婆您看，没

事儿。’

“阿婆对我的手指头吹了几口气，她眯着眼睛看了看我完好无损的手指头，惊讶地说：‘孩子啊，你这手是肉长的吗？我活了七十多岁，从来没有见过这种手。最近，我听社会上传说的特异功能，你是不是特异功能呀！’

“我哈哈大笑，逗乐说：‘阿婆，我这是上帝之手。’

“白发苍苍的阿婆，脸笑得像一朵绽开的菊花：‘乖乖，你爹和你娘真行，生了一个不怕烫的手。’

“‘来，拉个手，从现在起我们就是好朋友、好同志了。’王启明的态度彻底改变了。张队长拍了拍王便衣的肩膀笑着说：‘启明，不准耍滑头，这个客你是定要请的。哈哈哈……’

“王启明嘿嘿一笑：‘谁能想到小李他有这等功夫呢？好！君子一言，驷马难追，客我一定请，现在就到饭店去。’

“从那以后，每到星期天那些便衣警察就带上我出去抓扒手，就这样一下子就把我给抓出名了。为此我还得了不少的奖状呢。

“大学毕业后，我被作为特殊人才招到了上海市公安局专门从事‘反扒’工作，从业余反扒到专业反扒我整整干了二十年。”

刘玉丹问：“哎，那个学习委员刘巧玲转学以后，后来怎么搞了？她现在的情况怎么样？”

李建设深深地叹了一口气，从口袋里掏出香烟正想点燃，忽然又把它装进了口袋里：“唉，一言难尽啊……”

卧铺车厢里是不给抽烟的，李建设的这一举动引起了刘玉丹的注意，她猜测这肯定是李建设最揪心的一件心事，也是他不愿意说的一个问题。她见李建设心情有些沉重，赶紧换了一个话题："这么多年您一共抓了多少个小偷？"

停了很长时间，李建设才回答说："估计有万儿八千吧！"

"这么多啊！ 那您是否受过伤呢？"刘玉丹睁大眼睛，显得有点惊奇。

李建设说："受伤是在所难免的，不过不是太大。"他撩起袖子指着几处伤疤说，"这个是小偷咬的，这个是小偷用刀片划的，这个是小偷用刀子捅的……"

"干你们这一行也真够危险的。"林艾关心地说，"您要多多注意，下次不要再让小偷伤着了。"

中铺那个中年妇女趴在铺上伸着头插科打诨地说："下面那位林女士，刚才我看你难受的样子没好说话，实际上很多人都被小偷偷过……"

林艾抬头看了看那个相貌平平的女人不高兴地说："怎么着？ 我让你看笑话了是不是？"

中年妇女解释说："我不是这个意思，我是说我曾经就被偷过五次，说来也挺可笑的。 第一次，我背着个挎包上街，一个小偷把我的挎包拉链已经拉开了一半了，被我发现了，我大声喊道：'你干什么！'谁知道他更凶更大声地喊了回来：'看看不行啊！'然后扬长而去了。

"第二次，我下夜班回家，已经很晚了，我正要开门，突然一个小偷提着手提电脑从我家走了出来，我心里一惊本能地喊了一声：'干什么的？'谁知道那贼却回了一句：'你有病呀？ 我是你情夫你都忘啦。'说完丢下电脑就跑了。"

林艾和刘玉丹咯咯地笑了起来，林艾说："没想到你这个人还挺逗的。"

中年妇女一高兴从中铺来到下铺挨着林艾坐了下来，亲近地说："两个大妹子，别的我不敢说，经历小偷的事我肯定比你们两个多。第三次，我一个人去逛商场，一个十四五岁的小男孩掏我的衣服口袋，我转过脸对他训道：'小孩，掏什么掏？'小孩回道：'废话，当然是掏钱了。'我看他是个孩子，就吓唬他说：'我没有钱，你再掏，我就送你到公安局去。'小孩瞪了我一眼：'你没有钱，还这么凶？要是有钱，还不知道有多凶呢？'"

周围的人群又是一阵大笑，刘玉丹问："哎，这位大姐，您贵姓？"

中年妇女客气地说："我姓胡，是西安市医院的外科医生。"胡医生接着说，"第四次，那是我出差回来，刚下火车发现包的拉链被拉开了。我打开一看，资料还在。不过资料的空白处多了几行小偷写的字：'这么漂亮的包，里面不放钱摆什么阔气？浪费我半天时间，你这个臭娘儿们！'你们说说，偷不到钱还骂人，这是哪家子的理？

"最后一次最有意思了，前不久朋友送给我一只名叫欢欢的京巴小狗，这个小狗通体纯白，还非常讲卫生，从来不在家里随地大小便，每次大便，它都会提前'汪汪汪'地叫上几声，然后往我给它准备好的托盘中大小便，这样一来省去了很多麻烦。有一天我带着欢欢去银行取款，突然欢欢冲着我'汪汪'叫了起来。我知道它又要出恭了，赶紧拿出刚在报摊上买的报纸给它方便。欢欢拉完大便以后，我小心翼翼地用报纸把这堆废物包起来，一手拿着，一手牵着欢欢向外走，准备扔到街边的垃圾桶里去。我刚走到马路边，只听嘎的一声，一辆摩托车急停在我的身边，就在我发愣的瞬间，坐在车后座上戴墨色眼镜的小伙子一把夺过我手中的纸包，伴随着轰隆隆的马达声，摩托车飞驰而去。我站在路边半天没醒过神来，隐隐约约地听见几个目睹了这一幕的过路人在议论说：‘这个女人真够倒霉的，刚出银行大门就让人给抢了……估计有好几万吧？’

“我赶紧解释说：‘那不是钱，是我们家小狗拉的屎。’那几个人一听大笑起来：‘真没想到那两个人抢了一包臭狗屎。’”

这几个故事把大家逗得笑个不停，林艾捂着肚子摇摇晃晃地指着胡医生：“胡医生，您真会说笑，把我的肚子都笑疼了。哎哟，笑死我了。”

胡医生咧着嘴，不好意思地说：“我不是说笑，是真的，这些都是我亲身经历的事。哦，对了，说来也巧，有一天我上手术台给一个小男孩做阑尾炎手术，那个男孩子一看是我，非要换一个医生不可。我细心一看，原来他就是那个说我‘没有钱还那么凶’的小偷。”

鲍昶一边笑一边说：“这几个故事呀，要是被赵本山搜集去了，他一定会编出非常搞笑的小品来。”

小刘忍不住插话说：“现在的扒手之所以这么多，要叫我说呀，就是法律太宽松了，要是逮住了就剁手指头，保证没人偷了。还有就是反扒的警察太少了，就拿我们西安市来说吧，便衣警察就没有多少人。哎，李警官，收下我这个徒弟吧！”

李建设笑呵呵地指着小刘：“好哇，小伙子！你在这儿等了半天就是想缠着我收你做徒弟的是吧？依我看呀，你就甭想了，因为我从来就没有想过收徒弟。哈哈哈……”

刘玉丹笑嘻嘻地说：“哎，小刘，你说说，你为什么想学李警官的‘二指神功’？如果理由充分的话，我可以帮你求个情。”

小刘嘿嘿笑了几声：“是这样的，昨天下午我到西安火车站买今天的这趟火车票。 在车站广场前的一个饭店门口，一群人围着一位身穿补丁衣服、容貌清瘦、正在乞讨的老妇人。这个老妇人推着一辆又破又旧的自行车，自行车前面有一个牌子，牌子上有一张很大的照片，下面写着一行字‘寻找丢失的儿子阚陆平’。 饭店的一个服务员以为她故意挂着寻子的招牌讨饭的，带着不耐烦的口气说：‘走走走，别装得可怜兮兮的，像你这样的人我见得多了。’

“老妇人摇了摇头说：‘我不是装的，我儿子真的丢了，昨天我身上的钱被小偷偷了，俗话说：‘一文钱难倒英雄汉’，不然杨志就不卖他的宝刀了。 我也是被逼得没有办法了才乞讨的。’

“服务员带着鄙夷的表情洋腔怪调地说：‘就你这身破破烂烂的衣服，小偷偷你的钱？ 谁信呀！ 快走，别耽误我们做生意。’

“老妇人叹了口气正要走，忽然一个身穿检察官服装正在吃饭的中年人招呼道：‘别走，你进来。’然后对服务员说：‘你再给我上十个包子、一碗粥。’

“老妇人架起自行车走进了饭店，对那个中年人说：‘谢谢您，检察官同志。’

“检察官指了指旁边的板凳同情地说：‘坐下吃吧，不够我再给你买。’

“老妇人说：‘我坚信在这个世界上虽然会遇到‘小鬼’，但是遇到更多的会是好心的‘菩萨’，不然我就不找儿子了。 谢谢您，好心的菩萨。’

“‘你寻找孩子有多长时间了？’检察官问。

“‘我从儿子丢掉的那一天起就开始找了，已经整整找了

十五年了，我儿子现在已经二十岁了。’

“‘你下一步打算怎么办？’检察官又问。

“老妇人叹了一口气说：‘唉，只要我还没死，就继续找下去，直到找到为止。不过，现在找不了了，我身上卖房子剩下来的三百块钱全部都被小偷偷去了。’

“老妇人其实不老，她只有四十多岁，十五年的沧桑寻子之路令她头发花白，额头刻满了皱纹，风霜使她的脸变得像苍老的树皮一样，看起来比同龄人老了二十多岁。但她凹陷的眼睛却充满了希望，炯炯有神。接着，她诉说了她寻亲之路的艰辛和痛苦。

“她叫陆湘云，以前是云南省昆明市某个信用社的副主任，爱人是乡镇上的一名普通干部。十五年前，五岁的儿子上幼儿园放学出来，从此再也没有回家。她和孩子他爸到派出所报了案。亲戚、朋友、同事帮助他们一起寻找，结果还是没有找到。之后，他们夫妻俩向单位请了假，找遍了云南省的各个地方，接着又到贵州、广西、广东、江西、湖南、湖北、四川等省去找，却始终杳无音信。有一位好心人，看他们骑自行车太辛苦，就送给他们一辆摩托车。为了省吃俭用，他们一天只吃两顿饭，除了刮风下雨，他们从来不住旅社，车站、码头、寺庙成了他们的庇护所和落脚点。一路上他们救过十几个走失和被拐卖的孩子，为他们找到了亲人，让他们重新回到了亲人的怀抱。五年前，她爱人在一次车祸中不幸离开了人世。陆湘云心情沉重地说：‘丈夫临终前还不停地呼喊着儿子的名字，他那撕心裂肺的呼唤永远刻在了我的心中。我卖了房子，安葬了丈夫，从此一天只吃一顿饭，骑着自行车继续寻找。’

“‘你想过放弃吗？’检察官问。

“‘没有，我不会放弃的。现在不会，以后也不会。既然我生下了他，我就要抚养他、教育他，让他过上幸福的生活。’

“检察官从身上掏出仅有的二百元钱递给她说：‘你是一位伟大的母亲。收下吧！但愿你母子早日团圆。’

“陆湘云从身上掏出一个小本子，记下了检察官的姓名和住址后，说：‘如果有机会我一定会还您的。谢谢您。’

“小偷连陆湘云这样的人都偷，天打雷劈的东西，太可恶了。我就是冲着这个才想学点本事抓小偷的。”

刘玉丹听了这个故事后很是感动，她对李建设说：“小刘的出发点不错，理由也比较充分，李支队长能不能请您考虑考虑呀？”

李建设笑了笑说：“小刘，你如果是真心实意想抓小偷，不是打着抓小偷的幌子学我‘二指神功’的话，等我回西安后你去找我，我介绍你到‘反扒志愿者联队’去，你看行不行？”

小刘挠了挠头，傻笑了几声：“嘿嘿嘿……李警官您该不是拿我逗猴的吧？我是西安人，我怎么不知道有这样的组织呀？”

李建设咂了一下嘴挑着音调说：“唉，我怎么可能是逗你呢？这是西安民间刚成立的一个专门打击扒手的组织，创建人是一个退休的老便衣警察和一个转业的武警中队长。老便衣叫马传勇，武警中队长叫杨家良，他们两个人分别任正副队长，现在已经有二十多个成员了，各行各业的都有，有退伍军人、律师、医生、运动员，还有老师和大学生。老便衣教队员如何识别小偷，包括一些江湖上的黑话，譬如把小偷叫作‘老荣’，把小偷中的高手称为‘高卖’，把设局骗人的贼叫

‘老月’，在江湖上混的叫作‘吃隔念’等等；武警中队长负责教队员一些简单的擒拿技巧；律师教队员在反扒过程中需要用到的一些法律问题，怎样用法律保护自己，怎样收集证据；医生的主要任务是万一有人在行动中受伤，负责实施紧急救护。在这个反扒联队里还有一些女队员，她们一般不参加一线行动，主要负责收集线索、整理资料。他们每次行动前都要严密策划，提前分组，分工合作，一个组负责抓捕小偷，一个组负责阻止事主离开现场，一个组负责外围警戒，防止小偷同伙伤害队员和周围的群众。”

刘玉丹也不太相信李建设的话：“哎，李支队长，我是记者，在全国各地也跑了不少的地方，我怎么也没有听说过有这样的组织呢？”

李建设说：“我说的是真的，这是一个新生组织，据我所知，这在全国可能是首家成立的志愿者反扒组织。第一次，他们组织了一次吴家坟批发市场行动，那边全都是早晨出摊的小商小贩，公交车站人特别多，小偷就混在人群里作案，这个叫作‘偷早’。对付这种贼就要比贼起得还要早，那是一个星期日，集合时间定在凌晨4点半，十几名队员从全城各处赶到，有的半夜就出发了。天色刚亮，十几个反扒队员装作等车，在公交车站溜达，他们的眼睛看人不看车。只要发现有人盯着等车人的衣服口袋、挎包、背包等这些东西，就盯着这些人不放。不一会儿他们就发现了目标，两个小偷在车进站时在车门口蹭来蹭去，就在一个小偷掏了钱包传给另一个小偷的瞬间，冲上来几个大汉将他们摁住，人赃并获。那天他们的行动很顺利，报警之后小偷被警察带走了。

“第二次，他们在大雁塔景区的慈恩寺组织了一次‘清污’行动。由于大雁塔景区面积很大，景点很多，为了保证行动万无一失，他们那天只选择了一个景点。那里的游客非常多，经常发生财物被盗案件。那次行动由马传勇亲自任抓捕组组长，杨家良担任安全组组长，另外还有警戒组、失窃者普法组等。谁知计划赶不上变化，马传勇来到售票处时忽然看见一个熟悉的身影，此人不是别人，正是因盗窃罪被判刑五年而刚刑满释放不久的贼头夏怀道，人称'闪电手'。马传勇推了一下架在鼻梁上的墨镜，立刻带着两名队员走了过去。购票的队伍突然一阵骚乱，夏怀道从混乱的队伍中迅速挤了出来。马传勇对身边的两个队员说，我抓那个人的右手，你们两个人抓他的左手。队员小王说，他还没偷呢抓他干啥。马传勇着急地说，等你看见他偷就晚了，服从命令。说时迟那时快，他一个箭步冲上去钳住了夏怀道的右手。也不知是那两个队员没有经验还是因为夏怀道玩儿命地反抗，两个队员始终没能抓住窃贼的另一只手，结果还是杨家良赶到才把窃贼制伏。在这次行动中马传勇受了点儿轻伤。报警之后，警察从'闪电手'身上搜出两个钱包，共计1326元。'清污'行动再次告捷。

“他们抓小偷有三个原则：一是有偷窃行为的；二是有赃物的；三是有失窃人的，缺一项都不出手。他们抓小偷的诀窍和我们便衣警察一样，也是一招制敌。即行动要快如闪电，在小偷还没有反应过来时就把他们牢牢地控制住，如果他掏出凶器反抗就危险了。他们还制定了章程，严格规范组织性质、目的和队员的行为。行动时最重要的是先保护好自己，章程有一条规定：'联队志愿者在行动中必须服从命令，同进同退，不可抛弃队友不顾，严禁单独行动。'即使队员走在路上看见了小偷也不能去抓，因为小偷通常几个人一起作案，以一对多，肯定有危险。这种情况下，上去和事主搭讪，把小偷惊走就可以了。抓住小偷不能殴打伤害也是一项铁的规定，章程规定：‘严禁在行动过程中使用极端暴力，在抓捕过程中遇到窃贼反抗时，原则上可使用武力制伏，但不得带有任何泄私愤的情绪，犯罪嫌疑人被制伏后，严禁有任何暴力殴打行为。’

“有一天，我和马传勇聊天，他说：‘我手下的这些反扒志愿者，平时都是工作在各行各业的普通人，一旦有行动，他们个个都是闹市之中擒贼的英雄，哪怕面临恐吓、受伤、误解，也坚定不移。我们这些人，志同道合，不图名不图利，就是为了一个天下无贼的梦想。’你们瞧这话说得多好啊！”

刘玉丹说：“这真是一件新生事物，看来我抽时间还要来一趟西安。哎，李警官，到时候请您帮我引见一下马传勇行不行？”

李建设哈哈地笑了起来，然后目不转睛地看着刘玉丹说：“行是行，不过我有一个条件，如果你答应了，这事我包了；如果你不答应，那就‘兔’子身上少一点，‘免’了。”

“什么条件？”刘玉丹着急地问。

“你答应了，我才能说。”

刘玉丹心想：堂堂的一个警察支队长能提出什么样的条件，他肯定不会有什么非分之想。于是说：“我答应了，您说吧！”

李建设收起笑容一本正经地说：“这可是你说的，不准反悔。”稍停，他接着说，“你采访过马传勇和杨家良以后，晚上你……”说到这里，他故意停住不往下说了。

刘玉丹微微吃了一惊，难道他真的是那种人吗？她的一个闺密曾经就是轻易答应别人的约定，而被人家占了便宜。她迟疑了一下问：“您该不会是披着羊皮的狼吧，警察同志？”

“瞧你这出息，一碗羊肉泡馍而已，看把你吓成什么样了？”说后，李建设朗声笑了起来。

鲍昶、林艾和围观的人也都齐声笑了起来。刘玉丹这才知道被李建设给耍了，气得她撇着嘴说：“到时，五碗羊肉泡馍，您吃不下我就把它倒到您的警察帽子里去。”

李建设用手指着她：“瞧，气糊涂了吧！便衣警察哪来的帽子呢？”

众人又是一阵大笑。刘玉丹气得起身就要用小拳头去捶打李建设，鲍昶笑道：“你别闹了，不然你口袋里的钱包就长腿跑了。”

刘玉丹赶紧退了回来，无可奈何地摇了摇头坐下了。

小刘凑上前问李建设：“李支队长，等我到郑州看完亲戚后就回去找您，到时候我请您到西安最好的‘赵氏羊肉泡馍酒店’去做客。”

李建设拍了拍小刘的肩膀说：“你的羊肉泡馍我可吃不得，你知道吗？抓贼这事是很容易上瘾的。你不要因为参加了志愿者反扒联队而误了你的正事，想好了再找我，好吧？”

小刘嘿嘿地笑着说：“李支队长，您放心好了，我保证误不了正事。”

“哎，小刘，你结婚了吗？”鲍昶问。

小刘兴奋地回答说：“结了，俺老婆已经怀孕四个月了。”

“你知道吗？”鲍昶说，“李支队长不好直说，抓小偷是一个高危职业，如果遇到了穷凶极恶的窃贼，你会受到伤害的。李支队长身上的伤疤，刚才你不也看见了吗？”

小刘嘿嘿一笑说：“知道，俺不怕。俺也要为反扒事业做一点贡献。”

林艾说：“李警官，多一个人总比少一个人好，常言道，‘人多力量大’嘛！再说这事儿不也是您提出来的吗？这样行不行，先让小刘干一段时间，如果不适合再叫他离开。”

李建设点了点头说：“好吧，叫你尝试一下也好。不过你一定要征得你媳妇和你娘的同意。”

小刘高兴地敬了一个礼：“遵命。”

李建设说：“市政法委的一个领导在一次大会上说：‘我市义务反扒志愿者联队是群防群治队伍的一支新生力量，是文明城市文明市民的义勇之师，是广大市民关爱西安、建设西安的生动体现，充分展示了我市民良好的文明素质，体现了无私奉献、舍己为公、见义勇为的高尚思想境界。我代表全市政法干警，并以我个人的名义谨向义务反扒志愿者们致以崇高的敬意！’”

刘玉丹说：“这个新生事物看来基本上被领导认可了。不错，挺好的。”

鲍昶说：“这个符合书记在领导干部大会上的讲话精神，‘反扒志愿者联队’开始行动了。”

五、女贼原来是反扒　高超技艺令人怕

列车继续向前奔驰，外面不知什么时候下起了蒙蒙细雨，车窗的玻璃上先是拉出一道道斜线，雨丝逐渐汇成水滴顺着玻璃弯弯曲曲地往下流淌，外面的村庄、河流、树林……瞬间划过，越来越不清楚了。杜先林看了围观听故事的人群，顺手放下过道里的折叠座椅坐了下来。他转过头盯着模糊的窗外，一件往事悄然爬上了心头：九年前，也就是他十八岁那年，他到某某区五角场镇派出所当上了一名民警，不久他领到了上班后的第一份工资，24.5 元。下班后，他高高兴兴地挤上公交车准备到商场给又当爹又当娘的父亲买一份礼物，以感谢老人的养育之恩，可是下车后一摸口袋，空了。原来在他挤公交车的时候，小偷的手光顾了他的衣袋，这不仅让他美好的愿望化成了泡影，而且给他维护社会治安的职业蒙上了耻辱。他气得咬牙切齿，发誓一定要当一名便衣警察，专门打击那些祸害一方、人见人恨的扒手。一年后他调到了区公安分局，如心所愿地和小偷打起了交道。尽管隔几天他也能抓到一两个蟊贼，然而他辖区内的社会治安状况始终不见好转，

为此他专门请教了他的上司——李建设。当他从李支队长那里熟知了小偷作案的六种方法、十二种招数以及如何在熙熙攘攘的人群中识别小偷的技巧后，他才顺利地抓获了一个又一个的小偷，辖区内猖獗一时的“老荣”才有所收敛。如今他在反扒战线上已经摸爬滚打了九年，练就了一双火眼金睛，成了一名反扒高手。然而他与李建设相比，就黯然失色了。李建设抓扒手绝对是强一流高手，而杜先林最多也只能称得上一流高手，距离强一流高手、超一流高手还差两个档次。李建设在局里或同事面前很少谈论自己，也没有说过自己以前的经历，大家对他的身世知之甚少，更不知道他“转移大法”中的“二指神功”是如何练成的。今天，杜先林偶然听到了李建设练成绝技的秘密后，才揭开了他埋藏心中多年的谜。

那是在六年前，一次偶然的机会，杜先林与李建设去火车站接南京市公安局的领导——他们是慕名而来学习反扒经验的。当他和李建设在拥挤的人群中向车站出口处行进的时候，他突然发现一个人从一个富婆的口袋里夹出一个钱包装进了自己的裤兜里，其动作之快令他不敢相信自己的眼睛。就在他准备上前擒住扒手的一刹那，李建设已从小偷侧面走过去并向他指了指富婆的口袋，意思是钱包已经还回去了，然后示意他继续往前走。快到出口处的时候，杜先林看见一个接连偷了两个钱包的窃贼正要离开，李建设侧身而过从他的口袋里钳出了他的全部“收获”，并交到了杜先林的手中。

接回南京市公安局的领导后，杜先林问李建设为什么阻止他抓窃贼。李建设说我们是来接客人的，不是来抓小偷的，现在那两个小偷正在某某地方等着呢，你带几个人将他们抓回来就行了。杜先林半信半疑地来到了李建设指定的地方，果然看见了两张熟悉的脸。杜先林一头雾水……经审讯，小偷交代，他们偷了钱包离开现场后一摸口袋，得手的钱包又神不知鬼不觉地没有了，再一摸口袋里面有一张字条，上面写着：“学艺不精，师傅教你，正大广场厕所旁等候。”小偷以为遇上高人了，专门到指定的地方等候拜师呢，不知道怎么一回事就被“请”进了“局子”。 这时杜先林才明白，李建设担心现场抓获小偷会给客人留下当地社会治安不好的印象，所以从小偷的口袋里钳回钱包还给失主的同时，还留下了一张字条。然而有一件事，无论杜先林怎么想，也始终没有想明白：李建设的手为什么比他的眼睛还要快？ 直到今天他才知道李建设原来是“二指神功”的传人。

就在刘玉丹要求李建设讲几个有趣的反扒故事的时候，杜先林拨开人群来到李建设的跟前，十分敬佩地说：“李支，真人不露相啊！ 六年之谜，今天终于有解了。”他盯着李建设的手，摇了摇头叹道，“‘无影手’啊，难怪呢！”

李建设哈哈大笑起来：“怎么？ 杜队长偷听到我的秘密啦！ 这么做，我对你是很有意见的哦。”然后他向鲍昶等人介绍说，“这位是我从上海带到西安来的杜队长，一等一的高手。”然后又向杜先林介绍道，“这位英俊的男士是高检反贪总局的鲍检察官；这位美女叫刘玉丹，是个大记者；这位漂亮的女士叫林艾，是一个大公司的副总，说起这个副总呀，就是上车时被偷的……”李建设见林艾一个劲地碰他，不给他往下说，哈哈地笑了起来，“哦，好，我不说了……”然后站起身，右手拍着杜先林的肩膀，左手摆出夸奖的动作说，“你们不要看他年龄不大，这是一个具有将近十年反扒经验的老便衣警察了，哈哈哈……看不出来吧，扒手的克星。”稍停，他继续说道，“小杜什么都好，就是一忙起工作来什么都忘了，如今连个对象还没有呢。”

胡医生赶紧爬上中铺，把座位让给了杜先林。杜先林客套了几句坐下后说：“要说反扒呀，就得说李支队长。”他竖起大拇指，“厉害得不得了呀！窃贼见了他，就像老鼠见了猫——天敌也！有一天，在南京西路，一个扒手正要掏一个行人的钱包，旁边的市民突然喊了一声：‘李反扒！’哎呀！那就是一晴天霹雳，那个小偷吓得一屁股坐在了地上。”

围观的人群里有人放声大笑，有人直竖大拇指。忽然，后面传来一个不同的声音：“你就闭着眼扯吧！既然有这么厉害的警察，为什么还有那么多的小偷呢？”

杜先林想站起来看看是谁说的，李建设一把摁住了他：“杜队长别在意，聊天嘛，什么话都可以说。”

林艾指了指人群后面，不服气地说：“说话的人，敢让李警官试试身手吗？喂，大家让一让，叫他到前面来。”

人群让开了一条路，然而没有人走上前来。杜先林站起身说：“有人不信是吧？你等着，我马上就叫你相信了。”说后，他气冲冲地走了。没过多长时间，杜先林拿了一台摄像机回来，往茶几上一放说：“俗话说得好，‘耳听为虚，眼见为实’，这是我跟踪拍摄的录像，是放给警校学员看的，今天一来让大家看一看我说的是不是真的；二来也叫大家长长见识，就算我为广大群众普法了。”

李建设阻止道：“杜队长，你别较这个劲，快收起来，这是干吗呀你？”

鲍昶碰了一下李建设的胳膊笑着说：“如果不涉及机密，不妨放给大家看看，权当普及反扒知识了，大家看我说得对不对？”

“对！”人群齐声答道。

林艾赶紧附和道：“对对对，增加防扒常识这是一件好事，要不然我也不会遭受‘魔爪’了。”

摄像机的屏幕虽然小了点，但画面非常清晰。

录像片段之一：

上海老西门公交车站台上挤满了人，11路公交车刚刚停下，一群乘客争先恐后地使劲往车上挤，只挤进去七八个人车就满了。车刚刚开走，一个没挤上车的中年妇女突然喊了起来：“哎哟，我的钱包没有了。”稍停片刻，缓过神来的她突然号啕大哭起来，“哇！这怎么搞嗨，那是我女儿的救命钱呀，她正在医院等着我交钱做手术呢，呜呜呜……你这个火车轧的，一轧一百截子的，呜呜呜……那是我求爹爹告奶奶才借来的五百块钱啊，我的妈呀——这叫我怎么活呀……”

围观的人越来越多，议论的人也越来越多。一个老太太指手画脚地说：“吾晓得啥无地，哪能来嘎许多贼骨头，各了天阿拉被他们偷了两回了，幸亏阿拉身上没大钞票。小赤佬，阿拉恨杀侬啦。”

一个老头插话说：“你还算多呀，我都被偷了三次了。都说有个‘李反扒’，人在哪儿呢？为什么不到这儿来呀？”

一个好心的姑娘弯下腰，对那个鼻子一把眼泪一把的中年妇女劝道：“阿姨，别哭了，我们到派出所报个案去，说不定……”

“报案顶个屁用啊，”一个年轻人手往天上一挥说，“我报了都一个月了，也没个下落。”

“大家请让一下。”一个交警分开人群来到中年妇女跟前说，“大姐，不要哭了，我送你到派出所去，说不定扒手能被抓住。”

交警搀扶中年妇女刚走，来了两个戴墨色眼镜的男子。

两个人刚到老西门公交车站台，一辆警车突然在站台前停了下来，正在等车的人群中慌忙退出两个人，一个是三十多岁的中年男子，一个是怀抱婴儿的妇女。开车的警察问完路刚把车开走，那个中年男子又悄悄地走了回来，他两眼乱转，不停地扫视他人的口袋。11 路公交车进站后，中年男子上了车，那两个戴墨镜的人也跟上了车。车开动了，中年男子慢慢地走到一个两鬓斑白的老者跟前，左手抓着扶手挡住老者的视线，右手轻轻地从老者的衣袋里夹出一个皮夹装进了自己的裤兜里。就在他转身离开的时候，两个戴墨镜的人中有一人突然上前抓住一只手，将中年人反手铐了起来。车内一阵骚动，突然有人高声喊道："抓到小偷了，抓到小偷了。"

人们向四面挤让，中间空出一块不大的空地。一个戴近视眼镜的小伙子从车后挤了过来，照着那个窃贼就是一记耳光："他妈的，老子昨天刚到上海就被你们给扒了，气得老子一夜没合眼。我叫你下次可偷了。"说着又是一脚。车的前面有一个女人跺着脚，压着嗓子喊道："打，使劲打，不能饶他，叫他把偷的钱全都吐出来……"

公交车停了，戴墨镜的人把小偷押了下去。司机回过头对乘客喊了一句："大家知道吗？刚才那个人就是大名鼎鼎的'李反扒'。"

录像片段之二：

上海某火车站人山人海，有三五成群坐在包裹上聊天的，有坐在地上打扑克的，有大呼小叫寻人的，更多的则是急着赶火车和那些买不到车票滞留的。在嘈杂混乱的人群中，一个二十多岁的女人搀着一个幼儿从广场来到售票大厅，她顺着购买车票的长队一边走一边看，当她看见一个穿花格子衣服的广东人从口袋里掏出钱包取出几张钞票后，便抱起小孩慢慢地靠了上去，只见她伸出二指快速夹出钱包塞进了孩子的怀里，然后掐了一下小孩的屁股，小孩哇的一声大哭起来，她歉意地向旁边的人点了一下头转身走了。就在她走到门口时，一个戴墨色眼镜的人突然钳住了她的手腕。年轻女人先是一愣，然后低声地问："大哥，你是不是想吃'喜面'？"

"少啰唆，跟我到派出所去。"戴墨镜的人严厉地说。

"大哥，只要你放了我，什么条件都行……"

"闭嘴。"戴墨镜的人亮了一下证件，喝道，"走。"

"老便，哦，不不不，警察大哥您饶了我吧，我是被迫的，我不干他们就打我骂我，还、还不给我饭吃……"

"少来这一套，还认识我吗？"戴墨镜的人取下墨镜问。

"啊！李、李反扒。"年轻女人吃了一惊，脸部表情僵硬。

李反扒对身后戴鸭舌帽的便衣警察耳语了几句后，那个便衣从孩子身上掏出钱包还给了广东人，然后把女扒手带走了。

这时从外面进来一位身穿军官服装的女人，她来到"军人优先"售票窗口前，她打开手包取钱买票的时候，一个戴着鸭舌帽、身穿风衣的中年男子排队站在了她的后面。女军官买完车票将手包往腋下夹的瞬间，那个身穿风衣的男子从后面接过她的包，迅速塞了一个包在她的腋下，然后将换来的手包传给了他的同伙，那个同伙把手包往搭在胳膊上的衣服里一放不紧不慢地走开了。对这种行云流水的作案技巧和手法，戴墨镜的人向正在执勤的一个车站民警低语几句后，两个人一起来到了售票大厅门口，当衣服搭在胳膊上的扒手走近时，两个人突然将他的双手反剪在身后铐了起来，接着又将准备逃走的身穿风衣的中年男子按倒在地铐了起来。

车站执勤民警将手包还给了女军官，然后把两个扒手带走了。戴墨镜的人走出售票大厅来到了车站广场上，他点燃一支香烟环顾了一下四周。忽然他发现一个男子在熙熙攘攘的人群中正紧紧地跟在一个空姐的后面。此人四十来岁，身穿夹克衫，戴着一副金丝眼镜，腋下夹着一本杂志，从外表上看像是一个文化人。空姐左肩挎着一个皮包，右手拖着行李箱，一边走一边不停地张望，似乎在寻找什么人。突然穿夹克衫的男子脚一下子绊在了空姐的行李箱上，就在踉踉跄跄差一点儿跌倒的瞬间，他顺势抓住了空姐的衣服并将她的钱包转移到了自己的口袋里。

"你怎么回事呀？"空姐吓了一跳问。

"对不起，是我不小心绊到了你的行李箱上。"男子彬彬有礼回答后，拾起地上的杂志，又一次躬身赔礼道，"对不起，让你受惊了。"

空姐拖着行李箱满脸不高兴地走了。一切是那么的自然又那么顺理成章。令戴墨镜的人吃惊的是，这个老到的窃贼手法不但娴熟而且快得无法形容。空姐走后那个窃贼并没有离开。大概是"艺高人胆大"吧，他露出一丝冷笑，转脸又盯上了一个肩背挎包的妇女。戴墨镜的人见此情况迟疑了一下并没有上前抓他，而是快步从空姐身边走过，然后又悄悄地跟在了身穿夹克衫男子的后面。

车站出口处挤满了接客的人，他们的眼睛全部朝着一个方向——车站站台。身穿夹克衫的男子环视了一下周围，靠近肩背挎包妇女的身后，轻轻地拉开挎包拉链，用一把细长的镊子轻轻地从挎包里夹出了一个钱包。就在他转身要走的时候，戴墨镜的人左手抓住他的手腕，右手抓住他的手背，一个擒拿将其摔倒在地，然后拿出手铐将他铐上。

车站派出所民警正在审讯穿夹克衫男子的时候，一个年轻小伙子拖着行李箱陪着那位空姐急匆匆地走了进来。空姐泪流满面、气喘吁吁地说：“民警同志，我刚才在车站等我男朋友的时候钱包丢了，后来我在衣兜里发现一张字条，你们看看这是怎么一回事？”空姐说后把手里的字条递了过去。

老所长接过纸条，看也没看，往办公桌上一放，伸头往里面的办公室看了一眼，然后拿起桌上的香烟递了一支给坐着一旁戴墨镜的人。年轻小伙子一看急了，放下手里的行李箱态度生硬地说：“民警同志，你什么态度呀你？不是说有困难找警察吗？我们来报案，你怎么理都不理呢？”

老所长笑着指了指长椅子示意他们两个人坐下，点燃香烟后不紧不慢地说：“你们两个人别着急，先坐下歇歇，等里面的笔录做完了再说。”然后对戴墨镜的人笑着说，“李支队长，我不用看就知道是你干的。上面肯定写的是‘钱丢了，到车站派出所领去’，是不是这几个字呀！”说后哈哈笑了起来，“现在呀，我算是摸到你的脾气了：凡是连续作案的窃贼，你都会在受害人的口袋里留下一张纸条，他们一来，证据就来了，呵呵呵……你是不是这个意思呀？”

李建设取下墨镜双手抱在胸前，微笑着回道：“王所长不愧是个老警察，眼力好，脑子更好。这个穿夹克衫的窃贼肯定不是你的对手，俗话说得好：‘狐狸再狡猾也斗不过老猎手啊。’哈哈哈……”

王所长喝了一口水说：“李支，如果我没记错的话，这个月你到我们这里就来了三天，一共抓了二十六个小偷，希望你经常过来，今天就不要走了，我请客。”

李建设说：“现在人手太少，警力严重不足，你忙吧，我再到外边看看去。”

录像片段之三：

上海外滩，人潮汹涌，热闹非凡。这是上海最美丽辉煌的地方，是上海的标志性景点。隔着上海外滩往陆家嘴方向放眼望去，外滩的夜景真是无与伦比。江两边是万家灯火，江面上不时驶过一条条游船，游船一般分为三层或四层，每一层都装点着各式发光的灯。每当一条船驶过，江面上便泛起了一层层小浪，倒映在江面上的灯火随着小浪一层层地散去，像变幻的万花筒。外滩那边灯火辉煌，外滩这边游人如织。来自全国乃至世界各地的观光游客在外滩宽广的人行道上，隔着黄浦江对着陆家嘴指指点点，有的说终于看到了上海电视塔——东方明珠，有的说上海的外滩确实非常壮观，有的则倚靠在江边的栏杆上取景照相，一张张笑脸，书写着幸福和眷恋。“李反扒”没有休息，他犀利的眼光不停地在人来人往的行人中搜索。突然他目不转睛地盯住了一个欧洲妇女，这个人酷似意大利著名扒手、拥有“黄金之手”称号的偷窃大师帕诺瓦。他向另一个反扒便衣做了个手势，立刻跟了上去……

意大利著名扒手、偷窃大师帕诺瓦真的到上海来了吗？就在大家聚精会神看录像的时候，乘警小丁挤了进来，她小声报告说：“李支、杜队，刚才西安市公安局来电话说，华清池游览区又发生了几起游客失窃案。据受害人描述，作案的人好像是‘玉面鬼手’。刚才我和蔡警官对我们逮住的‘玉面鬼手’又进行了审问，她说她是假的，真‘玉面鬼手’她不认识。她说她叫李竹儿，她掏那个男士的几十元钱是逗乐子玩的，要求我们放了她。”

“奇了怪了，两个‘玉面鬼手’，世上竟有这种巧事？”杜先林一边收拾摄像机一边摇着头说，“是不是搞错了？”

李建设脑海里翻腾开了，他回想着抓到“玉面鬼手”后的每一个片段，揣摩着笔录里的每一个细节。突然她的那张照片引起了他的注意：二十年前他在高教授那里见过一张照片，似乎和这张照片一模一样。再者，高教授原本姓李，又是江湖高手，同样姓李，同样身手不凡。想到这里，他轻轻地倒抽一口凉气：“难道她与高教授之间存在着某种关联……”为了搞清楚这个问题，他对小丁示意了一下，向乘警室走去。

“你叫什么名字？”面对“玉面鬼手”，李建设问。

“你想听什么名字，我就叫什么名字。比如：‘快手美女’‘玉面鬼手’‘李翠儿’还有‘李竹儿’，这些都是代号，说明不了什么问题。李反扒，我说得对吗？”

“你……”丁警官气得说不出话来。

“你什么你？有话就说呗，我洗耳恭听，我接受教育，我痛改前非！”

“你如果不老实，我们会加重处罚你的。”

“丁警官，你吓唬谁呀你，我自己有多大问题我自己还能不明白吗？就算八十元钱是我偷的，最多也就拘留十天半个月，这个我比谁都清楚。你瞧瞧你，一会儿跟我吹胡子瞪眼，一会儿跟我拍桌子打板凳，一会儿又跟哄孩子似的，你费了那么大的劲，我要是不说一点儿你想听的，我对得起你吗？你我都是女人，女人应该温柔一点儿、善良一点儿，你瞧你凶巴巴的样子，恨不能一口吃了我，我不就那么屁大一点儿事吗？用得着这样吗你？依我看呀，你也就这么大的本事，要叫我服你，你就拿一点儿真本事出来，不要咋咋呼呼的，要耍嘴皮子呀，告诉你，我比你强。再告诉你，如果你脱掉这身虎皮，说不定还不如我呢！”

“快手美女”突然改变的态度、连珠炮似的嘴巴、刻薄而又犀利的话语，顿时就把这个二十出头的年轻警官击蒙了，在课本上学了几年的东西瞬间被扯得支离破碎，剩下的仅是瞪着眼睛喘粗气了。

蔡警官站在一旁气得咬牙切齿，他一会儿看看李建设，一会儿看看“快手美女”，恨不能上去扇她两个耳光，立即关掉这挺噼里啪啦的“机关枪”。而杜队长却两手交叉抱在胸前，细细揣摩着眼前的“快手美女”，想从中发现点什么。

李建设从兜里钳出两支香烟，像孙悟空耍金箍棒一样，在手指间飞快地转了几圈后扔给杜队长和蔡警官一人一支，并递了个眼神给他们，意思是叫他们只管抽烟不要讲话。蔡警官上前为他点燃香烟，李建设抽了几口后，不紧不慢地说：“你的一番话我听明白了，一是说我们对你态度不好；二是说你偷人家的钱是闹着玩的，不是真偷；三是说我们只会耍嘴皮子，没啥真本事。现在就说第三点，我们两个人比试一下，如果你赢了，我马上就放了你；如果你输了，就乖乖听我的，怎么样？”

“玉面鬼手”靠在椅子上歪着头盯着李建设，两眼不停地闪动着：“你一个大老爷们儿利用天生的条件欺负一个女人，比如掰手腕、摔跤什么的。我不应战。”

李建设微微一笑：“哼，男人欺负女人？那种下三烂的事我不会干的，要比就比你的强项，就比你手上的功夫。”

“玉面鬼手”直起了腰：“你讲话算数？”

“当然，君子一言，驷马难追。”

“玉面鬼手”慢慢地又靠回到了椅背上，喃喃地说：“你话虽是这么说了，但能不能兑现诺言，鬼才知道呢。”

小丁一听上火了，插话道：“你这是以小人之心度君子之腹，只有你们这号人才会出尔反尔，不知羞耻的小偷。”

“你说谁是小偷？ 我要说你是小偷，你高不高兴……”

“好了，别说了。 我问你，你是比还是不比？”李建设打断了“玉面鬼手”的话。

“玉面鬼手”心想：赢你是肯定的，如果你不兑现承诺，那时我会叫你在同事面前威信扫地、信誉全无。 想到这里，于是说：“好吧，我就信你一回。 我们俩比试从开水里夹硬币，谁夹得多谁赢。”

李建设愣了一下，心想：她怎么也会这种功夫？ 难道她真的与高老师有什么联系？ 为了确定自己没有听错，他追问道：“你讲清楚一点。”

“玉面鬼手”解释说：“你找两个盆来倒上开水，里面放上硬币，我们俩同时开始，用中指和食指一个一个地往外面夹，谁夹得多谁就赢。 如果你输了，你就放我走。”

“如果一不小心，你输了呢？”李建设反问一句。

“玉面鬼手”冷笑了一声：“哼哼，那怎么可能？”

“我是说‘一不小心’，万一你输给我了怎么办？”

“笑话！”玉面鬼手用轻蔑的眼光看了李建设一眼，傲慢地说，“李支队长，你搞没搞错，我能输给你？”稍停，她接着说道，“这样吧，如果我输了，你爱咋地就咋地。 哦，不对，你问什么我答什么。”然后又小声嘀咕了一句，“你还能叫这太阳从西边出来了不成？ 笑话！”

李建设对女乘警说：“小丁，你把她手铐打开，我们一起到餐车上去。 蔡警官，你去找一些硬币来，越多越好。”

列车长、厨师以及车上的一些服务人员，听说李建设要和扒手赌扒窃技艺，都忙着围了过来。 蔡警官将从流动车售货员那里借来的半塑料袋硬币，分别倒入了两盆滚开的开水里面。 就在这时，一位将近五十岁的妇女把李建设拽出了人群，她是在本次列车工作近二十年的列车长吴红梅。“你疯啦，跟这种人赌你能有好结果吗？到时候你好端端的工作丢了不说，恐怕还要落下个私放罪犯的罪名，那多不值呀！”吴红梅着急地说。

“不会这么严重吧？”李建设微微一笑，不经意地说。

“人家是‘鬼手’，‘鬼手’啥意思，你不会不知道吧？”吴红梅急得差一点嚷了起来。

“我心里有数，谢谢大姐的提醒和关心。”李建设正说着，吴红梅突然打断了他的话：“哎哎，你快看，那边怎么了？”

李建设转过头来，发现围观“玉面鬼手”的人，个个脖子都伸得像鸭子似的往里面看。原来“玉面鬼手”正在展示才艺，只见她几个手指上下依次摆动，一枚硬币在她背面的手指上来回翻滚，比哪吒的风火轮还快。李建设暗自惊叫一声：“奇才！”心想：如此高超指法，实属罕见，此次比赛决不能掉以轻心。他咳嗽了一声，走近了人群。

“玉面鬼手”见李建设来到跟前，轻蔑地瞟了他一眼，手指一抖把硬币抛向空中，就在她起身伸出食指和中指夹住硬币的瞬间，神不知鬼不觉地将那枚硬币装进了李建设的衣袋里，然后向众人笑盈盈地亮了一下手心和手背，然后若无其事地坐了下去。众目睽睽之下，硬币不翼而飞，周围的人看了看她那出神入化的手，皆惊得面面相觑。

李建设掏出硬币扔到餐桌上，指了指面盆，向“玉面鬼手”示意了一下说：“你下口令吧。”

“玉面鬼手”钳起桌上的硬币丢在开水里，喊了一声：“开始。”

只听旁边的两个碗里立刻响起了叮叮当当的声音，大约过了十秒的时间，“玉面鬼手”突然停了下来——她为什么突然停手了呢？ 原来对手碗里的硬币明显比自己的多。 李建设也赶紧跟着停了下来，并把两指间的硬币丢回到了盆里。 “玉面鬼手”抬头看了李建设一眼，把双手伸到丁警官的面前。丁警官拿出手铐正要动手，李建设挥了挥手示意小丁将手铐收起来，然后指着两个碗对“玉面鬼手”说：“你还是先过个数再说吧。”

“玉面鬼手”垂头丧气地说：“不数了，我输了。 你是高手，我老老实实地接受处罚就是了。”

急得满头是汗的吴红梅长长地舒了一口气，赶忙走上前说：“我是列车长，我来数，保证公平公正。”吴红梅把碗里的硬币倒在桌子上，一五一十地数了起来，而后公布道：“女扒手的是 35 枚，李支队长的是 41 枚。 李支队长比女扒手整整多了 6 枚硬币。”然后带着轻蔑的口气对“玉面鬼手”羞辱道：“还是‘鬼手’呢，不够丢人的。”她把“鬼手”两个字说得特别重、特别难听。

回到乘警办公室，小丁把脸一沉唱起了洋腔：“你不是说我们只会耍嘴皮子吗？ 你不是说你比我们强吗？ 你不是说我们没有真本事吗？ 嗯，这会儿怎么哑巴啦？ 小样。”

玉面鬼手心想：奶奶的，真是他娘的哪壶不开提哪壶。俗话说“胜者王侯败者寇”，既然姑奶奶输给小白脸了，那就让你多说上几句又有何妨呢？ 姑奶奶装作听不见就是了。 过了一会儿她听女警官不再言语了，抬起头又看了看眼前的这个白面书生，说：“‘天外有天、人外有人’这话终于有了印证。 原来我一直认为，我是天下第一高手，没想到今个儿遇到高人了。 按江湖规矩，愿赌服输。 我发誓：从今以后，本姑娘就归你领导了。”

蔡警官听了这话，心中一阵冷笑。心想：这种人怎么能叫人相信呢？小偷能改邪归正，无疑是天方夜谭。他脸上露出了极不信任并带有讥笑的表情说：“就你？还本姑娘呢？”

“玉面鬼手”伸出食指和中指往茶几上一放：“如果你不相信，可以断我一指。”

这一举动不仅震惊了蔡警官，把丁乘警也吓了一跳。这种在电影或电视剧中才出现的黑道中惩罚怀有绝技高手的残忍手段，如今却出现在了他们的面前，一时间竟然没了主张。过了好半天，蔡警官才缓过劲来：“你知道人民警察不会伤害他人，才故意为难我们的是不是？”

“玉面鬼手”白了他一眼：“你这种人，我懒得理你。喂，李支队长，你说咋办吧？”

李建设从衣袋里钳出一枚硬币在两指之间飞快地翻转着，突然啪的一下用中指将它摁在了茶几上，两眼盯着快手美女，淡淡地说了一句：“兑现诺言就行。一是你输了，我问什么你回答什么；二是金盆洗手。”

“玉面鬼手”收回手指往椅背上一靠说：“那张照片上的两个女孩是孪生姐妹，右边的是姐姐，叫李翠儿，左边的是我，叫李竹儿。那是我们四五岁时的留影。我们姐妹俩站在一起除了我大姑，几乎没有人能分辨出来。还有我们两姐妹真的不是小偷，这并不是我们家不缺钱，而是因为我姑姑有严格的家训。好了，你还想知道什么尽管问吧。”

“你家住哪里？父母叫什么？”

“家在天津，二十年前父亲走了，大姑不愿意告诉我们他的姓名；母亲那个臭娘儿们跟人跑了，这个问题我只知道这么多。”

“你家里还有什么人？”

“姑姑、姐姐和我，就我们仨人。”

“你什么时候到西安来的？”

“半个月前，我和我姐姐一起来的。”

“干什么来了？”

“一是‘反扒’，二来找点儿乐子。”

“扒手‘反扒’？简直是天方夜谭。找乐子？找什么乐子？”蔡警官忍不住插话问道。

李竹儿不太高兴地望了他一眼：“我不想和你说话。李支队长要是不问了，我们就到此结束。”

李建设递了一支烟给蔡警官，自己也点燃了一支：“刚才蔡警官问的问题，正是我要问的，你说吧。”

“三年前，我和我姐姐到西安旅游，没承想一个小偷将手伸到了我姐姐的包里。你们想一想这些下三烂的蟊贼怎能偷得了我们，被我一把逮了个正着。谁知这个壮汉不仅是个窃贼还是当地有名的泼皮无赖，他们好几个人围着我们姐妹俩，羞辱我们是‘鸡’，大概是我们姐妹两个人长得比较出色吧，竟然有人相信了，他们起哄说妓女的钱来得容易，该偷。后来有个好心人报了警，我和我姐姐才得以脱身。回到宾馆，我姐姐气得整整哭了半夜。后来我和姐姐为了出这口恶气，决定报复他们一下，给这里的黑道制造一点麻烦。第二天我们轻装上阵来到街上，那些蟊贼对我们来说还是极易辨认的，没转多长时间，我们就看到两个不太地道的家伙。这两个人一胖一瘦，贼眉鼠眼，一看就不是好人，跟踪了一会儿，就看到他们出手了。这两个人很专业，有明确的分工，胖子打掩护，瘦子找机会下手。偷了钱包就放到一个破烂不堪、很不起眼的皮包里。我负责从那个破包里钳出钱包，再由姐姐送回到失窃者的衣袋里。半天下来，胖子和瘦子坐下来分赃，一看什么都没有，两个人便互相猜疑起来，先是吵嘴后是打架，结果瘦子被打得鼻青脸肿。我们姐妹俩看了甭提多高兴了。我和姐姐每天都能从窃贼的口袋里或者背包里，将他们转移来的钱包再次转移到失窃人的原处，并在窃贼的兜里丢下一张‘专治牛皮癣’的小广告——当小偷发现偷来的钱包变成街上散发的小广告时，会郁闷得很多天不出来行窃，或者寻找个高手拜师学艺。黑道上有个规矩，小偷本人被偷是一种耻辱，业内人会嗤之以鼻的。小偷得手的钱包若神不知鬼不觉地又被别人偷了去，那是最大的羞辱，比有人当众骂他祖宗十八代还要难堪，会永远被同行视作笑柄。数日之后，乱作一团的黑道就传出了‘快手美女’的种种说法。之后，越传越神，‘快手美女’又变成‘玉面鬼手’了。第二年，我和姐姐又到西安搅和了半个多月，把那些扒手搞得晕头转向，到处寻找‘玉面鬼手’，要拜她为师。后来，竟真的有人冒充‘玉面鬼手’出来行窃了，据说手法还十分高强。这次我和姐姐来就是为了弄清她是哪路‘神仙’，抓住后准备好好地教训教训她的。你们说这算不算‘反扒’？”

小丁听了紧皱眉头，她想来想去也没有转过弯来：抓了个扒手，审来审去，现在怎么变成“反扒”了，难道这个案件真的……

“你今天在车站站台上偷了一个男士的钱是怎么一回事？”李建设问。

“找乐子的。”李竹儿回答说。

“你偷人家的钱，跟找乐子有什么关系？纯属狡辩。”蔡警官忍不住又插起了话。

“我就是找乐子的，你爱信不信。告诉你，我姐的对象就是找乐子找来的。”李竹儿抬眼望了一会儿蔡乘警问，“哎！ 警察同志，你的手表呢？”

蔡警官抬起手腕惊讶地叫了起来：“哎，我的手表呢？奇了怪了。”

小丁歪头瞅了他一眼，略有所思地说：“是呀！ 刚才在餐车上的时候，我还看见的呢。”她看了看李竹儿，突然指着她问：“喂，是不是你搞的鬼啊？”

“你关心人家干吗呀？ 先关心关心你自己再说吧！”李竹儿洋腔怪调地说。

小丁听了这话感觉有点儿不对劲，赶紧抬起左手腕一看，自己的手表竟然也不翼而飞了，她满脸疑惑地说：“咦，我的手表怎么也没有了？”

李竹儿瞟了丁警官一眼，往椅背上一靠，嘴角露出一丝微笑，心中暗暗自乐去了。 静观其变的李建设心中闹腾开了：她到底是不是自己要抓的“玉面鬼手”呢？ 她这一身“绝技”又是从哪里学来的呢？ 难道她真的是令西安黑道头疼而又敬重的“快手美女”吗？ 她学的这身“绝活”难道真的是为了找乐子或者是为了反扒的吗？ 她的姐姐现在又在何处呢？ 一连串的问号就像水库收网时的鱼儿一样，将平静的水面搅得到处都是浪花。 他看了看十分焦急而又一脸无奈的小丁和蔡警官，然后点燃一支香烟静静地看着对面的李竹儿。沉静了一两分钟以后，暗自乐够了的李竹儿慢慢地睁开了媚眼，她看了看两个面面相觑的乘警问道：“喂，帅哥、美女，如果有人把手表还给你们，你们是把她当作小偷抓起来呢？还是认为她是在你们两个人身上找乐子的呢？”

丁乘警看了蔡警官一眼，勉强笑道：“那还用说，当然是找乐子的。 魔术师不就是经常用这样的方法逗观众开心的吗？”说后，她摇晃着蔡警官的胳膊递了一个眼神过去，意思是叫他也附和一两句李竹儿爱听的话。

蔡警官愣了一下，赶紧附和道：“哦，对对对，像这种情况怎么可能把人家当作小偷呢。”

李竹儿将两手往丁警官面前一伸：“那你还不把我的手铐打开？”

小丁的手表是男朋友送的，是恋情的象征，有着美好的回忆。她不能见不到它，更不能失去它。她见李建设点头同意后，立即打开了手铐，迫不及待地把手伸到了李竹儿的面前：“我的表呢？”

李竹儿两手一摊，为难地说：“你找我要什么呀？要找，找他要去呀！”

蔡警官一头雾水，问李竹儿：“你指着我干吗，我什么时候拿她表了呀？”

李竹儿咯咯地笑了起来：“瞧瞧瞧，蔡警官装得多像。哎，你的口袋敢让丁小姐摸一摸吗？”

蔡警官伸手一摸，不由得一愣，口袋里面果然有一块表。掏出来一看正是小丁爱不释手的女式情侣表。他一边把表递给小丁一边很不自然地说：“李小姐，你真会开玩笑。哎，我的那块表呢？”

李竹儿一本正经地说：“哎，先别说你手表的事。我问你，丁小姐的表在你的口袋里，你算不算是偷？”

蔡警官心想，肯定是你这个鬼丫头搞的鬼，有意出我丑的，但现在又没有依据讲这个话。只好顺水推舟地说：“这怎么能算是偷呢？”

“那好，我再问你，有人拿了一位帅哥的钱，逗他玩一会儿再还给他，算不算偷呢？”

“肯定也不能算。”蔡警官想都没想回答说。

“那你们为什么抓我呢？”

“你在车站站台上掏别人口袋里的钱，不抓你抓谁呀？再说，我们又不知道你是逗人家玩的。还有，那个男扒手说你是他的师父，这个笔录上有。”杜先林开口说话了。

“别听他胡说八道，”李竹儿解释说，“事情是这样的，前天上午我和姐姐上街，看见一个长着金鱼眼的窃贼划开一个女孩子的挎包，正要下手的时候被女孩子发现了，他不但没有逃跑还要打人家，我姐看了非常生气，趁拉架之际转移了金鱼眼身上所有的钱物，包括他的手表。中午在饭店吃饭时，金鱼眼碰巧又遇见了我们姐妹俩，认定我们是‘快手美女’，非要拜师学艺，任凭我和姐姐怎么解释、怎么否认，他就是不听，张口一个师父闭口一个师父，喊得不知有多瘆人。那个人呀，简直就是一条癞皮狗，后来我和姐姐好不容易才脱身。今天上午，我们买了两张到洛阳的火车票，准备在‘洛阳牡丹花会’上会一会来自全国各地的黑道高手。在站台上，我姐指着一位帅哥说：‘这个人挺有风度的，你去‘挠挠’他，看他痒不痒。’她见我没有动，催促说：‘上车就还他，逗他乐和乐和，保不准还能成为你的夫婿呢。’谁知我下手之后，金鱼眼也偷了一个人的手包，你们在抓金鱼眼的时候，他的同伙吓得将手包塞到了我的挎包里。不信，你们问问那个二传手可认识我。”稍停片刻，李竹儿带着埋怨的口气说，“要不是你们几个人打岔，搞不好我正和那位帅哥聊得热火朝天呢！”

“那你当时为什么不解释呢？”杜先林追问了一句。

“解释？到现在还有人不信呢！”

“那你真的不是‘玉面鬼手’？”杜先林又追问了一句。

“谁说不是？不过，我不是西安城里那个专门偷人钱包的‘玉面鬼手’。我和她是两个人、两回事。我自己认为我是民间反扒志愿者。”

“你姐姐现在在什么地方？”李建设问。

“在车上。”

“在哪个车上？”

“当然在这趟列车上喽。”突然门口传来一个娇柔的声音，随即出现一位身穿宝蓝色旗袍、脚蹬白色高跟鞋、和李竹儿长得一模一样的年轻姑娘，只见她手里拎着一块男式手表一晃一晃地走了进来。

“李翠儿。”丁乘警脱口叫了一声。

“哟，您认错人了吧？我叫李竹儿，坐在你们面前的才是李翠儿呢。您好好地看一看，认出来了吗？可爱的女士。哦，我说错了，应该是尊敬的警察同志。”进来的女子风情万种、笑容可掬地说。

“姐，你就别逗了。为了找乐子，我还被一个妖女抽了一个大嘴巴呢。”

“真的啊？别生气，待会儿姐帮你找回来，保证叫她只哭不笑。哦，对了，我们两个人的卧铺离那个帅哥的卧铺不远，只隔了十几个号。他那边呀谈笑风生，热闹得很呢！”

“甭提他了。哎，姐，你什么时候把旗袍给换上了呀？”

“刚才到卫生间换的。怎么样？一模一样的两个女人，逗起大老爷们儿来岂不是更开心、更有意思吗？”说后，她把表轻轻地丢在了蔡警官的手里，并嫣然一笑说，“爷们儿警官，逗吗？”

蔡警官捧着手表，呆若木鸡似的站在那里，他忽然想起来曾经听一个旅客在列车上讲过，有一位魔术大师在舞台上不但能偷得观众的手表、项链，就连观众的内裤也能偷来。没想到这事儿竟然发生在了自己的身上。他下意识地摸了摸自己的内裤，幸好还在。然而他又一想，这个李翠儿连面都没有照，自己的手表怎么就神不知鬼不觉地“跑”到了她的手里……这未免也太可怕了吧！想到这里，他硬生生地向后退了一步，很怕再有什么不测。

面对这对容貌体态完全一样的姑娘，李建设虽然没有完全相信她们两个人所说的故事，但是有一点他是坚信不疑的，那就是他们要抓的“玉面鬼手”此时还在西安，仍在侵害着那里的游客和无辜的百姓，扰乱那里的社会治安。他看了看对面的李竹儿，思绪万千，尽管自己还想多问一些东西，然而又不能长久地扣留人家。只好挥了挥手说：“你可以走了。”

听了这话，李翠儿一把抓住妹妹的手就走。她们俩来到了自己的卧铺坐下后，李翠儿低声低语地说：“你对面坐着的那个人叫李建设，是西安市公安局从上海请过来专门抓小偷的便衣警察，刚才他跟你要逗乐子的那个帅哥和打你的那个妖女聊天的时候，细说了自己少年时期的经历，我在人群中都听见了，他练的‘二指神功’比我们俩练得还要高一层，是个姓高的师父教的。我估计，姑姑被盗的那本《转移大法秘籍》很可能就是姓高的那个贼人偷的。”

李竹儿咬牙切齿地说：“找到那个姓高的，我定叫他生不如死。”

李翠儿咂了一下嘴说：“我讲的只是可能，还不一定呢。要想摸清真相，必须要想出一个好办法，从李建设嘴里掏点实情出来。”

“你该不会再叫我去‘挠挠’他吧？”竹儿说后，抿嘴一笑，抛了个媚眼。

“你这个死丫头，这时候还瞎闹，”李翠儿想了想说，

“嗯，戏弄他一下也未尝不可，不过这个人位高权重，又有与黑道打交道的多年经验，得千万小心才是。”

“姐，怕他干吗呀！我俩是谁？我俩是孪生姐妹，天生的心心相印、息息相通。不信试试，保证拿下。”

姐妹俩商量好以后，来到了乘警办公室。然而那里却空无一人，他们都回到各自的工作岗位上去了。

这对孪生姐妹找李建设到底想了解些什么呢？原来她们是想通过他追查一个江洋大盗和一本《转移大法秘籍》的下落。此事还得从二十年前说起：那是一个寒风凛冽、大雪纷飞的冬天。在上海开往天津的列车上坐着一对男女，男的三十多岁，女的只有二十四五岁，他们怀里各抱着一个四五岁的双胞胎女孩。经过长途颠簸，他们冒着鹅毛大雪在天津的某个县城下了车。两个人不顾孩子刺耳的哭声，顶着呼啸的北风一步一滑地向城北走去。傍晚时分，他们摸到了水井巷，在一个不太大的四合院门前停下了脚步。男的向女人催促几声后，女人敲起了院门。不一会儿院门开了，一位三十几岁的中年妇女见了怀抱孩子的女人和一个三角眼的男人后，先是吃了一惊然后赶紧让进了屋里。年轻女人扑通一声跪了下来哭诉道：“大姐呀，你弟弟得了重病，眼看就要不行了，救救你弟媳妇、救救这两个可怜的孩子吧。”然后她把一块玉佩递了过去。中年妇女看了看弟弟身上佩戴的信物深深地叹了口气：“唉，老天爷啊，你就不能饶了李氏家族的男丁吗？”之后她扶起弟媳妇，抱过两个孩子放在炕上，赶紧生火做饭。

饭后，大姐将那个男子安排在堂屋左边的房间歇息，让弟媳妇和自己住在右边的房间，两个女人在炕上唠叨了半宿才睡下。三更时分，中年妇女突然听见屋里有人嘀嘀咕咕说话的声音。开灯一看，中年妇女惊呆了：弟媳妇和那个三角眼男人正打着手电筒翻箱倒柜呢！她大声喝道：“你们俩在干什么？”“三角眼”走过来凶巴巴地说：“寡妇婆，赶紧把《转移大法秘籍》拿出来，否则别怪我不客气。”弟媳妇一把拽过“三角眼”：“费贤仁你过去。”她走上前叹了口气劝道：“大姐，都解放这么多年了，你弟弟也活不了多长时间了，你要那个东西干吗呀？拿出来让我替你保管吧！”大姐指着她气得直发抖：“欧曼玉，你、你……你这个不要脸的女人，从你摸到我家门的那一刻起，我就知道你是个歹人，你给我滚！”弟媳妇奸笑一声：“嘿嘿嘿，你把《转移大法秘籍》交出来，我马上就滚。”大姐回道：“我根本就不知道什么《转移大法秘籍》不《转移大法秘籍》的，你这个胳膊肘往外拐的女人不得好死……”突然“三角眼”激动地喊了起来：“找到了，找到了。”欧曼玉赶紧跑过去一把将《转移大法秘籍》抢过来揣进了怀里。“三角眼”顿时急了眼：“你这个臭娘儿们竟敢跟我动手动脚。”说着踹了她一脚。大姐赶紧下炕和“三角眼”扭打起来，欧曼玉谁也没帮，趁机溜掉了。“三角眼”一是怕日思夜想的《转移大法秘籍》被欧曼玉抢走，自己白忙活几年；二是害怕惊动了四邻被人家抓住。他用力推开大姐撒腿就跑，大姐顺手拿起炕上的铜暖壶砸了过去，正好砸到了他的脚后跟上。大姐追到院子里正要将一瘸一拐的费贤仁擒获，没想到费贤仁掏出石灰粉撒到了她的脸上。大姐惨叫一声，急忙摸到屋里的水缸边，一边冲洗眼睛一边不停地骂着那对奸夫淫妇。

时间一晃就过去了十多年。这天，姑姑将这对亭亭玉立的少女叫到了面前，抚摸着她们的头语重心长地说：“孩子，难得你们把大姑认作‘娘’了，你们的心意大姑知道，实际上这些年来大姑也是把你们当成亲生闺女的。好了，不说这些了，现在眼看你们就要上大学了，娘想，有些事情也该让你们知道了。你们的父亲出身‘老荣’世家，是渤海湾一带几个城市的神偷，后来隐姓埋名去了南方，并在上海找了个女人。十三年前，你母亲谎称你父亲得了重病，把你们俩送到了我这里，抢了一本我们家祖传的《转移大法秘籍》，跟一个叫费贤仁的野男人跑了。后来你父亲真的得了重病，几年后病逝了，那时候社会上很乱，你们俩太小又没人照顾，姑姑没能去给他安葬。现在也不知道埋在了哪里，姑姑对不起他呀！唉——说来也怪，我们这个家族的男人没有一个活过五十岁的。你们的爷爷四十八岁离开了人世，你们的父亲寿命更短，不到四十岁就走了。我们这一代共姐弟四个，姑姑我是老大，你父亲是老小，另两个姑姑在你们三四岁的时候就相继去世了。据算命先生说：我们这个家族伤人太多，犯了大忌才这样的。从那以后，我和你们的父亲就立了一个规矩，也可以说是我们家日后的家训吧，即只从江湖中‘老荣’的口袋里转移财物，绝不再造孽坑害好人。现在你们俩快要长大成人了，为了找回那本《转移大法秘籍》，使它不再害人，也为了从黑道中打听出你们父亲的墓地，以便祭扫。我想了很久很久，只有你们进入江湖才能摸清这些情况。所以，我决定传给你们一些技法，以便到江湖上去寻找那本《转移大法秘籍》和你们父亲的墓地，不知你们姐妹俩愿不愿意学？”后来，这对孪生姐妹跟着姑姑学了“二指神功”和“巧脱手镯”的绝活。不过在练“二指神功”时，姑姑担心伤了姐妹俩的手指今后不好嫁人，所以省去了练习钳烧红铁蛋的功夫。

今天，姐妹俩偶遇李建设，发现他怀有自己家代代相传的独门绝技，当然想寻根问底找出源头。

从乘警办公室回来，李翠儿发现围在鲍昶那边的人群散去了，便和妹妹耳语了几句来到了林艾的跟前：“喂！你这个女人毫不讲理，你凭什么打我一个嘴巴？”

正在闭目养神的林艾看见女扒手突然出现在自己的面前，心中怒火腾地一下就上来了。“我正准备找你赔包呢，没想到你自己送上门来了。”就在她起身想要抓住女扒手理论的时候，后面又走出一个女人洋腔怪气地说：“哟，还要打人啊，本姑娘的嘴巴到现在还火烧火燎的呢！”

突然出现两个一模一样的女人，顿时把林艾给惊呆了，她瞪大眼睛，不知所措。刘玉丹和鲍昶赶紧起身一边拦住她们一边劝道：“二位女士别生气，有什么话好好说。”

“有什么好说的，她打了我你们知不知道？”李翠儿趁混乱之际取下刘玉丹的手表，装进了林艾的衣兜里。李竹儿也将鲍昶口袋里的钱转移到林艾身上。然后，两姐妹异口同声地说：“人长得不错，就是一点点素质都没有。哪来那么大的火气啊，是不是肝脏不好火气太旺了呀？啊？”

缓过神来的林艾，指着两姐妹说：“你们两个人中间，有一个偷了我的钱包，别以为我不知道。”

李翠儿指着林艾说：“你自己是小偷还诬赖好人，真不知道什么是羞耻。人长得挺漂亮的，原来是一个‘三只手’啊。”

“说谁呢你？你才是小偷呢！”林艾气愤地还嘴说。

李竹儿转过身来对围观的人群说：“我可以证明，她偷了这位大哥的钱、偷了这位大姐的手表。不信，叫她把衣服口袋翻开让大家看一看。”

林艾翻开上衣口袋果然有钱有表。鲍昶摸了摸口袋，刘玉丹看了看手腕，然后相互看了看，他们俩心里都十分清楚这肯定不是林艾干的。鲍昶突然想了起来，在车站站台上歪倒在自己身上掏走钱的那个女子，就是她们其中的一个，然而究竟是谁呢？ 他无法指认出来，所以在这个关键时刻也就不敢胡乱言语了。 林艾彻底崩溃了，面对观众气得流下了眼泪。她一个劲儿地解释说：“这不是我干的，我们三个人是兄妹，我怎么可能偷我哥哥和我妹妹的东西呢？”

“有的人连爸爸妈妈的东西都偷，更何况兄妹呢？ 你们大家评一评，是不是这个理？”李竹儿面向人群高声地说。

趴在中铺的胡医生再也忍不住了：“我证明，不可能是林女士干的。”但究竟是谁干的她也没有看清楚。

李翠儿紧追不放：“不是她是谁？ 捉奸捉双，捉贼捉赃。 人证物证全在，这还能赖掉了不成？ 走，见警察去。”说着就要去拖拽林艾。

“李翠儿、李竹儿，你们俩在瞎闹腾什么呀？ 还有完没完了。”来人正是大家熟悉的李支队长。 李建设绷着脸来到两姐妹跟前，指着她们两个人说，“幸亏卧铺车厢这一头的门是锁上的，要不然还不知道乱成什么样了呢！ 公共场所，能这样瞎胡闹吗？”

李竹儿气得跺了两下脚，意思很明显：我的气还没有出完，他这个人怎么就出现了呢！

李翠儿趴在妹妹的耳朵上悄悄地说：“行了，都把人家整哭了你还要怎么地？”然后冲着李建设做了个鬼脸，扬扬得意地说：“李支队长您不知道，刚才这个乐子逗得真好玩。”

“你要不是逗乐子，还不会被人家抽一个大嘴巴呢！”李建设竟然把李翠儿当成李竹儿了。

李翠儿一听咯咯地笑了起来，李建设马上意识到自己认错人了，他故作正经地冲着李翠儿训道：“还好意思笑呢，你这个姐姐是怎么当的？ 还不带你妹妹向林女士道歉。”

李竹儿见李建设叫她向打了自己一耳光的林女士道歉，硬生生地把头扭向了一边，嘴里还嘀嘀咕咕地不知说了些什么。李翠儿低声劝道：“人家打了你一巴掌，你把人家整哭了，这事就算扯平了。来，给李大人一个面子。”说后带头向林艾说了声“对不起”。

李竹儿不但没给李建设面子，也没有给姐姐的面子，她紧紧地咬着下嘴唇一动不动地站在那里。李翠儿急了，耳语道：“傻丫头，‘道歉不折本，舌头打个滚’这个道理你都不懂呀？再说，我们俩还有大事要办呢。快点！”李竹儿这才磨磨蹭蹭地向林艾赔了个礼。

混乱的局面虽然平息了，但是如何才能把这件事解释清楚，倒成了李建设的一道难题。因为他既不能说李竹儿是小偷，也不能说公安局抓错人了，更不能说李翠儿和李竹儿联手报复林艾一巴掌之仇的事。为了解开双方的矛盾，为了让围观的人们听得合情合理，他只好编了一个善意的谎言。他对林艾、鲍昶和刘玉丹以及围观的人群说：“大家不知道吧，这两位女士是一对孪生姐妹，姐姐叫李翠儿，妹妹叫李竹儿，她们两个是中国民间的顶级魔术大师。”

“哦——”人群中发出了一阵低沉而又惊讶的声音。

李建设接着说：“这姐妹俩有一个特点，就是喜欢在大众场合表演、逗乐，以至于我们差一点把她们当成了小偷。刚才你们都看见了，她们两个人的表演竟然把林女士逗哭了。说实话，把别人的手表神不知鬼不觉地取下来，是她们两个人玩的小把戏。我转移他人物品的技艺跟她们两个人比起来差得太远了。美国著名魔术师大卫·科波菲尔知道吧，这姐妹俩不比他逊色。”李建设指着人群中的小刘说：“你不是要拜我为师吗？错了。这才是高手呢！她们能把你的内裤脱下来你还不知道。不信，你过来试试。”

小刘吓得一边往后退，一边连连摆手：“谁试谁试，我不试。”人群爆发出一阵哄笑。小刘指着大笑不止的同伴“小色眼”撇着嘴说：“娘的，看把你乐的。有本事，你过来试试？”

李翠儿和李竹儿被李建设几句话说得心里痒痒的，害羞地站在那里直想笑。李翠儿心想：这个人不愧为当大官的，三寸不烂之舌如同诸葛亮舌战群儒，竟把大伙儿说得频频点头、信以为真，太厉害了。

李竹儿心想：“这人手上功夫了得，没想到嘴巴也相当厉害。”

李建设招呼道：“好了好了，大家都回到自己的铺上歇息去吧！”

然后把李翠儿和李竹儿叫到两节车厢的连接处，带着责问和教训的口气说：“显摆是吧？能耐大是吧？看你们两个把车内秩序搅得，像话吗……”李建设本来还想多批评几句，可一时半会儿又找不出恰当的言语来，干脆吓唬说：“那几个人你们俩能得罪的起吗？啊！”

“什么人呀？瞧您说得神秘兮兮的。”李竹儿很想知道他们的底细，尤其是那个男士，因此故意问了一句。

李建设点燃一支香烟说：“那两个女士我就不说了，单说那个男士就非常了得，他是个高级检察官，不知查了多少大案要案，送了多少大官进监狱。据说他的武功也非常厉害……旁边的两个女士都是他最好的妹妹，他要是动怒了还不像捏小鸡一样，把你们两个人捏得嗷嗷直叫。你们两个人是不是吃了豹子胆了？”

这对孪生姐妹听了以后，你看看我，我看看你，同时伸了一下舌头，李翠儿胆怯地说：“我的娘哎，早知如此，我们也不找他们逗乐子了。”

“可不是吗？ 人家儿子都上幼儿园了，你还叫人家逗什么乐子、寻什么夫婿，尽出馊主意。”竹儿埋怨起了姐姐。

为了防止姐妹俩再去找林艾搅和，同时给这姐妹俩出点儿难题叫她们不要闲着。 李建设说：“你俩要显摆就冲着我来，你们俩要有真本事就去把车上的扒手给我找出来，那才叫能耐。”他把“能耐”两个字咬得很重。

竹儿向翠儿递了个眼色，然后对李建设说：“李支队长，我们姐妹俩要是把扒手找出来了，那时候我问什么你就回答什么，行不行呀？”

李建设心想：这丫头竟然懂得“以其人之道，还治其人之身”，看来绝非一般女流之辈。 她们与高教授到底有没有关系呢？ 就在李建设追忆往事，并想从中寻找出一点儿什么线索的时候，李翠儿又开口了：“您是不是个爷们儿？ 问个话半天都没有回音。 您说，我们要是抓到小偷了，您愿不愿意回答我们的提问？”

李建设看了她一眼心想：好大的口气，杜先林虽然没有手上的功夫，可抓小偷的眼力绝对是一流的，他在车上转了好几趟也没有找到窃贼，难道你们姐妹俩是火眼金睛？ 他摆了摆手不屑一顾地说：“去去去，就这么说定了。 但是有一条，不准再惹是生非。”

姐妹俩相互看了看，同时向李建设抛了一个调皮的媚眼，然后笑咯咯地走了。

六、姐妹一吆贼上套　便衣出手送“金表”

李建设抽了一支香烟后回到卧铺车厢挨着鲍昶坐了下来，然后指着从过道上远去的两姐妹对林艾说：“林总，这对孪生姐妹不是什么魔术大师，而是江湖上顶尖的神偷高手。她们是为你那一耳光故意报复你的，讲白了就是一场恶作剧。”

“那你们抓了她为什么又放了呢？”林艾带着怨气责问道。

“你别生气，你听我解释。情况是这样的：就在我们讯问车上这个女扒手的时候，西安那边打来一个电话，说有几个游客到华清池旅游区派出所报案，声称被一个非常漂亮的女孩子偷了，失窃人描述的情况非常符合‘快手美女’一贯使用的伎俩。显而易见，一个窃贼不可能同时出现在两个不同的地方。所以，我们怀疑车上的这个很可能不是我们要抓的那个人。”

“照您这么说，车上的这个女人不是‘玉面鬼手’喽？”

“也不能讲不是，也不能讲是。这么说吧，车上的这个是专门偷小偷的‘玉面鬼手’，而现在在西安的那个是专门偷游客的‘玉面鬼手’。这是两回事、两个人，听明白了吧？”

“怪不得我打了她，她也不承认是小偷呢？小嘴还硬得不行！”

“这事说起来话长，等有时间我再慢慢讲给你们听。”

“哎，李警官，她偷了我的钱，总该不会也没有问题吧？”鲍昶插话问。

李建设笑了笑说：“你别说，还真的没有问题。”

“为什么？是不是你见她长得漂亮想人家歪心思了？”刘玉丹突然把李建设想到邪路上去了。

李建设听了哈哈大笑：“既然你这么想，那我就实话告诉你吧。这对孪生姐妹，大的叫李翠儿，小的叫李竹儿，这小的呀，看鲍检察官人长得帅气，想引起他的注意，故意‘偷’了他的钱想到车上再还给他，逗逗乐子、套套近乎，看能不能闹上个夫婿什么的……”

“哇，哥，你太魅力四射了！”刘玉丹惊呼了一声。

鲍昶哈哈大笑：“哎呀！这个幸福来得太突然了，不好意思，我一点儿思想准备都没有，有一点儿接受不了。”

“卑鄙！不要脸。早知这样，我再多打她几个嘴巴，叫她的脸肿得像弥勒佛肚子似的，看她还……”林艾生气地骂道。

“和为贵，和为贵，”李建设笑着说，“这个故事有我虚构的成分，林女士千万不要往心里去。哦，对了，这姐妹俩有点能不够，杜先林队长没有抓到的小偷，她们俩还要逞能去抓呢。”

有人说“两木互撑，便是绝顶”。这对孪生姐妹经过谋划，商量出了一个计策，她们准备联手上演一出好戏。经过一番准备，一位身穿大众化服装的女人出现在了车厢里——她就是李翠儿。只见她左手拿着一个托盘，右手的食指和中指在托盘里快速地翻转着一枚硬币，口中不停地吆喝道："卖了，'老荣'必买！卖了卖了，'高卖'必买！"由于'老荣'和'高卖'是江湖黑道对小偷的称呼，外人根本听不懂。所以，每到一节车厢，没有一个旅客不把目光转移过来的。他们盯着叫卖的姑娘，眼睛里充满了好奇和疑问。有一位年轻人跟了好几节车厢实在忍不住了，他挤到过道的前面拦住了李翠儿问："喂，小姐，你到底卖的是什么呀？"

李翠儿微微一笑、眉毛一挑回答说："卖'鬼手'，你买吗？"

"卖鬼手？什么鬼手？我怎么搞不懂啊？"年轻人疑惑不解地问。

"不懂的人想买我还不卖呢，帅哥请你让开一下。"李翠儿一边走一边继续吆喝道，"西安特产，'老荣'必买，卖'鬼手'喽……"

突然一个戴口罩的女人捣了一下用鸭舌帽盖住脸、正靠在座位上睡觉的中年男子，并耳语了几句。那个中年人把鸭舌帽向上一推，伸长了脖子仔细听了听，起身循着远去的声音追了过去。可是，戴鸭舌帽的中年人就在追上李翠儿的那一刻突然停住了，他在两个车厢的连接处，掏出一支香烟点燃，皱着眉头使劲抽了几口，翘首看了看逐渐远去的李翠儿，把手上的半截香烟往地上一扔，压低鸭舌帽，无精打采地又回来了。

这个人的一举一动被穿着学生装，跟在后面的李竹儿看得一清二楚。她断定这个人必是江湖黑道之徒，而且是一个扒窃技艺不是太精、急于想拜一位江湖高人为师的扒手。但是她不清楚这个小偷是不是她们要找的那个人。为了摸清情况，她在过道边上停了下来。说来也巧，这时戴口罩女人对面的一个老大爷起身去了厕所，李竹儿身子一扭坐了下来。戴鸭舌帽的男人回到座位上和戴口罩的女人窃窃私语了几句，摁了摁她的裤子口袋得意地笑了一下。显然，他是为自己的战利品而高兴。李竹儿眉头一皱计上心来，她喝了一口矿泉水含在嘴里假装咳嗽几声，突然噗一声喷到了这对男女身上，对面那个女人腾地一下站了起来，摘下口罩一边抖落身上的水，一边骂道：“你这个熊女人是怎么搞的……”

男的站起身把鸭舌帽往茶几一掼：“妈的，我要不看你是个女学生，非揍你不可。你看你把我身上搞成什么样了？”

“对不起，对不起，实在对不起。”李竹儿一边不停地道歉、一边掏出手绢在他们身上擦了起来。

当男的看清楚面前是一个清纯漂亮的姑娘时，口气顿时缓了下来：“好了好了，别忙活了，我们自己来吧。”

上厕所的老头回来了，李竹儿客气地把座位还给了他，然后向戴鸭舌帽的男子抛了一个媚眼、嫣然一笑走了。到车厢连接处，李竹儿回头看了一眼，轻蔑地嘀咕了一句：“哼，跟我搞，看手表，三步两步叫你倒。”

李竹儿回到自己的卧铺刚坐下来不久，李翠儿也回来了，竹儿高兴地说：“姐，你这招真管用，一下子就把扒手引出来了。瞧，我已把他们偷去的钱包全都取回来了。”说着从口袋里掏出三个钱包、一块手表和一个玉镯。

翠儿拿起手表和玉镯看了看问：“这是怎么回事，失窃的人并没有丢这两样东西呀？”

竹儿抿嘴一笑：“姐，你不知道，那一对狗男女开口就骂人，蚊子苍蝇臭虫一个劲儿地往外蹦，嘴不知有多臭。他们把我惹火了，我一生气在转移他们的钱包时，顺带把他们的手表和玉镯也取来了。”接着竹儿向姐姐讲述了事情的经过。

姐妹俩把钱包和物品交给了民警，李建设等人对照报案材料，先将报案的农民工找了来，小伙子看到失而复得的八百元钱，惊讶地说：“哇，这年头丢钱还能找回来，太不可思议了。好了，这下回家有交代了。谢谢警察大叔。”

那个哭得死去活来的老妇人，颤巍巍地捧着手绢里包着的两千一百元钱，跪下来就要行大礼，吓得小丁赶紧将她扶了起来：“大娘您千万别……这是我们应该做的。”

戴口罩的女人和戴鸭舌帽的男子被分别带到了乘警办公室和餐车上。在乘警办公室，身为反扒队长的杜先林面对女扒手越想越恼火，越想越没面子。他在列车里来来回回巡查了好几次，也没有发现这两个深藏不露的扒手，而两个黄毛丫头没费多大事就把他们揪出来了，这时他心里闹腾开了：是自己经验不足还是小偷太狡猾了，还是这对孪生姐妹技高一筹呢？但是有一条，无论是小偷太狡猾，还是两姐妹的本事大，这都令他颜面尽失。想到这里，一肚子窝囊气不由得涌了出来，他声音低沉地问：“你知道警察为什么找你吗？”

“不知道。”戴口罩的女人冷淡地答道。

杜先林一拍桌子：“秃子头上的虱子——明摆着的，还要我说吗？”

女扒手心里一惊，偷偷地看了一眼面前这个威严的警察，但她不愿束手就擒，仍抵赖说：“我真的不知道。”

“你好好想一想？”

“我、我想不起来。”

“过一会儿你就能想起来了。”杜先林甩手出了门。

突然那个农民工闯了进来，劈脸就是几个嘴巴：“俄（我）叫你偷，俄叫你偷……”接着又是几脚，然后捏紧手铐转身走了。

这个闯荡江湖多年的“三只手”，虽然被抓过几次但是从来没有被人这样打过。这一顿拳脚打得她眼冒金星，两耳轰鸣，心惊胆战。为了不再挨打，她痛苦地哀求道：“警察大叔，快来哟，我交代，我交代……”

“你怎么了？”杜先林闻声进来后问。

“你赶快把铐子松一松，疼死我了，哎哟，疼死我了。”女扒手把双手伸向前哭着哀求道。

“你这到底是怎么一回事呀？”杜先林把她手铐松开后问。

女扒手心想：你装得真像。她一边揉着手腕一边说：“我说，我什么都说，我叫徐琬，戴鸭舌帽的人叫俞三寿，我们两个人都是扒手。前两天由于我们两个人赌输了钱，再加上这一段时间尽遇到倒霉事，我和他决定离开西安到‘洛阳牡丹花会’上搞几笔‘大单’。在踏上这趟列车时为了搞一点儿‘零花钱’，俞三寿偷了两个人的钱包，我偷了一个。不过……现在……”

“竹筒倒豆子，别磨磨蹭蹭的。”杜先林见她吞吞吐吐，便催促道。

“我说我说，现在三个钱包都丢了，好像被一个女大学生偷去了。要不，现在我就带你去找，我保证能把她找出来。”

一提起所谓的“女大学生”，争强好胜的杜先林心里就有一点儿不是滋味。在这场不是比赛的比赛中，他输了，而且输得很难堪。他认为作为一名职业反扒警察就应该比普通人强，更何况输给的人是两个姑娘呢。杜先林没好气地说：“这个问题先放着，先交代其他问题。”

徐琬说：“在这之前，有一天我在秦始皇兵马俑博物馆和两个姐妹去‘找光阴’，我刚从一个‘羊儿”身上把钱包转移到自己的口袋里，瞬间就神不知鬼不觉地没有了，那比天上的贼星还要快。我问另外一个小姐妹，她也说可能是遇到鬼了，刚到手的几张大钞也莫名其妙地丢了。她神神秘秘地猜测说，这兵俑里可能就有神偷，今儿个显灵了，她说得我一惊一乍的。我再向另一个同伙‘黄毛’望去，见她在熙熙攘攘的人群里正盯着一个‘羊儿’，就在‘黄毛’得手的时候，一个二十多岁的女人掠身而过，当‘黄毛’快速离开人群再掏裤子口袋时面目全非了，好不容易偷来的钱包没有了不说，里面却被调换了一张‘专治女人不孕不育’的小广告。这个时候我们几个人才感觉到被‘高人’戏弄了，很可能就是江湖上传说的那个‘快手美女’。为了拜师深造、提高技艺，我们几个人寻了半日也没有见到那个神秘的女人。刚才我在车上看见一个女子一边玩硬币一边吆喝出卖‘鬼手’，仔细看看有点眼熟，我就叫俞三寿前去打听是不是‘快手美女’，如果是的就拜她为师，提高能力。可是他害怕车上人多没敢上前问话……再后来就被你们搞到这儿来了。哦，对了，那个女大学生很可能就是‘快手美女’，她不仅偷走了我身上的三个钱包，还偷走了我手上的玉镯。”

“继续交代！”

“就这么多，没有了。”

“胡说！”

“大哥，哦，不对，警察大叔，真的没有了。再有，就是我遇到的那些倒霉事儿了。”

“一起交代！”杜先林提高了嗓音。

徐琬叹了一口气说：“那天从秦始皇兵马俑博物馆回到城里，我一摸口袋只剩下一元钱了，我决定先买两个包子吃来消消气。正当我闻着包子的香味，把钱递给包子店服务员的时候，一阵吆喝声传了过来——

瞧一瞧，看一看啦，
押多押少随你便啦。
舍不得孩子套不着狼，
舍不得金弹子打不着金凤凰。
狼胆大，鼠胆小，
不下钱你赢不了。
押衣服，押手表，
押钻石，押玛瑙，
押钱万贯，落地为算。

“我循着声音望去，离我不远的地方围着一群人，从他们怪怪的表情上也看不出是哭还是笑。有些人还举着五元、十元，甚至几十元的钞票往里面挤。强烈的好奇心使我暂时忘记了包子的香味，忘记了饥饿。我从包子店的伙计手里抢过我的全部家当，一溜烟地跑到人群跟前，使劲挤了进去。只见里面坐着一个干瘪老头，长长的山羊胡子，深凹的眼眶里镶嵌着一双狡黠的眼睛，两只皮包骨的手不停地摆弄着他面前的三个碗和一个海绵球。看了一会儿，我就弄明白了，原来是猜他把海绵球扣到哪一个碗的下面了，猜对了，你押多少钱他赔你多少钱，猜不对，你押的钱就归他。在我看来，这个老头也够笨的，傻瓜也能看出来他把海绵球扣到哪只碗的下面去了。随着围观的人一次又一次地猜中，老头用他那双干瘪的手一次又一次地把钱掏出来的时候，这个面目可憎的老头在我眼里也慢慢地变得和蔼起来了。我心中暗想：这哪里是老头，简直就是救苦救难的观世音菩萨啊！ 我使劲攥了攥拳头，决定出手了。 当我把快攥出汗的一元钱押上去的时候，周围的人群里传出一阵哄笑，我也似乎看到老头眼里掠过的一丝失望。 我可管不了那么多，在我眼里，我押上的这一元钱已经变成了四个包子，然后四个包子变成了八个包子，八个包子变成了十六个包子……当变到三十二个包子的时候，老头开碗了，在他开碗的那一瞬间，我惊呆了。 我明明看见他把海绵球放到了中间的碗里，打开后竟然是空的。 我那可爱的三十二个包子，就在这一瞬间灰飞烟灭了。 一个赌鬼说得好：‘在赌场上，你期待的是天堂，见到是却是地狱；你暂时会碰上观世音，但最终会遇上阎罗王。’”

杜先林听了暗自好笑，但他又不能笑出声来。 仍保持原先的威严训道：“你都扯到哪里去了？ 还有呢？”

徐琬突然扑通一声跪在地上，哀求说：“警察大叔，你可怜可怜我吧，我家里有一个五岁的孩子，还有一个卧床不起的奶奶，你如果放了我，你就是我的再生父母，我一辈子都会感恩戴德的。 求求你放了我吧！ ……”

“起来！ 这一套我见得多了。”杜先林厉声喝道。 然后降低音调说，“雕虫小技，《水浒传》里面的李鬼求李逵不就是这样说的吗？”

徐琬擦了一把眼泪，站起身说：“警察同志，如果我帮助你们抓到了那个‘鬼手’，能不能算我立功？”

“哟，还想立功啊？ 我们送上门来了。”重新换上宝蓝色旗袍和白色高跟皮鞋的“女大学生”出现在了门口。

徐琬惊得目瞪口呆，半晌才缓过神来，原来这个“鬼手”和警察是一伙的。 再仔细看看，这不就是在秦始皇兵马俑博物馆偷了“黄毛”的那个“快手美女”吗？ 这不就是我们姐妹几个寻了半天也没有见到的那个神秘女人吗？还要“拜师深造、提高技艺”呢，竟然被反扒高手给耍了，真是太可笑了。她结结巴巴地说：“大叔、阿姨，我、我……今后，再不……再也不……不偷了。”

“能改邪归正好哇，要不然只要你敢伸出贼手，我们就会突然现身，将你们抓个人赃俱获。”话音未落，又一个身穿宝蓝色旗袍和白色高跟皮鞋的女人走了进来。

“你……你们是人，还、还是鬼呀……”徐琬由结巴变成哑巴了。

杜先林的眼睛里突然放出了光彩，这对姐妹太漂亮了。原先的嫉恨早已抛到了九霄云外：“坐，请坐。正好我的工作也结束了。”然后对门外喊道，“小丁，小丁，把女嫌犯带走。”

听说这个一心扑在工作上，至今还没有谈婚论嫁的上海青年，李竹儿心里突然有了一种莫名其妙的感觉，这种感觉似乎只有是一个成熟的姑娘才特有的。所以，当李建设讲了这个反扒队长的一些故事后，李竹儿迫不及待地拉着姐姐来到了这里——杜先林二十七八岁，蓄着一头短发，白衬衫的领口微微敞开，衬衫袖口卷到手臂中间，炯炯有神的眼睛，高挺的鼻梁，削薄轻抿的嘴唇，棱角分明。修长高大却不粗犷的身材，宛若黑夜中的鹰，冷傲孤清却又盛气逼人，孑然独立间散发的是傲视天地的强势。李竹儿第一眼就暗暗地喜欢上了他。

再说那个戴鸭舌帽的男子，一开始坚挺得像“埃菲尔铁塔”一样，面对警察他百般狡辩，不但不承认自己是小偷，反而说自己是受害者。理由很简单，他的手表被人偷了。当喷他一身水、手拿手表的“女大学生”出现在他面前，得知“女大学生”和便衣警察联手抓捕他的时候，他的精神支柱就像大地震一样立刻变成了一片废墟，他企图逃避惩罚的黄粱美梦也就此化成了泡影。他深深地叹了一口气、慢慢地闭上了眼睛。为了争取宽大处理，他交代了自己的罪行……

刘玉丹听说反扒队长没有抓到的小偷被双胞胎姐妹抓到了，心里充满了好奇，同时对这对孪生姐妹也产生了几分敬意。她想：既然李建设不让写他的故事，为什么不从这姐妹两个身上挖一点素材呢？她决定随李翠儿和李竹儿在洛阳下车，亲眼见一见她们的反扒大战。

列车缓缓地驶入了洛阳站，车站派出所的几位民警在站台上严阵以待，李建设和杜先林将尹铁柱、俞三寿和徐琬等七名窃贼押下车，带着卷宗材料随他们来到车站派出所办理案件移交手续。刘玉丹、李翠儿和李竹儿在出站口的台阶旁一边观赏那些叫赵粉、冠世墨玉、玉楼点翠等名贵牡丹，一边等候着李建设和杜先林。

李建设和杜先林为什么也在洛阳下车了呢？主要原因有四个方面：一是他们要把抓获的窃贼移交给洛阳铁路公安机关，由铁路公安机关侦查终结后移交给洛阳铁路运输检察机关审查起诉；二是应洛阳市公安局的邀请，商讨为洛阳公安警校讲授反扒课的有关事宜；三是李翠儿提出了一个观点，即利用小偷打击小偷比抓住判刑管用，他想验证一下；四是杜先林喜欢上了美丽的李竹儿，李建设想和刘玉丹为他牵线搭桥，撮合这段美好的姻缘。

洛阳被称为“九朝古都”，实际上并不止“九朝”。“九朝”一说，是因乾隆皇帝御封嵩阳书院大门对联中的“九朝都会”而得名。

洛阳的春天风和日丽，春色满园，驰名中外的牡丹和她动人的传说，令许多人向往、倾心。 每年春天，每天都有数十万的中外游客接踵而来，尽情欣赏“牡丹仙子”的风姿。

今年“洛阳牡丹花会”从外地来了两个专业反扒高手和两个民间整治传统江湖黑道的反扒志愿者，将会上演一出什么样的精彩好戏呢？ 刘玉丹已经做好了收集素材的准备。

李建设和杜先林办完案件移交手续后，车站派出所新来的两个年轻警员缠着李建设非要拜他为师，杜先林心里清楚李建设是不会收他们为徒的，他笑了笑逗道：“这下你们两个人算是找对人了，李支队长不收你们俩做徒弟，你们俩就不要放他走。”说后笑呵呵地端起茶杯出了派出所。

杜先林在派出所门口一边喝茶一边等候着李建设，此时又一列客车进了站，旅客们提着大包小包的行李涌向出站口。杜先林向出站口望去，忽然脖子上挂着方格子围巾的中年男子引起了他的注意，这个人从接客的人群后面挤到了出口处狭窄的铁栏杆通道边上，正当一位旅客验完票提着行李侧身从他面前走过时，这个人左手撩起围巾挡住对方的视线，右手快速钳出他的钱包塞进了自己的怀里。 杜先林一看便知，这是一个非常了得的扒手，绝对是一个经过特殊训练、专门掏男人上衣口袋的高级扒手，只要男人侧身从他面前经过，他就能轻而易举地从对方的上衣口袋里钳出钱包，手法娴熟、技艺高超，是绝非一般窃贼可以比的。 他赶紧进了派出所放下茶杯和一个民警说几句话，便随那个民警从派出所的另一个门来到了车站外面，两个人挤进人群来到那个中年人的后面。 这时，那个扒手从他面前经过的一个旅客口袋里又夹出一个钱包揣进了怀里，杜先林向车站民警老方做了个手势，说时迟那时快，两个人同时抓住了窃贼的双手。 老方大喝一声：“不许动，我们是警察。”接着老方又对骚乱的人群说：“大家不要惊慌，我们抓的这个人是小偷。”

戴方格子围巾的中年男子一边挣扎一边辩解说：“我不是小偷，你们搞错了，我不是小偷……”

杜先林抓住中年男子的双手，老方拿出手铐将他铐上后，中年男子狂叫道：“捉奸捉双，捉贼捉赃，我真的不是小偷，不信，你们把手铐打开，我把身上所有的衣服口袋翻开给你们看。”

杜先林见围观的人用疑惑的眼光看着他们，为了证明警察没有抓错人，他拽出中年男子系在裤子里的衬衫，呼啦一下从里面掉出四五个钱包，然后指着地上责问道：“你不是小偷，这是什么？”

刚刚失窃的那个旅客拾起自己的钱包，不问三七二十一，照中年男子的脸上啪就是一个嘴巴，咬牙切齿地骂道：“狗娘养的，还说不是小偷，难道我的钱包长腿跑到你身上去的呀……”

“打！使劲打！”人群发出了愤怒的呼喊声，中年男子低下了头，老老实实地随着老方去了派出所。

在洛阳火车站的出站口和广场上，很多当地人向游客介绍住宿和风景区游览路线，也有少数人神秘地向游客介绍有小姐的旅社。面对这些人杜先林听了淡然一笑便离开了，他转身进了候车室，里面的人非常多，到处都是赶车的旅客。他转了一圈，看见一个中年妇女抱着孩子坐在行李上靠着墙打瞌睡，他正想上前招呼她注意安全，忽然一个瘦猴一样的年轻人挨着中年妇女放下旅行包坐下了。年轻人看了一下周围没有人注意，便伸手拉开中年妇女背后挎包的拉链，轻轻地掏出钱包装进了自己的衣袋。“瘦猴”起身正准备要走，杜先林一个箭步冲了过去死死地将他摁在了地上。被惊醒的中年妇女抱着孩子赶紧站了起来，看见杜先林骑在一个又瘦又小的年轻人身上，指着他打抱不平说：“你一个大人为什么欺负一个孩子呀？ 你再不起来，俺就喊警察了。”

杜先林解释说：“我不是欺负他，他是小偷，他偷了你的钱包。”

“啊，他偷了俺的钱包？”中年妇女惊呼一声，看了一下自己被拉开拉链的挎包突然大哭起来，“俺的钱呢？ 那是俺给孩子住院治病的钱呀……”她一边哭一边撕打着瘦猴一样的年轻人。“你这个该死的畜生，快把钱包还给俺。”

这时，一位执勤民警带着几个维护车站秩序的治安人员赶了过来，杜先林说明情况后，将瘦猴一样的年轻人交给了他们，然后提起中年妇女的行李说：“你的钱包在扒手身上。走，我陪你一起到车站派出所去。”

中年妇女深深地向杜先林鞠了一躬：“谢谢你，警察同志。”然后抹了一把眼泪抱着孩子跟着走了。

来到派出所后，杜先林发现李建设不在，一个民警对他说，李支队长带着两个新来的民警出去识别小偷去了。杜先林见派出所的人忙得不可开交，便和他们打了一声招呼，拿着李建设和自己的行李去找李竹儿她们了。

在车站出口处的正前方是车站广场，杜先林下了台阶来到了刘玉丹、李翠儿和李竹儿跟前。“事情办完了吗？”一见面，刘玉丹关心地问。

“办完了。”杜先林回道。

“李支队长呢？”

“他有一点儿事儿，一会儿就来。”

就在刘玉丹和杜先林说话时，忽然有一个密码箱碰到了杜先林的膝盖，只见提密码箱的长发青年看了杜先林一眼，若无其事地走了。杜先林愣了一下，然后指了一下地上的行李对刘玉丹和两姐妹说："你们帮我照看一下，我马上就回来。"话音没落就去追赶长发青年去了。

刘玉丹慌忙喊道："杜队长，和他讲道理，不要打人家哦。"

李竹儿不知何故赶紧问刘玉丹："哎，杜队长他怎么了？"

刘玉丹指着长发青年说："那个小伙子碰了杜队长的腿没有道歉，杜队长可能生气了。"

只见长发青年在你来我往的人群中行进了十几米，突然用手中的密码箱套住一个小号密码箱，然后提起来大摇大摆地走了。那个穿着西装革履的游客点着香烟后，突然发现放在自己腿边的密码箱神秘地失踪了，赶紧向四周张望、寻找，结果连影子也没有看到。他一把抓住一个路过自己身边的警察焦急万分地说："警察同志，我的密码箱丢了，里面有五万元钱，请你赶紧帮我找一下。"

警察看了看他，不急不躁地问："你的密码箱在什么地方丢的？"

"就在这儿丢的。"穿西装的人指了指腿边。

"大概有多长时间了？"

"就刚才，不到一分钟。"

"密码箱是什么样子的？"

就在穿西装男人向警察比画密码箱形状和大小的时候，杜先林的手铐咔嚓一声牢牢地锁住了长发青年的手腕，并把他拖了回来。"喂！警察同志，东西是他偷的。来，人交给你。"

穿西装的男人看了看那只大密码箱又看了看长发青年，似乎并不关心此事，他催着面前的警察说：“是我先报的案，您赶快想办法帮我找呀？”

杜先林提起大密码箱，里面的小密码箱露了出来。原来长发青年手里提着的是一个没有底的空密码箱。穿西装的男人突然看见了自己的密码箱，心里一阵狂喜，他一把抢了过来，然后收起微微凸起的腹部狠狠地抽了长发青年一个嘴巴：“狗日的，你还会瞒天过海哦！怪不得眨眼的工夫，我的箱子就不见了。”

长发青年擦了一下嘴角流出来的鲜血，看了看身着便衣的杜先林，又看了看一身警服的警察，心想：你们两个人怎么不制止他打人呢？

杜先林取下手铐把窃贼交给了民警，过往的行人看见警察抓到了一个小偷，立刻围了上来，有人喊道：“打，狠狠地打，问他下回还偷不偷了。”还有的人在喊：“打！使劲打！打得他满地找牙。”

穿西装的男人甩起来又是一脚，咬牙切齿地骂道：“有娘生无娘管的东西，老子踢死你。”

长发青年哎哟一声蹲在了地上，龇着牙咧着嘴不停地揉着小腿：“哎哟我的妈呀，疼死我了。”

这时候又来了几个民警，赶紧把长发青年和那个男人带走了。

刘玉丹抓住杜先林的手满脸疑惑地问：“哎，杜队长，你也太厉害了吧！你怎么知道那个长头发青年就是扒手的呢？”

杜先林咧着嘴心里很是得意，他就是想在李竹儿面前表现表现，以讨得她的芳心，没想到机会总是留给有心人的。他说：“当那个塑钢密码箱碰到我膝盖的时候，凭感觉几乎没有分量。不然，哪有那么大箱子碰到膝盖上不疼的呢？另外就是那个小青年老是在观察别人的密码箱，当他看见前面有个人放下手里的密码箱点香烟时，他加快脚步朝他走了过去。这时我断定他是窃贼无疑。”

李翠儿笑着称赞说：“杜队长您真不简单，一到洛阳就初露锋芒，真令人敬佩。喂，那个窃贼好像被打得不轻吧？”

“活该，谁叫他偷人家东西呢。”刘玉丹插话说。

晚上，洛阳盛唐大酒店八楼非常安静，只有816豪华套间时不时地传出几个年轻女人清脆的笑声。李翠儿正玩着三只牌逗刘玉丹猜，刘玉丹总是猜不着，已经被李翠儿刮了好几个鼻子了。这一逗乐方式正好被两个刚喝完酒回来的年轻人听见了，他们两个人循着笑声来到了816房间的门口。迎门坐着的李竹儿看见了招了招手说：“进来、进来，看看你们两个人能不能猜得着。”

两个年轻人笑嘻嘻地进了房间，其中一个伸头朝桌子上看了看：“哟！玩三张牌的吗？有意思。”

李翠儿指了指桌子对面的椅子招呼说：“坐，二位贵姓？”

两个人没半点儿客气话，就在李翠儿的对面坐了下来，留有两片小胡子的年轻人扫了一眼房间里的三个年轻女人，不见外地说：“我姓王，他姓卞。”

李翠儿亮开桌子上的三只牌说：“这里是两张黑桃3，一张红桃Q。我把这三张牌扣在桌子上，你们两个人谁猜中了红桃Q谁就算赢，否则就算输。你们两个人是想赌刮鼻子呢还是想赌钱？”

小王光洁黝黑的脸庞，透着棱角分明的冷峻，乌黑的眼睛泛着狡猾的目光。他会意地笑了笑，心想：我在江湖闯荡多年，这些都是我玩剩下来的玩意，今天竟然有人班门弄斧，找死哦。他从口袋里掏出一大卷钱撇着腔调说：“我跟美眉耍耍钞票。”

小卞长得挺像一个历史名人——初中历史课本第一册第一页的那个人——北京猿人。他的两个手指在脸上不停地挠着，色眯眯地看着李翠儿说：“钱，我就不要了，我要摸一摸你那漂亮的鼻子。”

李翠儿白了他一眼，轻蔑地哼了一声，心里暗暗地想：等一会儿我非把你的鼻子刮肿了不可。她左手拿起两张黑桃 3，右手拿起红桃 Q，清脆地喊道：“睁大眼看好了，小美女要跑了，摁住牌不要动，掏出钱押宝了。”然后唰唰唰地将三只牌分左中右扣在了桌子上。淡淡一笑说：“押吧！”

小王看得清楚，那张红桃 Q 被丢在了中间，他从那一大把钱中抽出一百元放在了中间那张牌上乐呵呵地说：“小美女被我逮住了，大美女要赔钱了。”

小卞中指摁住中间那张牌说：“美女，这回我可要好好地摸一摸你的鼻子了。我押三十个。”

李翠儿一边翻开中间那只牌一边笑咯咯地说：“小美女跑掉喽——”

小王看着那张翻过来的牌顿时傻眼了，心想：眼睁睁看见的是红桃 Q 怎么变成黑桃 3 了呢？小卞捏着下巴小声嘀咕道：“妈的，邪了门了。”

李翠儿把一百元钱往旁边一放，指着小卞命令道：“把鼻子伸过来。”

愿赌服输，小卞无可奈何地把鼻子伸了过去。李翠儿刮一个，刘玉丹和李竹儿拍着巴掌合着节拍数着，1 个，2 个，3 个……当 30 个鼻子刮完后三个女孩子笑得前仰后合。

小卞疼得差一点眼泪没流出来。心里暗暗地骂道：小娘们儿，叫你笑，等我赢了，我非把你鼻子刮下来不可。他指着桌子上的三张牌说：“来来来，再来，我就不相信我猜不着。”

小王把袖子往胳膊上一撸也高声喊道：“美女们别笑了，再来再来。”

忽然李翠儿发现小王右手小臂上有一个胎记，她马上联想到去年在泰山天街上被便衣警察抓到的那个小偷，因为这个紫红色的胎记非常特殊，就像一枚外圆内方的铜钱一样，令她记忆犹新。现在很清楚他也是来“逛”洛阳牡丹花会的，难怪他身上有这么多的钱呢？李翠儿左手拿起梅花3和黑桃3，右手拿起红桃Q，并亮给他们两个人看了一眼，柔柔地喊道：“盯住了看好了，小美人落地了，狼胆大鼠胆小，押多少赔多少，不押钱赢不了。”话音刚落，她把红桃Q扣在了左边，把另两个3扣在了中间和右边，然后两个中指各摁在左边和中间的牌上快速交换了一下，又把左右两只牌交换了一下，说：“二位，请——”

小王拿出二百元钱毫不犹豫地押在了中间，小卞摁住中间的牌说：“别动，现在就开，我还押三十个鼻子。”

李翠儿从小卞手底下抽出牌翻开后，俏皮地说：“小美女又跑掉喽——”说着把二百元钱又拿到了旁边。然后笑嘻嘻地对小卞说：“让小美女见了就跑的帅哥们，把鼻子伸过来吧！”

小卞哭丧着脸说：“这位姐姐，你轻一点行不行？”

站在一旁的李竹儿笑咯咯地说：“行，保证温柔。”她脱下拖鞋就要用脚指头去刮小卞的鼻子。刘玉丹正在喝水，忍不住扑哧一笑将一口水喷得到处都是，把李翠儿也笑得差一点儿从椅子上滑倒在地。

小卞没有生气，心里被李竹儿戏弄得直痒痒。他咧着嘴嘿嘿嘿地笑了几声：“你要是我老婆，我就让你用脚指头刮。”

李竹儿把眼一瞪：“就你，给姑奶奶做孙子我都不要，你还美不糟糟的呢！姐你过去，让我来调理调理这个不知天高地厚的丑公子。”

小卞借着灯光瞪人醉眼，这才看清楚一对美若天仙的双生子，激动得心脏差一点儿跳了出来，他暗自念道：“老天爷保佑，但愿‘有缘千里来相会’，姐妹两个人不论是哪一个做我的老婆都行……”

李竹儿上去重重地刮了他一个鼻子，这才把他从白日梦中疼醒。“喂，伸过来，还有29个呢！”

小卞揉了揉又酸又疼的鼻子，闭上眼睛伸着头说：“美人，温柔一点好不好？”

“要想温柔呀，只有脚指头喽。”

小卞在心里暗暗地说：“妈的，你只会说用脚指头刮鼻子，为什么不说用嘴唇刮呢？你要是用嘴唇刮我一点意见都没有。”

三十个鼻子刮完后，小卞疼得直流眼泪，心想：这个小娘儿们儿比那个小娘儿们儿的手还要重，等我猜赢，哼，非把你的鼻子刮塌不可。李竹儿得意地问：“丑公子怎么样？还赌吗？”

“赌。宁在花下死，做鬼也风流。”小卞一边擦眼泪一边说。

“就你，还风流呢？”李竹儿咯咯地笑道，然后带着挑衅的口气问在一旁思考着什么的小王，“喂！你呢？”

小王从嘴角边拿下香烟满不在乎地说：“继续玩、继续玩，输完了又能咋地？ 明天就又回来了。”

听了这话，李翠儿更加坚定了自己的判断：这两个人就是小偷。 为了达到此行的目的，她对竹儿耳语了几句，而后细声细语地对小卞说：“赌可以，但要赌钱财，刮鼻子的事到此结束。 你要是不愿意，一边待着去。”

小卞很不服气地说：“怎么？ 看不起我是吧！ 不要看爷长得不咋地，爷有的是钱。 告诉你，爷就是输光了，明天到牡丹花会上走上一遭，哗哗响的银子又来了。”

李竹儿不耐烦地说：“别贫嘴，睁大眼看好了。”她拿起三只牌翻转右手亮了一下红桃 Q，然后分左中右扣在了桌子上，然后快速将三只牌调换了位置，说：“好了，押吧。”

小王在左边牌上押了三百元，小卞也在左边牌上押了三百元，开牌后果然是红桃 Q。 李竹儿赔了六百元。 小王乐哈哈地说：“怎么样？ 我输的三百块钱一下子就捞回来了。”

接下来，李竹儿又连输三把，共赔给小王一千八百元，赔给小卞一千五百元。 李竹儿噘着嘴把牌往旁边一推说：“不玩了不玩了，我钱输光了，不玩了。”

小王正赢得兴起，哪愿意就此罢手呢？ 他咧着嘴色眯眯地说：“喂喂喂，美眉，你不是没有钱了吗，这样好不好？ 我赌你身上的衣服，三百块钱一件，我赌输了钱归你，你赌输了衣服归我，怎么样？”

小卞也跟着嚷了起来：“我也来，三百块钱一件，当面兑现。”

李竹儿怒目圆睁，腾地站了起来：“你们说什么，三百元一件衣服？ 你们两个人识不识货，姑奶奶的这套衣服是法国进口的，六千八一分不少。 就我身上的胸罩和内裤也不止你俩说的那个数。真要赌，八千块。输了，我连长筒丝袜都脱给你。”然后愤愤地说：“哼，我看你们还蹬鼻子上脸了呢。”

小王和小卞像吸食了冰毒一样兴奋得不得了，两个人商量一下后各掏出四千元钱，小卞色色地说：“江湖规矩，愿赌服输，现场脱。”

这可把刘玉丹吓坏了，她摇晃着李竹儿的手说：“竹儿算了，何必呢？这要是输了多难为情啊！”

李竹儿将长发往后面一甩无所谓地说：“这怕什么，两位爷不就想看看本姑娘的玉体吗？就是让他们俩摸一摸又有何妨呢？”

小王指着刘玉丹说：“你不要多事，一边待着去。”

李翠儿推了推妹妹说：“你过去，还是让我来吧？”

小卞立刻做出了反应：“不行不行，就是她。”

李竹儿叹了一口气：“唉，姐，你要是早一点换一下我，我也不至于输得这么惨了！”说后她拿起三只牌向小王和小卞亮了一下红桃 Q，唰唰唰将三只牌扣在了桌子上，然后把它们相互交换了几下说：“二位爷，押吧。”

小王毫不犹豫地将钱押在了左边的那张牌上，眼前立刻浮现了李竹儿冰清玉洁的胴体，他的心里直痒痒。小卞将钱押到左边的那张牌上后激动不已，他在寻思下一局是该亲吻李竹儿的红唇还是……

李竹儿见他们两个人押上了钱，正要去翻牌，小王突然阻止道：“慢！都不准用手沾这张牌。”他从身上掏出一个镊子递给刘玉丹，同时甩了一百元钱给她说：“请这位大姐帮个忙，你用它把牌翻过来。”

刘玉丹看了看李翠儿和李竹儿，颤抖地接过镊子开始去夹那张牌，可能是她心里紧张手发抖的原因，她夹了一遍又一遍就是夹不起来，小王瞪大眼睛盯着那张牌鼓励说：“大姐别着急，慢慢地来。”刘玉丹擦了一下额头上的汗，稳定了一下情绪再一次去夹时，终于夹住了。就在她把牌翻过来的那一瞬间，小王和小卞差一点没把眼珠子给瞪出来，明明是红桃Q，不知怎么变成了梅花3。

刘玉丹丢下镊子兴奋地跳了起来。“亲娘哎，我的心差一点儿就蹦出来了，好悬啊！”

李竹儿拿起钱飞吻了一下：“不好意思，这红桃Q真给面子，不然我就要跳黄河了。”继而发出了一串银铃般的笑声。

突然，小王一拍桌子吼道：“不对，你出老千。”

李翠儿插话说：“出没出老千，你翻开另外两只牌看看不就知道了。”

小王把中间和右边的牌翻开一看傻眼了——黑桃3和红桃Q都在。出老千在赌场上是一大忌，被识破了是要砍手或者剁手指头的，但要胡乱说对方也是要受到同样的惩罚。小王为了给自己找一条后路，赶紧打了自己几个嘴巴道歉说：“对不起，我该死，对不起，我乱说……”

李翠儿向妹妹使了个眼色，意思是机会来了。只见李竹儿把茶杯里的水往地下一倒啪的一声摔在了桌上：“家有家法，行有行规，你自己了断吧！”

小王猛地一惊：“我的乖乖，幸亏这儿是宾馆，不然她不把刀拿来才怪呢！现在很清楚，她是要自己用茶杯砸断自己的手指头。”想到这里，他把右手食指放在桌子上，左手举起茶杯，咬着牙——可是过了半天，他也没敢砸下来。

这时，李翠儿开口了：“妹妹，你要人家用茶杯把手指头砸下来，那能砸下来吗？茶几上有个水果刀，要不，叫他用小刀割？”说着给她递了个眼色。

“那怎么割呀？”李竹儿有意问道。

小王心想：这个女人的心也够狠的，这还不如用菜刀来得痛快呢。

“简单得很——”李翠儿说，“庖丁解牛知道吗？ 从关节那个地方割就行了。 你要是下不了手，我可以帮忙。”说着，她摁住小王的手，拿起小刀就要割。

这可把小王吓坏了，他使劲抽回右手扑通一下跪倒在地：“两位姐姐，哦，不不不，两位姑奶奶饶了我吧，不然我这辈子就完蛋了……”

“少一个手指头怕什么？ 喝酒吃饭、结婚生孩子啥事也不耽误。”李翠儿俏皮地说。

“对，干啥事都不耽误，除非去做扒手。”李竹儿补了一句。

小卞赶紧帮忙说：“他就是扒手，没有手指头就不能掏钱包了。”

李翠儿把小王的房卡、身份证、手表往桌子上一扔，骂道：“瞎眼的东西，没看看姑奶奶是谁？”

小王摸了摸口袋、看了看手腕，顿时醒悟——今儿个遇到真正的高人了。 他一边磕头一边求道：“我愿拜二位姑奶奶为师，请收下我做徒弟吧。”

“有话起来说。”李翠儿命令道。

这时，小卞发现自己的手表也不翼而飞了，他打了个酒嗝一边在地上找一边自言自语地说：“咦，他娘的，我的手表呢？ 我的手表什么时候也没有了？ 那块表值好几千块钱呢！真他娘的奇了怪了。”

小王捣了捣他说：“你不要在地上乱找了，肯定被你旁边的师父‘拿’走了。”

“你说什么，我的手表被她拿走了？ 笑话，神仙啊？”小卞看了一眼旁边的李竹儿说。

李竹儿将小卞的手表往他面前一放，小卞顿时惊叫起来：“俺的娘哎，‘开天窗’‘摸地道’‘背壳子’，俺从来还没有见过‘偷手表’的呢！ 小姐，你比俺祖师爷还要厉害……”小卞的话还没有说完，呃的一声又打了一个酒嗝，他使劲将快要漫上来的酒菜又咽了回去，喘了几口粗气接着说：“你的手给俺看看。”说着拿起李竹儿的手就亲。

李竹儿气得照脸就是一个嘴巴，骂道：“你这个臭流氓。”

“你混蛋，回房间去，”小王对小卞大声骂道，“熊样，翻什么眼？ 快滚。”小卞摸着火辣辣的脸快快不乐地走了，小王赔着笑脸解释说，“那个浑小子是我的徒弟，请二位师父不要生气。”

李竹儿轻蔑地哼了一声：“小样，我一看就知道你们两个是‘梁上君子’。 玩你们这类人对我们姐妹俩来说那还不像玩猴似的。”

小王不住地点头：“是是是，像玩猴似的，我已经领教了。 据我所知，业内高手能神不知鬼不觉地把‘羊儿’的手表偷走的还没有一个。 恳求二位师父收下我这个徒弟吧。”

“你要拜我们姐妹俩为师可以，”李翠儿说，“但你必须送两个见面礼，一是各地帮主来洛阳的名单和住址，二是打听出江湖上失踪多年的《转移大法秘籍》的下落。 如果你做到了，我们就收你为徒，否则兔子身上少一点——免了。”

小王想了一会儿说：“这第一个‘礼物’问题不大，我现在就能提供几个人的名单给你们，他们分别是山东的‘六拇指'陈世祥；江浙的'快手'桂良成；两广的'八级钳工'郑光辉，这三个各霸一方的江湖传统神偷现在就住在洛阳盛唐大酒店九楼，他们这次聚集在洛阳就是要一较高下，看看到底谁是'天下第一神偷'。这第二个'礼物'，我闻所未闻，从来也没有听说过江湖上还有一本什么《转移大法秘籍》，这叫我到哪里去打探下落呢？"

"那就算了，你走吧。"李翠儿摆了摆手说。

小王没有动，往事历历在目：这几年他一直在努力跨进业内顶尖高手的行列，但由于技艺不精常常遭到同行的鄙视甚至谩骂，见到这些人他就像银针扎在哑穴上似的，立刻就变成了哑巴。为了在高手中间占有一席之地，为了不吃馒头蒸（争）口气，找回尊严。他四处拜师学艺，但是那些人不是闭门谢客就是虚与委蛇。如今连手表都能偷得的'鬼手'就在眼前，而且是两个，他怎么可能放弃呢？就是上刀山下火海也要下决心搏上一搏。他咬了咬牙说："这第一个'礼物'我马上就可以给你们送来，第二个'礼物'我会想尽一切办法去打听，如果打听不到《转移大法秘籍》的下落，我王金山永远不见二位大师。再见。"说后一扭头走了。

七、神偷竞技争天下　天敌竟是姊妹花

王金山走后，李竹儿指着王金山远去的背影嘿嘿一笑：“嗬，熊人不咋地，还挺有个性的嘛。”

李翠儿说：“常识告诉我们，小偷不可怕，就怕小偷有文化。小偷会武术，谁也挡不住。这种人是万万不可教的呀。”

今天晚上发生的事情，对刘玉丹来说，就像看梦幻小说一样。《赌圣》《赌王》等电影或电视剧中出现的镜头，赫然发生在自己的眼前，她想，后面一定还有更精彩、更能抓住人们眼球的东西，这一次到洛阳来肯定还会有意想不到的收获。听了翠儿的话，她说：“没文化，胆子大；小偷有文化，危害会更大。他要是把《转移大法秘籍》打听出来了，你们真的要收他做徒弟吗？”

李翠儿微微一笑：“这怎么可能呢？《转移大法秘籍》他能找得到吗？我和竹儿找了几年也没有发现任何有价值的线索，这是我有意设置的一道屏障，只不过他不知道罢了。”

“收小偷做徒弟，把他培养成偷窃高手去危害社会，我想都没敢想。要是丹丹姐想学，我倒是可以考虑考虑。”竹儿说后咯咯地笑了起来，那银铃般的笑声既带有少女的清纯，又带有成熟女性的甜美。

“哟，没想到你这么看得起我呀！只可惜我不是那块料。”刘玉丹接着说，“听李建设支队长说，食指和中指一样长的人才能练成高级‘钳工’，无名指和中指一样长的人才能练就魔术大师。我呀，还是老老实实地拿笔写我的报道吧！哎，真的有《转移大法秘籍》这本书吗？我听李支队长说，他练的‘无影手’就是那本《转移大法秘籍》里面的。你们两个人练就的高超技艺也是出自那本《转移大法秘籍》吗，包括三张牌和‘取’手表？”

“哎，我问你，李建设见过那本《转移大法秘籍》吗？”

“不知道，他没有说。”

“他的师傅叫什么名字你知道吗？”

“他师傅自称高老师，别人喊他高教授。据李支队长讲，这个人城府很深，知识面很宽，对江湖黑道研究得很透彻，转移他人东西的功夫也非常了得，就是有一点，他很少谈及自己的身世。哦，对了，他好像姓李，但不知叫李什么。”

翠儿和竹儿面面相觑，异口同声地呼了一声：“他也姓李？”

刘玉丹点了点头说：“对，李支队长就是这么说的。”

三个女人正聊着，王金山敲门进来了，他把信息资料往桌子上一放说：“陈世祥、桂良成和郑光辉的照片也在这里面，你们看过之后烧掉，千万不要让他们发现了，不然我就惨了。另外洛阳九都宾馆还有两个，一个是来自江淮之间的帮主欧晓巧，女的，三十三四岁，外号‘左撇子王后’；另一个是来自上海的管爷，外号‘无形手’，他的相貌特征很明显，下巴上长有一个绿豆大小的黑痣，黑痣上长着一小撮黑毛。有可能他们两个人也要搬到这个酒店来住，因为这个酒店的九楼被他们以开会的名义全部包下来了。目前我所知道的情况就这么多，如果你们还需要的话我再想办法。”

“哎，你是怎么搞到这些东西的？”李翠儿半信半疑地问。

“不瞒二位师傅说，我这次是被他们叫来专门搞后勤保障工作的，否则我有通天的本事也沾不了他们的边，更不要说把这些绝密资料搞到手了。”王金山俯首帖耳地解释说。

“哦，原来如此。”李翠儿看着他那卑屈驯服的样子说。

在王金山提供的资料里有一份报名名单和一份竞技项目及比赛办法。在报名名单中共有六个人，他们分别是山东的陈世祥、江浙的桂良成、两广的郑光辉、安徽的欧晓巧、上海的管明亮、新疆的艾孜麦提·巴图尔。

竞技项目和比赛办法是：

一、自选对象（两项内容）

1. 第一天的比赛地点设在王城公园，参赛者自己选择目标对象，转移游客的现金（仅限现金，包括外币），时间半天，当天中午12点整参赛者将收获的钱包交给评委会封存，下午2点整开始评比。评委会和裁判将参赛者转移来的现金分别相加（外币按当天中国银行的汇率计算），第一名积9分，第二名积7分，第三名积5分，第四名积3分，第五名积1分，第六名及以后者积0分。

2. 第二天比赛地点设在白马寺，参赛者于早晨7点钟开始自己选择目标对象，转移游客的贵重物品（仅限金银首饰、手表、玉器和手机等）。时间一天，当天下午5点整参赛者将转移来的贵重物品交给评委会封存，晚上7点半评委会进行评定：获取物品总价格最高者为第一名积9分，第二名积7分，第三名积5分，第四名积3分，第五名积1分，第六名及以后者积0分；获取的数量最多者积5分，第二名积3分，第三名积1分，第四名及以后者积0分。

二、指定对象

比赛地点设在关林，参赛者秘密窃取男游客的腰包（仅限男游客），由裁判分别跟踪监督各个参赛者。最先得手者（以计时方法裁定）积9分，第二名积6分，第三名积3分，第四名及以后者积0分。

三、固定对象

比赛地点设在龙门石窟，目标为外国游客，窃取对象是“掌中宝”摄像机，每个参赛者由一名裁判员跟踪监督，本次比赛只取前三名，以先到莲花洞报到者为准，第一名积9分，第二名积6分，第三名积3分，其余不积分。

几个比赛项目进行完后，积分累计最高者将被授予“天下第一神偷”称号。

竞赛办法规定：1. 凡在比赛中失手被抓者自断功能手指一个；2. 弄虚作假者按江湖规矩处置；3. 末位淘汰制，即所有比赛项目比赛结束后，最后一名退出江湖三年，以示惩罚。

李翠儿看了资料后对小王说：“这件事你做得不错，我基本满意，你可以回去休息了。哦，对了，你要当心一点，千万不要被他们发现了。”

王金山走后，刘玉丹摇了摇头说：“没想到在这个行当里还有争夺‘天下第一’‘荣誉’称号的，真是不可思议。这回我长了不少见识。有意思，太有意思了。”至此，刘玉丹暗自产生了一个想法：有机会自己也脱下鞋蹚一蹚这里面的深水。

李竹儿兴奋地说：“王金山这小子还挺有能耐的，这几个贼头的材料说搞就搞来了。哎，姐，这下就看你我大显身手了。”

李翠儿谨慎地说：“切不可轻敌，这些人都是一等一的高手，只有认真对待、谨慎实施才能保证我们的计划成功，只有计划成功了才能使李支队长和杜队长认同我们的观点。”

“哎哎哎，你们准备用什么办法实施‘小偷打击小偷’？”刘玉丹的这个问题已经憋了很长时间，此时终于忍不住问出来了。

李竹儿调皮地做了个鬼脸，摇头晃脑地说：“内讧。不是有人说‘堡垒最容易从内部攻破’吗？我们用的就是这个计谋。”

李翠儿说：“有这么一个故事，有一个人抓到一只大老鼠，但是并没有把它打死，而是在它的肛门里塞了几粒大黄豆，然后用针把肛门缝上后放了。由于大老鼠光吃不能拉，屎胀得它非常难受，就找小老鼠帮忙，凡是小老鼠不能帮它把屎拉出来的，它就把小老鼠咬死。结果小老鼠全部被它咬死了，它自己也胀死了。这叫‘以鼠制鼠’。我们采取的就是这种方法。好了，休息吧。”

与此同时，李建设和杜先林也在做着精心的准备，他们在洛阳市区地图上对照“牡丹花会”的各个景点，标注着辖区内派出所的位置及电话号码。

第二天早上吃过早餐，翠儿和竹儿回到房间开始化装，不一会儿两个人都变了模样。翠儿长发披肩，左眉梢及脸上多了一块很大的紫红色胎记，身穿一套普普通通的连衣裙。竹儿将长发盘在头上，脸上多了一个媒婆痣和几个铜钱麻子，上身穿一件薄毛衣，外套着一件小马甲，腰系一件方格子短布裙。一直分不清姐妹俩的刘玉丹，今天算是把翠儿和竹儿认出来了。临出门时，调皮的李竹儿又给自己戴上了一个乱糟糟的假发套，并在右边门牙上套了个金属壳。她龇着牙问刘玉丹："尊敬的大记者，亲爱的丹丹姐，你看看我的易容术怎么样？"

刘玉丹扑哧一声笑了："说实话，比巫婆还难看。"

"瞧你，也太夸张了。"李竹儿笑着说。

刘玉丹一本正经地说："你一笑，狼上吊。你一气，人哭啼。你一打扮，鬼吓瘫痪。不信？有诗为证。"接着朗诵道：

昨日明月光，
今晨似荒唐。
举头望一眼，
低头心发慌。

"丹丹姐，你太有才了。"竹儿咯咯地笑了起来。

刘玉丹又看了看李翠儿，说："嗯，翠儿虽然也变得很丑，但比起竹儿来要好看得多。"

洛阳的春色五彩缤纷、绚烂夺目。温暖的阳光，和煦的春风，五颜六色的花儿羞涩地向游客点头问好，绿叶尽情地张扬着它的质朴，衬得花儿更加楚楚动人。成群结队的游客不住地点头称赞，争先恐后地与美丽的花儿拍照。但与这祥和的氛围很不协调的是，有少数人并不关注这些美丽的花儿朵儿，而是关注游人的挎包、背包和鼓鼓的口袋，他们在熙熙攘攘的人群中寻找一切机会准备下手。然而，要想把别人的钱包在毫不察觉的情况下转移出来并非易事，公园里除了维护社会治安的工作人员、爱管“闲事”的离退休的大爷大妈们和一些志愿者外，还有很多的公安民警和专业反扒便衣。这些人都是窃贼的克星、扒手的天敌。

刘玉丹寸步不离地跟着李竹儿，因为李竹儿比姐姐的性格更直率、更爱说一些，这使得她可以搜集更多的第一手资料。忽然，杜先林来到了她的跟前，抓住她的衣袖着急地问：“哎，丹丹，你看见李竹儿了吗？”

旁边的李竹儿赶紧碰了碰刘玉丹，意思是叫她不要说出来。刘玉丹故意打着哈哈说：“没看见，我也正在找她呢。哎，杜队长，您不去抓小偷，找她干吗呀？”

杜先林嘿嘿一笑，不好意思地挠了挠头说：“没……没什么，见不到她我心里好像怪想的。哦，对了，你见到她时叫她注意安全，不要被小偷伤着了。”

李竹儿听了扑哧一声笑了出来。杜先林看了看包着金牙、脸上长着媒婆痣和铜钱麻子的女人问：“哎，丹丹，这个人是谁呀？长得怎么这么难看。”

突然那个很难看的女人发出了一串银铃般的笑声，就像是脚下的小溪润湿了杜先林干涸的心田。刘玉丹一边大笑一边说：“看了这个人吓掉你的魂，听了她的音动了你的心。喂，杜队长，是这个感觉吧？”

杜先林的脸红到了耳朵根，不好意思地说：“中午在大门口等我，我请你们吃饭。”说完后三步并作两步地走了。

刘玉丹指着竹儿说：“你把自己打扮成这个样子，要是把杜队长吓到哪里，人家不愿意跟你谈对象了，我看你怎么搞！”

竹儿咧嘴一笑说：“不会的吧？有你做‘红娘’，还怕他不娶我……”

“你不笑还好，一笑呀更难看。别说杜先林了，我见了都有一点受不了。”

“嗯，丹丹姐，”竹儿娇声地说，“你不要再笑话我了，我这不是为了抓小偷才搞成这个样子的吗？”

“这个我知道，你是出于保护群众财产安全才这么做的。”

在挤满游客的公园里，一些不上档次的扒手，他们什么都偷，但又时常失手，不到一个小时，就有五六个小蟊贼被抓到了公园治安管理办公室。李竹儿对刘玉丹说：“你刚才看见被抓的那几个蟊贼，相比较而言都是新手，新手比较像小偷。老手比较不像小偷，老手有时候像大款，有时候像干部，有时候还像歌星、影星、作家、教授。一个有教养的小偷是很懂礼貌的。”

刘玉丹微微一笑：“李建设的老师说，要做一个合格的‘老荣’就得练好功夫，要练得手疾眼快，偷起来要干脆利落，不能拖泥带水。该下手时就下手，不要思前想后。”

李竹儿说：“要做一个‘称职’的小偷是很不容易的，要千锤百炼才能做到炉火纯青，要吃大苦、受大磨难——不吃苦中苦，难为人上人。小偷偷钱的技巧决定了他自身的危险程度，偷钱技巧高的人危险性就小，偷钱技巧低的人危险性就大。提高偷钱技巧是一件非常难的事儿，要长期练习才行。”

刘玉丹说：“滴水穿石非一日之功，冰冻三尺非一日之寒；名师出高徒——这些道理我还是懂的。”

李竹儿说：“这几个称雄一方的贼头就不同了。他们个个都是雄霸江湖一方的盗窃高手，有的甚至身怀绝技，‘艺高人胆大’，一般来说，他们转移他人的钱财是不会失手的。

好了，不说了。我得会一会这几个贼头了。”

“左撇子王后”欧晓巧身穿一套藏青色西服，白色衬衫，系着一条黑红白三色相间的斜条纹领带，脑后盘着时尚的发髻，男人的装束中带着几分女人的娇美。她刚跨进公园就盯上了一个穿金戴银的富婆，没过多久她就下手了。就在富婆挤在人群中翘首观看美丽鲜花的时候，“左撇子王后”伸开大拇指，用卡在指甲里的刀片迅速划开了她的挎包，钳出里面的钱包后装入了自己的衣兜。其轻盈的动作、麻利的手脚、闪电般的速度，令业内人都惊叹不已。而那个富婆还在悠闲自在地欣赏那些名贵的“魏紫”呢！

李翠儿见“左撇子王后”得手后，在拥挤的人群中快速地靠了上去，她以肉眼几乎看不清的速度，快速夹出“左撇子王后”偷到的钱包，将早已准备好的塞满手纸和几元零用钱的钱包换给了她。欧晓巧怀着既紧张而又兴奋的心情离开了人群，紧张的是——离她不远处就站着一个警察；兴奋的是——凭她的直觉，这个饱鼓鼓的钱包里面至少装有三千元钱。她快速来到一个僻静之处，打开钱包一看，犹如有人从头到脚给她浇了一桶凉水，心里拔凉拔凉的，情不自禁地骂了一句：“真他妈的倒霉，臭婆娘穿戴得人模人样，原来是个驴屎蛋子外面光的穷鬼。”

欧晓巧有一个习惯，在特别高兴或者特别生气的时候总会掏出一支香烟点燃，她拿出香烟去衣袋摸打火机的时候，突然摸到了一张纸条，上面写着“友情提示：当心有人弄虚作假。看后烧掉”。欧晓巧将纸条烧了以后，脑子里翻腾开了：这年头弄虚作假的人太多了，各行各业都有，更何况江湖上的人呢？人们常说“江湖险恶”，不就是对此而言的吗？这次争夺“天下第一神偷”，每个帮主赞助十万元钱，那都是小意思，关键是那个头衔和末位淘汰制，这个诱人的“荣誉”和不可小视的惩罚，怎能排除没人弄虚作假或徇私舞弊呢？ 自己应多长个心眼，谨慎提防他人才是。 她转而又一想：这张字条到底是谁偷偷地塞给自己的呢？ 能把字条塞到自己口袋里的绝不是一般二般的人物。 这个赛事没外人知道，肯定是自己人。 难道是裁判乔守荣？ 他对自己相见恨晚。 或者是评委葛翠华？ 她是这个赛事里唯一的女性，就住在自己的隔壁房间，平时接触最多的就是她。 或者是评委刘雨辰？ 这个人见到自己总是笑眯眯的，还时常给自己倒水递烟，专拣好听的话说……欧晓巧把七个裁判和五个评委全部都想了一遍，最后她认为最有可能的就是刘雨辰。 因为他的年龄和自己相当，而且他老婆离他而去已经多年了。

欧晓巧不知不觉地抽了两支香烟，想到这里她把烟头往地上一扔，用脚使劲一拧：“妈的个头，谁要是作弊被老娘发现了，定‘斩’不饶。”然后气鼓鼓地又挤进了人群中。 就在她寻找下一个“羊儿”的时候，她忽然觉得有人在掏自己的裤子口袋，心想：天下什么人都有，竟然还有人偷到自己头上来的，这岂不是太岁头上动土？ 于是她慢慢地从拳头中伸出大拇指准备划他一刀，让他尝尝自己的厉害。 就在她要在他的手上划一道口子的时候突然又一想：不行，今天要忍着，如果事情闹大了，势必会招来维护社会治安的警察，这样一来，下面自己就不太好行事了。 她侧过头一看，原来是一个十三四岁的男孩子，于是训道：“你他妈的小蟊贼，掏什么掏？”

男孩抬头翻眼望了望，回道：“也没有个熊钱，可需要穿得这么排场呀?！”

“你这个小混蛋敢羞辱你姑奶奶，欠打。”欧晓巧拉开架势吓唬道。

小男孩鼻子哼了一声、羞了一下脸，拔腿跑了。

欧晓巧生气地骂道：“有娘生无娘管的东西，跑，一跤跌死你。”她点燃一支香烟，从眼睛的余光里看见一个三十多岁的小偷，正在用镊子夹一个扎羊角辫子的中学生的钱包。她轻蔑地小声嘀咕了一句：“你这样偷一天能偷几个熊钱？差劲。”她转身来到一个头发花白、红光满面的老者身后，伸出二指，将他的钱包转移到了自己的挎包里。此时那个小偷还在用镊子忙活呢。

郑光辉，外号“八级钳工”。所谓“钳工”，是指用手工工具并经常在台虎钳上进行手工操作的一个工种。八级钳工是钳工中级别最高的职称，不亚于当时的工程师。郑光辉在广东、广西行窃多年，偷技“名震”两广。由于他手指头上的功夫达到了炉火纯青的程度，同行称他为“八级钳工”。

郑光辉进公园不久便寻得一个身穿布莱奥尼西装、腰系花花公子皮带的阔佬。这个阔佬四十出头，红光满面，出手阔绰。这时，大腹便便的阔佬身边正有一个小姐与他打情骂俏。郑光辉跟踪很长时间也没有找到机会下手，他正准备另换一个目标时，突然机会来了——那个小姐把身上的背包、漂亮的遮阳伞都递给阔佬，急着去了卫生间。就在阔佬一边等人一边拿起挂在胸前的相机拍雍容华贵的“二乔”时，“八级钳工”从他的裤兜里转移出了他的钱包。待那个小姐从卫生间回来后，两个人相互拥着继续他们的梦幻之旅去了。

李竹儿看了以后嘴里叽咕了一句：“像这样的熊人，偷了活该。”

刘玉丹乜斜着眼，愤然地说：“他不是有钱吗？看他今天晚上怎么搞。”

李竹儿忽然加快了脚步，一边走一边说：“不行，不能误了我和姐姐的计划。”说后，走近郑光辉身边，伸出“无影手”，将他还没有焐热的钱包又掏了出来，并塞了一个装有卫生纸和十来块钱的钱包给他，同时塞了一张纸条进去。

“八级钳工”得手之后心想：这一二十分钟跟得值，鼓鼓的钱包里还不知装着多少钞票呢！ 他将钱包装进衣袋，准备找个人少的地方先饱一下眼福再放到背包里去。 当他躲进路边树林打开钱包看时，眼睛瞪得比牛眼还大，胸口就像被人用拳头击打了一样难受。 他气得把钱包狠狠地摔在了地上，张口骂道：“娘希匹，老子撞见大头鬼了，竟如此晦气。”他转而一想：多一点总比少一点强，虽然只有十来块钱，关键时候也有可能决定自己的命运，尤其是这次事关重大的比赛，哪怕多一元钱也是好的，于是他伸手把钱包又捡了回来，快快不乐地放进了背包里。 他再一次将手伸进衣袋的时候忽然摸到一张纸条，急忙打开，只见上面写着：“有人作弊，有人正在耍你。”这时，他隐隐约约地觉得有一种不祥之兆即将降临到自己的头上。 他找了一块石头坐下，一边抽烟一边想：在这次报名参赛之前，自己专门到寺庙里拜了佛、烧了香，不知何故却抽了个下下签，内容是：来路明兮复不明，不明莫要与他真。 泥墙倾跌还城土，纵然神扶也难行。 解签：诸事不利。断签：家宅凋零，占病备送终，自身凶，出入有险，婚姻莫问，求财保命，含冤受屈，家业倾颓，神仙难救，孽障非轻，恶因多种，恶果丰收，须即忏悔，不然活该。 现在他终于弄明白了，原来这次比赛有小人作祟，暗中捣鬼。 要想化险为夷，交到好运，必须预防他人使坏。 那么是哪一位贵人相助的呢？ 他想到了评委葛翠华，这个女人的丈夫因为偷窃时使用暴力，被法院以抢劫罪判处有期徒刑七年，现在她独守空房才一年，寂寞难耐，下面漫长的六年使她想到了“红杏出墙”，她和自己一见面就暗送秋波，似乎有那么一点儿小意思。昨天晚上欧晓巧哼出的一首民间小调《小寡妇上坟》令她泪流满面，她找他倾诉了很长时间，并有和丈夫离婚再嫁的意思。然而他又一想，这个女人城府很深，是不是另有目的，马上又对她进行了否定。接着他又想到了裁判员乔守荣，这个人因为赌博欠下巨额外债，曾不止一次向他提出借十万元钱暂渡危机，并表示在这次比赛中将助他一臂之力。要么是评委胡成江，他顾及老乡的面子……唉，郑光辉越想脑子越乱，他拍了一下自己的脑门，自言自语地告诫自己说：妈的，想那么多干吗，摸着石头过河——走一步看一步。目前最为要紧的是：一是注重比赛，多偷钱包；二是注意他人，防止玩鬼。此时已经九点多钟了。

江浙“快手”桂良成三十六七岁，人长得像猴一样机灵。他先盯上了一个手戴翡翠镯子和两个钻戒的老妇人，这个年过花甲满身珠光宝气的女人在孙子和孙媳妇的簇拥下，快活得有点儿乐不思蜀。她一会儿给孙子买这，一会儿给孙媳妇买那，撒钱如豆、挥金如土。当孙子和孙媳妇坐上快艇劈波斩浪尽情撒欢时，她乐得坐在岸边一面看着孙媳妇一面幻想着早一点抱上重孙子……桂良成不声不响地背对湖面坐到了她的旁边。

李翠儿清楚，老妇人的手包比百元大钞还要长还要宽，桂良成一旦得手肯定不会装到身上，他如果揣在怀里或者夹在腋下就很难再换回来了。想到这里，她也背对湖面挨着老妇人的这一边坐到了石条凳上。老妇人特别喜欢这个孙媳妇，当快艇划开碧波从她前面的水面驰过时，老妇人欠起身喊道：“菊儿，小心点！”就在老妇人欠身的瞬间，李翠儿调换了她的手包，然后瞥了一眼江浙“快手”，跟什么事也没发生过一样走开了。老妇人望着远去的快艇重新坐下来，手继续按在自己的手包上。没过一会儿，桂良成趁老妇人拿出香烟点火之机，手伸向李翠儿刚才坐着的这一边，迅速调换了老妇人放在大腿旁边的手包。然后向老妇人借了个火，点燃香烟大迈步地往厕所去了。

在厕所里，桂良成拉开拉链一看，不禁脱口骂道：“这个熊老太婆……”然后就无语了。原来李翠儿调换的那个包里面除了两张十元钞票外，剩下的全是手纸。桂良成叹了一口气，将手包装进了自己的背包里。忽然，他发现背包里多了一张纸条，心里很是纳闷：这他妈的是谁能在我的包里放东西呢？难道这园子里来了“偷圣”了？他拿出纸条一看，只见上面写着：“别人在作弊，淘汰等着你。”他心里暗暗地惊呼一声：“我说是谁有这么大的本事呢，原来是自己人在帮助自己。”他又一想，似乎觉得有一点儿不大对劲：这个人是真的提醒自己，还是故意向自己显摆呢？不管怎么说，这个人能把东西放到自己的包里而不被发现，绝不是一般高手，但肯定不是参加比赛的这几个人。他心里突然一亮：“对，是贾百万，这个评委负责人跟我走得最近，关系最好。没错，就是他。他在临出宾馆前还笑嘻嘻地跟我打招呼祝我好运呢。”然后他又揣摩起“别人在作弊，淘汰等着你”这句话的意思了，难道真的有人作弊？是一个人在作弊还是他们都在作弊？他头脑顿时一片混乱，接连抽了好几支烟才理出了头绪：既然淘汰的是我一个人，那肯定是他们都在作弊。他把手里的半截香烟往墙壁上一拧，咬着牙骂道：“我操你们祖宗十八代，生儿子没屁眼、生女儿兔子嘴，你们这些只会窝里斗的王八蛋，走着瞧。”

桂良成气得骂骂咧咧地出了厕所，恰巧这当口一个脑门锃亮的中年人顺着人群从此地路过。此人西装革履，尤其是脚上那双高档皮鞋更是显眼，他耳朵里插着耳机悠闲自得地听着音乐。一看就知道是个富得冒油的暴发户，他走到异常名贵漂亮的“赵粉”跟前，用鼻子使劲闻了几下它的香味儿，同时乜着眼睛不停地窥视着身边那几个美丽动人的女孩。这种把注意力全部集中在美女身上的人是窃贼最喜欢的，桂良成擦身而过时显示了他的“快手”功力，神不知鬼不觉地转移了这人身上的钱夹。

山东的陈世祥外号“六拇指”，由于他左手大拇指旁边天生有个肉瘤，幼儿时家人、亲戚、四邻都喜欢逗乐地喊他六拇指。长大成人以后，他向小舅学了一身的扒窃技艺，“六拇指”的绰号沿用到了江湖上。不过这时“六拇指”的含义已经有了质的变化，是黑道对他“精湛偷技”“赞赏”的一种称呼。

陈世祥平时少言寡语，那叫哑巴吃饺子——肚里有数。他一到王城公园，小腿跑得比拉风箱还要快，只要他找到了“羊儿”，脚步一收，特有能耐的“六拇指”就立刻显现出了他高超的扒窃技巧。他第一个寻找到的目标是一个美女，就在他准备下手的时候，忽然来了一个二十多岁、烫着大波浪头发的女人，笑嘻嘻地问那个美女：“哎，曼妮，郑老板怎么没来陪你赏花呀？”曼妮不太高兴地说：“人家陪老婆去了，哪能顾得上我呀？哎，迎春，我想买一只小鸟回去说说话，我怕身上的钱不够，你借给我二百块钱中不中？”迎春掏了二百元给曼妮走了。陈世祥对这个无精打采、萎靡不振但腰包鼓鼓的女人当然是不会放过的。当美女晃悠到一大群人的后面，伸头向里面观看一个老头和瑶哥对话的时候，陈世祥采用了小偷最惯用的招数——“拥挤法”，使劲从背后一挤，给人群造成一阵混乱，趁机将美女的钱包收入囊中。美女却全然不知，她挤进人群非要买老头这只能说会道的瑶哥，当她一掏口袋时才发现钱包没有了。损失一千多块钱对她来说虽然不算一回事，但是没有买到这只能让自己消遣的鸟儿却让她怏怏不快，心中暗暗地骂道："该死的扒手，偷钱回家买棺材葬你妈啊！"

来自上海的管明亮是接他大伯班的，自从他大伯——上海滩三大帮主之一的"管爷"因故意杀人罪、故意伤害罪和盗窃罪等数罪并罚被判处死刑后，从小偷鸡摸狗、上学打架斗殴、长大不务正业的他干起了扒窃的勾当，后来召集大伯手下的喽啰接任了"管爷"的黑帮，自称"无形手"。实际上这个人并没有多大本事，在业内只能算作一般高手，他和顶尖高手相比还有很大的距离。但是，他并不知道这些，属于人们常说的"井底之蛙"。他报名来到洛阳与那些顶尖高手会面后，有一种小鹿触心头的感觉，变得连大气也不敢出一声了，他担心在比赛中被淘汰出局，更害怕被人抓住后按照规则自断手指，他跨进王城公园的那一刻就显得底气不足。俗话说，越是害怕什么就越会碰到什么。有些事就真的那么邪门，就在管明亮成功地窃取了两个钱包，心里刚刚好受一点儿，继续在人山人海中寻找下一个目标的时候，突然迎面碰到了李建设。这两个在中学时既是同学又是冤家对头的人，做梦也没想到会在这里碰面。管明亮在上海就听说过威震黑道的"李反扒"，老百姓称之为扒手的克星、小偷的天敌、社会治安的守护神。大概是做贼心虚的缘故，管明亮见了李建设就像老鼠见了猫、鸟儿见了鹰，顿时吓得魂飞魄散，调头就跑。可偏偏不巧，他这猛地一回头，却撞倒了正要给他调换钱包的李竹儿，一个一点点防备也没有的女孩子哪能架住一个壮汉的撞击呢？ 李竹儿被撞翻在地，“哎哟，哎哟……”地直叫唤。 李建设没有追，因为他不知道管明亮已经做了小偷的头头，更不知道他到王城公园是参加小偷比赛的；从另一个角度说，他也没想跟他算那些没法了结的陈年老账。 杜先林却气坏了，他不是因为跑掉的是贼王，而是担心他撞坏了自己的心上人。他赶紧把李竹儿扶起来，对刘玉丹说：“刘记者，请你赶紧把竹儿送医院去看医生，我去把那个混蛋追回来。”说着就要去追那个莽撞鬼。

李竹儿拽住他的手说：“先林，算了，别追了，我的问题不大。”要在平时，说八个样李竹儿也不会放过他的，因为现在不同，她要和姐姐完成“以鼠制鼠”的计划。

杜先林气愤地骂道：“小赤佬，等我抓到你以后再说。”

管明亮跑了以后再也没有敢在王城公园出现，他懊悔自己不该来洛阳，他害怕自断手指，更害怕落入法网，尤其害怕被李建设抓住。 他一想起中学时期的陈年老账就心惊肉跳，更何况自己现在是一个贼头呢……

艾孜麦提·巴图尔实际上不是新疆人，他出生于甘肃玉门，五岁时被人贩子拐卖到新疆，后来被一个叫巴图尔的人收养了。 他天生好动，十二三岁时离家出走流浪到西安，最早在雁塔区吴家坟一带小偷小摸，由于年龄小，派出所抓到他后只好把他送了回去。 由于养父已经去世，不久又跑了回来。其间他不知被抓过多少回，被打过多少次，进局子的次数扳手指头、扳脚指头，数都数不过来。 经过多年的“磨炼”，最终“自学成才”。 后来他网罗一帮窃贼当上了新疆某地区的贼王。 他之所以富得冒油，是因为他手下每个骨干都控制着一二十个十几岁的小孩子，这些贼娃子在大街上跟在行人后面，肆无忌惮地偷行人裤兜或背包里的钱物，甚至跟随在自行车后面划包、拉拉链窃取财物。他们少则三四个人，多则六七个人，并且身上带有刀具，路人就是发现他们行窃，也很难制止他们，哪怕是一两个警察也不敢贸然捉拿。这些小偷很鬼，即使被抓住了，他们在派出所里也会无端耍赖，甚至自残。弄伤自己后，派出所还得花钱送他们去医院治疗，所以警察也深感头疼，不愿意管这种吃力不讨好的事情，对他们最严重的惩罚也不过是关几天，或者是遣送回新疆，但这些惩罚如同隔靴搔痒，对他们毫无威慑作用。

艾孜麦提自认为内地的贼头最多和自己一样，不会超过自己的偷技，因此他想一比高下，弄个“天下第一神偷”的交椅坐坐。他在公园里最先盯上的是一对旅行结婚的新婚夫妻，新郎钱包鼓鼓的，出手非常阔绰，一看就是一个富二代。面对这对形影不离的恩爱夫妻，艾孜麦提跟踪了很长时间才把钱包偷到手。接着他又盯上一个五大三粗的壮汉，外表就像电视剧中的黑社会老大，从他脖子上那条和维吾尔族姑娘辫子差不多粗细的金项链，还有巴结在他左右两边的两个漂亮的小姐来看，他断定这个人口袋里的钱一定不会少。然而，面对这个力大如牛的壮汉，艾孜麦提的心里还是有所畏惧的，他害怕一旦失手被抓，不被他打个半死也会弄个腿断胳膊折。情急之下，他找来一个帮手面授机宜后，那个男子立即喊来几个小孩上前缠住壮汉讨钱。就在壮汉打发、驱赶这群贼娃子时候，他假装上前帮忙，借机窃取了他的钱包。之后，艾孜麦提采取同样的方法，又接二连三地偷了几个人的衣袋。他乐得眉开眼笑，掏出两百元钱对手下那个骨干说：“库尔邦，中午你带那几个‘巴拉姆’好好地吃一顿，明天再到白马寺等我，别忘了哦。”

艾孜麦提的这一举动被“左撇子王后”欧晓巧和江浙“快

手”桂良成看得一清二楚。桂良成脱口骂道：“这个王八蛋竟敢找帮手，等着瞧吧！”

欧晓巧立即拿起照相机把艾孜麦提和那个头戴四楞花帽的男人拍了下来，然后问桂良成：“这小子明目张胆地作弊，哎，老桂，这赛还比不比呀？”

桂良成心里正上火，瞪着眼回了一句：“你问我，我问谁去?!”

“哎哎哎，你这人怎么这样呀？”欧晓巧很不高兴地说，“你朝我一个女人吹什么胡子瞪什么眼？有本事你找他去呀！咳，真是的。”

桂良成想了想也是，赔着笑脸道歉说：“对不起，都是那个王八蛋把我气糊涂了。哎，要不这样……”随后他向欧晓巧耳语了几句。

欧晓巧听了他的计策，撇着嘴奸诈地回道：“这还差不多，就这么着。”

——那么这两个人怎么这么巧都看到了这一幕的呢？事情的经过是这样的，李翠儿换了老太太的手包后，见桂良成又把她的空手包换了过去，心里暗暗为老太太庆幸，待桂良成进了厕所，她又赶紧把老太太的手包还回到了她的身边。然后开始准备捉弄下一个贼王，当她看见艾孜麦提利用孩子做掩护进行偷窃时，她眉头一皱，想出了一个妙招——写好字条坐在路边专等下一个贼王到来。没过多久欧晓巧出现了，李翠儿招呼身边一个戴红领巾的小朋友说：“喂，少先队员，请你把这个字条送给前面的那个阿姨好不好？”

那个七八岁的女孩接过字条跑到欧晓巧跟前：“阿姨阿姨，有个阿姨叫我把这个送给你。”然后连蹦带跳地追她父母去了。

纸条上写的是：“前方岔路右行十五米，你的同行正在作弊。”欧晓巧看后吃了一惊，立即向那个方向走去。就在她急匆匆赶路的时候，忽然看见桂良成正从岔路左边走来，她赶紧伸手招呼道：“喂，老桂，赶紧过来。”

桂良成穿过熙熙攘攘的人群来到欧晓巧面前，不耐烦地问：“瞧你鬼急忙慌的样子，干吗呀？”

“先别问，天大的事，一会儿你就知道了。”欧晓巧拉着他就走。接着两个人就看到了前面的那一幕。

再说李建设和杜先林，他们两个人一大早就来到了王城公园。王城公园的牡丹最多，是游人必到之处。在那数千平方米的牡丹池内，花团锦簇，五彩缤纷。李建设和杜先林欣赏了雍容华贵的牡丹花和婀娜多姿的牡丹仙子后，才去吃早饭。之后即将上演一出猫捉老鼠的好戏——警察抓小偷。

春天的阳光格外明媚，春姑娘展开了笑脸，太阳那红红的光束射过来，温柔地抚摸着你，像是年轻母亲的手。一个身穿白色连衣裙的美丽姑娘站在湖边，笑容可掬地等待男友为她拍照。大概是因为这里景色太美了，很多人都挤在那儿等待拍照，不知道是姑娘不小心还是别人挤到了她，只听扑通一声，姑娘掉进了湖里，接着有人惊呼：“救人啊！有人落水啦！救人啊！”

那个不会水的男友呼喊得更是疯狂：“快救人啊，我老婆落水啦，快救人啊！不然我老婆就要淹死啦！……”

周围的人全都向这边拥来，远处的人皆向这边张望。已经抓了六个小偷的杜先林正准备将抓到的第七个女小偷送到公园治安办公室，他听到呼救声后赶紧将女扒手铐在树上，立刻向湖边奔去，他分开人群奋不顾身地跳进湖里，和另外一位民警将那个姑娘救上了岸。

那个旱鸭子丈夫见老婆被人救了上来，一个劲地作揖："感谢人民警察，感谢这位大哥……"

那个冻得瑟瑟发抖的警察拉着杜先林的手说："杜队长，赶紧走，我带您换衣服去。"说着两个人带上女扒手去了治安办公室。

人们用敬仰的目光把这两位英雄送得很远。刘玉丹笑着对李竹儿说："有这样的人做依靠，多有安全感呀！"

李竹儿不好意思地抿嘴一笑："他太有男子气概了，我心里不知道有多喜欢。"

李翠儿笑哈哈地说："有这样的人做我妹婿，太有面子了，我回去就打电话跟姑姑说，把这个好消息告诉她老人家。"

原来刚才姑娘落水后，正在周围的刘玉丹和李竹儿以及李翠儿听到呼救声，便赶了过来，刚好看到了杜先林的英勇表现。

话说就在姑娘落水，周围的人翘首期待能有会水的人下去救人的时候，有一个小偷看到了机遇。此人二十八九岁，梳着小分头，穿着夹克衫，他伸出"鬼手"接连偷了两个游客的钱包。当姑娘被救上岸，人们夸奖人民警察、赞美英雄奋不顾身救人的时候，他又窃取了一个游客的钱包。小分头疯狂的举动、毫无人性的行为，惹怒了李翠儿那颗善良的心，她本来只想全力以赴应对那几个贼王的，此时她愤怒地骂了一句："断子绝孙的东西，太没有人性了，如果再不给你一点颜色看看，你真不知道马王爷长几只眼了。"

李竹儿也实在看不下去了，她本来想去照看一下杜先林的，此时她改变了主意，要把小分头偷去的几个钱包重新取回来。谁知姐姐已经赶在了她的前头。李翠儿从刘玉丹身上背着的旅行包里拿出三个事先准备好的钱包，把小分头偷的钱包全部换了回来，而换给小分头的三个钱包里全部都装着“专治男人不育”的小广告。

刘玉丹对李翠儿这种做法很不满意，她认为：对这种丧心病狂的贼，应该把他扭送到派出所，这样至少可以拘留他几天，叫他尝一尝窝窝头咸菜的滋味。于是说：“翠儿，你也太心慈手软了，为什么不把他抓到派出所去呢？”

李竹儿笑了：“送到派出所关几天就放了，但当他看见这些诅咒他‘不育’的小广告时，心理会蒙上一层阴影，每当他再偷人家东西时就会想到自己会不会断子绝孙，那个心理上的压力比坐几天班房管用多了。”

刘玉丹的脸就像六月的天，瞬间由多云转为晴天，她笑着说：“这你都想得出来啊！看来我为你们背这些空钱包还是有价值的，现在我突然感觉我自己也变成反扒队伍的一员了。”

小分头避开人群来到一棵大树背后，朝周围看了看发现没人盯着他，掏出一个钱包打开一看，发现里面没有钱，只有一张“专治男人不育”的小广告，气得他低声骂了一句：“他娘的，你怎么知道我老婆不生怪我的，真他妈的邪了门了。”接着他打开了第二个钱包，一看又是一张“专治男人不育”的小广告，小分头的眼睛瞪得比牛蛋还要大，脑袋嗡嗡作响，耳边似乎响起了老婆的声音：“你自己不管用，还整天怨这怨那的，哼哼，这回不怨我了吧？”小分头摇了摇头、揉了揉眼，接着又打开了第三个钱包，里面仍然是一张“专治男人不育”的小广告。小分头彻底地晕了，眼前一黑差点跌倒，他赶紧靠着树慢慢地蹲了下来，过了很长时间才睁开眼睛。他从衣袋里掏出一支香烟点燃后，心想：这到底是怎么回事呢？他满脑子糨糊怎么也理不出头绪。唯一能安慰他的是，在此之前他已经偷了三个钱包，共收获三千七百多元钱。

临近中午时，游客渐渐少了，争先恐后与牡丹仙子合影留念的人也不太多了。由于那里的景色非常美丽，刘玉丹提出来要跟翠儿和竹儿合个影，可是不管怎么说竹儿都不干，理由很简单：她的妆化得太丑了。刘玉丹来到一家商店准备买几瓶矿泉水为李竹儿擦洗一下，就在这时，一个留着卷发的青年将手伸进了刘玉丹的口袋。卷发青年得手后正准备离开，李竹儿气得走上前和他撞了个满怀，卷发青年正要发火，突然看见一张奇丑无比的脸，再加上咧嘴露出的大金牙，顿时没了脾气，转身走了。

李竹儿除了将刘玉丹的钱包“拿”了回来，还把卷发的另一个口袋也掏了个空。她打开卷发青年的东西一看，顿时愣住了，原来是一份偷窃“计划”，意思是全年目标二十八万，达到一个大公司老总的年薪。李竹儿看后猛地朝卷发青年远去的方向啐了一口：“早知是这种人，我就把你送到派出所去了。”

刘玉丹看了这个雷人“计划”后惊得目瞪口呆，过了半晌才唾弃道：“我呸，做小偷竟然还有‘计划’，太搞笑了。”

李翠儿看了哈哈大笑：“等会儿他看到‘专治包皮过长’的小广告，他就没有心思想他的‘计划’了。”

刘玉丹和李竹儿听了也跟着大笑起来。她们“傻”了一会儿后离开了王城公园。

参赛的贼首回到酒店，王金山把他们带到包间。吃完饭后，下午1点多钟，七名各霸一方的贼王背着背包，跟随评委和裁判来到九楼会议室。他们围着桌子坐了下来，组委会负责人贾百万开口了：“各位高手，下午好。按照比赛规则，今天上午你们到王城公园展示自己的绝技，中午12点之前全部都按时回到了酒店，没有人犯规，此次比赛有效。下面请你们拿出各自的战利品放在自己的面前，由评委胡成江和裁判乔守荣挨个过数，评委葛翠华监督。”

原先个个摩拳擦掌、争先恐后勇夺“天下第一神偷”的贼王，此时脸皮绷得铁紧，个个如临大敌，会议室里安静得掉一根针都能听见，他们你看看我、我看看你，没有一个人开口说话，也没有一个人拿出自己的“战利品”。

贾百万扫视了一遍，觉得气氛不对，自己点燃一支软中华后给每人撒了一支。他抽了几口，喷着浓浓的烟雾说：“既然是比赛，大家就不要客气了。我作为这次评委的负责人，保证做到公开、公平、公正。现在是小的带头跑呢，还是女士优先呢？”显然，他开始点名了。等了一会儿，他见段子余和欧晓巧都没有反应，接着说道：“那就从小段，段……段老弟开始吧。”

段子余——就是前面说到的那个小分头，他是这次比赛中年龄最小的一个。他六岁母亲去世，父亲拉板车运输货物，家中无人照顾他，从小就养成了小偷小摸的恶习。人们常说“兔子不吃窝边草”，这个连窝边草都吃的家伙，四邻没有一个不唾骂、不憎恨的。此人不但手脚利索，而且头脑反应很快，在社会上摸爬滚打十几年后，别的一无所成，却练得一身探囊取物的本领。之后他网罗一帮扒手组织帮派，自称“老大”。这次他是事先预约，夜里12点前赶到洛阳报名的，所以王金山没能把这个信息提供给李翠儿她们。

段子余将头发向右边顺了两把，打开背包，从里面拿出三个非常漂亮的钱包，单看钱包的材质和式样就知道价格不菲，每一个都在百元以上（另外三个装有令他头昏脑涨、“专治男人不育”小广告的空钱包，被他扔到垃圾箱里去了），经盘点，段子余共偷得人民币三千七百七十二元。这个数字对一般小偷而言算是不小的数目了，但对一个欲霸江湖第一把交椅的神偷来说，只能算蜗牛攀爬大厦，是远远不够的。在这些顶尖高手的眼里，这个偷技最多也就是个中下等水平吧。面对这个成绩，段子余只能是“哑巴吃黄连——有苦说不出”了。

下面一个应该是“左撇子王后”出手了，在场的人把目光都投向了她，然而欧晓巧靠在椅子上纹丝不动，从表情上看，她丝毫没有将钱包拿出来的意思。贾百万又开口了：“我记得欧晓巧女士讲过一句话，‘身体是革命的本钱，知识是处世的根本，技术是争夺天下第一的保障’。现在请您展示一下您的技术成果，让大家开开眼界吧！”

欧晓巧动了动涂着大红唇膏的小嘴，将放在圆桌上的背包抱在了怀里，她心里早就盘算好了：如果有人偷的钱比她的多，她就把从手下那儿拿来的一万元凑上；如果凑上的一万元还不能排上第一至少第二的名次，她就把艾孜麦提的照片公布于众。桂良成虽然说要和自己联手将艾孜麦提“拿下”，但是到现在他也没有动静。现在形势不明，自己无论如何是不能出手的。于是，她不紧不慢地说：“还是请诸位老兄先展示一下成果吧，到时候小妹自然顺从就是了。”

管明亮一听暗喜，由于上午遇到了李建设这个意外情况，他只收获了两个钱包，数额还不到一千元，心里正急得不知如何是好呢，现在突然出现有人打坝子，顿时心中一阵狂喜：老天有眼，看来我管某命不该绝。他又点燃一支香烟，不停地转着眼珠瞅着其他人的表情。

这时艾孜麦提干咳了两声，他挺了挺腰杆，捋了一下八字胡，带着傲视群雄的表情说："既然'左撇子王后'不愿意先过数，那我就不客气了。"说着从背包里呼啦一下倒出了七个钱包，"请你们给我过过数吧。"

半天七个钱包，按说这也是一个正常数字，毕竟是贼王嘛，总有过人之处，更何况是在人山人海中寻觅的呢。但由于今天李翠儿和李竹儿给部分贼王动了手脚并换了空钱包，使他们各自产生了怀疑对手作弊的心理，此时桂良成憋在心里的火气腾地一下就上来了。他左手抱拳向贾百万作了个揖："前辈，我有一句话不知该问不该问。"

贾百万见桂良成满脸怒气，和其他几个评委低语商量一会儿后说："老桂，有话坐下来好好说，何必动怒呢。"

桂良成把手中的香烟在烟灰缸里使劲一拧，冷若冰霜地说："我只问一句话，有人作弊怎么办？"

这句话犹如晴天霹雳，其他几个收到提示纸条的贼头马上也跟着嚷了起来："是啊，如果有人作弊怎么办？"

艾孜麦提一看这架势分明是冲着自己来的，为了证明自己没有作弊，他立马掏出腰刀在自己的牛皮背包上刺啦划了一道口子，说："我要是作弊了就如同此物，如果别人作弊我就给他放血。"

欧晓巧腾地一下站了起来，指着艾孜麦提说："你撒什么野？说的就是你。"

这句话就像一把盐撒在了油锅里，众人怒目圆睁骂声一片，声音最大的恐怕就数管明亮了。"你小子还会作弊呀！给自己放血吧！大家等着你。"

艾孜麦提急眼了，赌咒发誓说了一通没有一个人能听懂得新疆话。

"你他妈的说什么呢？你要是骂在场人的话我第一个就

不放过你。”段子余一拍桌子指着艾孜麦提说。

艾孜麦提赶紧把刀握在手中，一只脚跨在椅子上，用不太流利的普通话说：“你们说我作弊，不能血口喷人，要有证据。如果拿不出证据，别怪老子不客气。”

“哼，我 ×，证据，没有证据我敢说吗？没有证据在这种场合我找死呀我。告诉你，姑奶奶没有那么傻。”欧晓巧一边说一边拿出照相机往桌子上一放，一板一眼、铿锵有力地说，“证据，证据都在这里面呢！”

“哼哼哼……”桂良成从鼻子里哼出几声阴笑，凶狠地说，“除了照相机拍的，我也亲眼看见有人递钱给你了，这叫人证物证俱在，你还能赖得掉吗？”

管明亮把香烟往地上一摔，一边用手指着艾孜麦提一边怒不可遏地说：“你这叫‘吃蜂蜜蘸葱——自己找死’。”

欧晓巧的这架数码照相机是去年在广州偷一个外国人的，是个高档货。贾百万看了艾孜麦提和一个新疆中年男子交接钱的照片，又看了一张一群新疆小孩围着那个中年人的照片，面带怒色地问：“艾孜麦提你自己看看，这是怎么一回事？”

艾孜麦提起身离开座椅来到贾百万旁边伸头看了看，左脸不停地抽搐着，从照片上根本看不出来他是在给别人钱，还是别人在给他钱，不免一阵慌张。他看了欧晓巧一眼，心里暗暗地骂道：“这个女人不好好参加比赛，偏偏做出这种勾当来害我。”艾孜麦提心里清楚：现在即使自己浑身上下都是嘴也辩解不清了。他突然想到了一个邪念：现在除了贾百万以外其他人还没有看到照片，还不如现在把它给毁了，到时候任凭桂良成怎么讲，那都是口说无凭。于是，他一把夺过相机就要摔在地下。

说时迟那时快，早有准备的管明亮和段子余一下将他抱住，经过一番搏斗后将他摁在了地上。郑光辉过来用脚踩着艾孜麦提的屁股取下一根鞋带，将他的两个大拇指捆到了背后。段子余松开手气喘吁吁地说："狗东西，劲儿还不小呢。"

管明亮掏出一支香烟点燃，喘着粗气问贾百万："贾爷，您看怎么办吧？"

桂良成咬着牙说："杀一儆百，搞死算了。"

"对，搞死，然后分尸，每人带一块回去扔了。"管明亮说得更可怕。

艾孜麦提一听要把他肢解扔了，吓得赶紧跪在地上哀求道："各位大爷，各位帮主，饶了我吧。天地良心，我真的没有作弊，那照片上是我给库尔邦钱叫他喊那几个娃娃吃饭的。我就带了这一个徒弟到洛阳来，他是保障我后勤的。"

"六拇指"陈世祥指着艾孜麦提说："你他娘的带一个人来帮忙，要是找人帮忙的话，告诉你，我的八大金刚全部都来到洛阳来了……"陈世祥的话还没说完立刻引来一片惊呼声，此刻他似乎从中回味出了什么，马上补充了一句："不过，昨天晚上喝完酒后我就叫他们都回去了。"

评委葛翠华指着艾孜麦提说："你小子死到临头了还狡辩。告诉你，认账、求饶，才是你唯一的出路。不然，谁也救不了你。"

赌徒都有一个共同秉性，即不到最后一刻谁也不会认账的。万般无奈，艾孜麦提终于认输了。"我认账，确实是我在作弊。请各位'王爷'饶小人一命。我退出江湖，永不与各位帮主为伍。"艾孜麦提一边磕头一边说。

"唉，到这份上，得饶人处且饶人吧。"裁判乔守荣叹了口气说，"我的意见，按偷窃失手处理，断其一根功能手指算了。”

评委胡成江说：“这次是比赛，规则里没有处死人的规定，我同意乔守荣的处理意见。”

贾百万也害怕把事情闹大了不好收场，于是想了个折中的办法，他说：“艾孜麦提肯定是要处理的，但不能由哪一个人说了算。我想由大家无记名投票来决定，好不好？”

由于绝大多数人都不想杀人，尤其是其他几个评委和裁判更不愿意带一块血淋淋的尸块回去，因此贾百万的提议立刻得到了多数人的赞同。这样一来，结果就不言而喻了。投票结果出来后，担任现场保卫的两个彪形大汉拿来一瓶强硫酸，将艾孜麦提的右手食指塞了进去……

艾孜麦提在痛苦的哀号中，眼睁睁地看着自己的一节手指头变成了焦黑色。之后，他被带回了房间，由专人看守。在此期间，不准外出半步，单等比赛结束以后当众“金盆洗手”，宣布退出江湖。

八、贼王争斗走极端　一贼寻女二十年

然而事情并没有结束，又有人提出要追究跟踪监督裁判张永久的责任。理由很简单：光吃饭、拿钱（每天一千元），不干活。用摆在桌面上的话来讲，就是没有尽到责任，或者叫玩忽职守。这刚刚平静下来的湖水，立刻又波澜四起。

这七名裁判是从哪里来的呢？原来是评委从七个帮主那儿抽来的。最初的想法是加强监督力度，防止对方不公正。张永久是欧晓巧的手下，管明亮狂呼要追究张永久的责任，其实是“项庄舞剑——意在沛公”。欧晓巧气得暗暗骂道：“这个杂毛，竟敢冲着主人打狗，看姑奶奶我怎么治你。”她仔细地回忆着裁判乔守荣——即管明亮手下的过失，决定“以其人之道还治其人之身”。

张永久吓得脸色煞白，大声疾呼：“我冤枉、我冤枉，你们这样做不公平。再说我又不是参赛者。”

“冤枉、不公平？艾孜麦提是你张永久监督的，你说你到哪儿去了？”桂良成责问道。

“他在人山人海里钻来钻去，我……我跟丢了。我……

我就不相信其他人没有这种情况。”张永久的这句话犯了“众怒难犯”的大忌。

其他几个裁判立即对他进行了围攻。“你有问题，不要给我们几个人点眼药水，你真他妈的不是玩意儿。”“你他妈的属狗的啊！”“你是疯狗啊，逮到人乱咬。”……

失道寡助这个道理张永久是清楚的，他赶紧赔礼道歉：“对不起，实在对不起。是我口误，口误。敬请诸位海涵，我给诸位作揖了。”

欧晓巧意识到如果再不出面，张永久的麻烦就大了。她敲了敲桌子：“哎哎哎，大家安静一下。”然后指着乔守荣问：“你是监督谁的？”

乔守荣瞥了欧晓巧一眼满不在乎地回道：“按照评委的安排我是监督你的，你忘啦？我看你是没事找事。”

欧晓巧从鼻子里哼了两声：“你监督我的？我问你，我背包里有一张纸条是谁塞进来的？”

乔守荣有点儿丈二和尚摸不着头脑：“什么纸条？我怎么知道啊？我操。”

欧晓巧把桌子敲得咚咚直响：“不知道，那你是不是失职？或者像管明亮说的‘玩忽职守’呢，嗯？”

这话让人听得再明白不过了——你管明亮要整我欧晓巧的手下，我欧晓巧就治你管明亮的手下；你管明亮敢动我欧晓巧一根毫毛，我欧晓巧就叫你管明亮竖一根旗杆。

两虎相斗必有一伤，其他人见“左撇子王后”和“无形手”较上劲了，一来是想让他们两个人拼个你死我活，再除掉一个竞争对手；二来是怕惹火上身，搬起石头砸了自己的脚，所以也就明哲保身，闭口不言了。

会议室里硝烟弥漫、剑拔弩张，张永久和乔守荣摩拳擦掌都做好了打架的准备，江淮帮和上海帮大战一触即发。

突然段子余站了起来，也不知道是因为他又受到了那三个空钱包里“专治男人不育”小广告的刺激呢，还是因为最差劲的艾孜麦提偷的七个钱包比他多一倍还拐弯呢？ 抑或是因为……他把艾孜麦提的那把刀往桌子上一剁，指着会议室的门喊道：“你们四个人到外边吵去打去，我们继续评比。”

郑光辉立即附和道：“我同意。”

——这个道理很简单，如果将欧晓巧和管明亮驱逐出去，剩下的四个人最少也能得到 3 分，末位淘汰的人就有可能是欧晓巧或者管明亮了。

管明亮心想：自己垫底是毫无疑问的了，为什么不借此机会拉一个垫背的呢？ 于是说：“出去就出去。”说完就要往外走。

欧晓巧哪里愿意吃这一杯，一是她多了一万元撑腰，前三名是稳拿的，搞得不好还能评上第一名；二是即使出去打架她也打不过管明亮。 于是说：“我一个女人从来不跟男人动手动脚。 要打，张永久代表我陪你们两个出去‘玩玩’就行了。”——因为张永久会武功。

张永久拿过桌子上的白瓷烟灰缸，两手一使劲烟灰缸变成了两半，吓得管明亮和乔守荣一屁股坐回椅子上。 张永久指着他们两个人说：“你他妈的想打架是吧？ 老子一只手别在裤腰带上，只用一只手就能打得你们两个人满地找牙。 走，到外面溜溜去。”

贾百万赶紧阻止道：“请大家消消气，请大家消消气，我来说两句。 张永久和乔守荣的事暂时放一放，等把今天的名次评比出来以后再说。”

“我不同意，”管明亮说，“因为艾孜麦提被除名了，张永久也就没有必要留下了，现在至少要叫他滚出会议室，省得碍眼。”

欧晓巧对张永久使了个眼色，意思是说：你暂且先回避一下，等一等再说。实际上张永久心里是很害怕的，因为欧晓巧的那一万元钱就是他作的弊，如果这件事被这些人知道了，后果比艾孜麦提的更为严重，他巴不得早一点离开。于是，他左手抱拳对大家说：“诸位好汉，张某没有监督对象了，先告辞了。”然后恶狠狠地瞪了管明亮一眼走了。

评比的结果出来了，欧晓巧第一名得9分，陈世祥第二名得7分，郑光辉第三名得5分，桂良成第四得3分，段子余第五得1分，管明亮第六得0分。

欧晓巧性格很直爽，你要是对她好，她可以把心掏给你；你要是对她阳奉阴违，她不会搭理你；你要是跟她对着干，她恨不能一口吃了你。此时她看了一眼垂头丧气的管明亮，阴着脸指桑骂槐说：“我有一个大侄子在音乐学院，唱歌比赛得了个0分，乐器比赛得了个0分，指挥比赛得1分，老师给他下的评语是：一根油条，两个鸭蛋，面对同行，丢人现眼。”

管明亮犹如斗败的公鸡，从来没有像现在这样低落过，他看了一眼欧晓巧心想：你神气什么呀？我要不是遇到了冤家对头，怎么可能是这个结果呢？他点燃一支香烟，脑海里闹腾开了：中国这么大、人口这么多，为什么偏偏在这个节骨眼上遇到了李建设呢？唉，早知现在当初就不整他了。如果明天再遇到这个死对头那可就真的完蛋了。他越想心里越不是滋味。现在，他哪还有心思和欧晓巧斗嘴，韩信能忍“胯下之辱”，她这一点难听话又算得了什么？他把刚点燃的香烟使劲往地上一摔，骂骂咧咧地走了。

话说李翠儿和李竹儿中午回到宾馆卸了妆，洗洗弄弄后赶紧前往饭店，此时杜先林已经点好了菜正等着她们。当李建设远远地看见刘玉丹陪着姐妹俩有说有笑地向这边走来，他笑着对杜先林说：“先林呀，待会儿我帮你把李竹儿区分出来以后，你一定要盯住了，千万不能把大姨子当成自己的对象了，你要是闹出笑话来，不要怪我这个‘红娘’没有提醒你哦！”

“知道。”杜先林应了一声，心里那个美啊就甭提了，此时他觉得自己是这个世界上最幸福的人了，全身每一根汗毛都活泼地跳了起来。

“三位女士中午好哇！”李建设在饭店门口迎接客人笑哈哈地问候道，“竹儿，今天我能赶上这个饭局完全是沾你的光啊！”

李翠儿抢先笑嘻嘻地回道：“和您这么大的领导在一起共进午餐是我们的荣幸，是我们沾您的光。”

刘玉丹笑着插话说：“我和李支队长是‘媒人’，按照中国的传统习惯这顿饭应该叫作‘谢媒’饭，杜队长您说是不是呀？”

“是，是呀，谢谢两位媒人。”杜先林乐哈哈地应道。

李建设试着拉起先开口说话的那个孪生姐妹的手说：“媒人是牵线搭桥的，先林你还不赶紧过来搀着你心爱的人进包间就座？”

李翠儿赶紧把手缩了回来：“您搞错了，我是翠儿。”

“搞错了！哈哈哈……搞错了也不能怨我呀！谁让你们两个人长得一模一样呢！”李建设笑呵呵地松开李翠儿的手，过去拉着脸上泛起红晕，羞涩地在一旁偷笑的李竹儿的手说：“这回我没有搞错吧？”他把李竹儿的手递给杜先林：“快搀着呀，不然又分不出来谁是你的心上人了。”

刘玉丹调皮地说：“现在搞错了不要紧，入洞房的那天不要搞错就行了。嘻嘻嘻……”

几个人扑哧一声笑了，李竹儿的脸被羞得通红，像一朵在阳光下盛开的石榴花。她扭着身子娇柔地说：“丹丹姐，说什么呀你？不理你了。”

此时的竹儿，最是那一低头的温柔，像一朵水莲花不胜凉风的娇羞。

李建设说：“什么是‘缘分’？缘分是相遇！是相濡以沫的爱，是邂逅的情。所谓‘缘分’就是‘缘’和‘分’的组合。缘就是爱，爱就是缘；有缘才会有爱，有爱才会有情。只有被爱了才会有‘分’，没有爱哪会有‘分’呢？所以呀，只有相互被爱着才会有‘缘’有‘分’！才构成了‘缘分’。你们两个人都老大不小的了，既然‘缘分’到了就不要扭扭捏捏的了。走吧，进屋喝‘谢媒’酒去喽。”

吃过中饭以后，李建设、刘玉丹和李翠儿先走了，他们把空间留给了这对恋人。李竹儿对李建设和刘玉丹微微一笑，白嫩的脸上露出了羞涩的红晕，显得更加娇羞可爱。李建设逗道：“你们两个人好好地聊吧，记着，你不准欺负先林哦。”

李翠儿没有和李建设、刘玉丹一起走，而是找了一个借口暂时回避了他们。等李建设和刘玉丹走了以后，她直奔酒店的九楼想打探一下那几个贼首的情况。就在她下了电梯正要往九楼的通道里走的时候，突然两个彪形大汉拦住了去路，其中一个大汉瓮声瓮气地问：“喂，小姐，干吗去呀？”

“我一个朋友住在这里，他说下午约我到白马寺去玩的。”李翠儿不紧不慢地说。

“这层楼被几家公司包下来开贸易洽谈会了，你到别处去找吧。”

“前几天他打电话跟我说，预订的房间就在九楼，是个豪华套间。”

“跟你说了，这层楼住的没有外人，你到大堂登记处去查一下，看他换到哪一层楼去了。”

“我进去看看不行吗？”

“不行。”那个大汉说着就要拽李翠儿的胳膊。

“哎哎哎，你这个人怎么这样？找个人都不给找呀，真是的。”李翠儿拐了一下胳膊走了。她回到 816 房间对刘玉丹说，“乖乖，九楼看得比狼看死尸还要紧，连边都挨不着，看来我们只有到大堂等着观察情况了。”

李竹儿从饭店回来后和李翠儿、刘玉丹坐在大堂里一边玩牌一边关注着楼上下来的人，快到下午 3 点钟的时候，王金山从楼上来到大堂的小卖部买东西，李翠儿赶紧凑上去悄声地问：“喂，你在忙啥呀你？”

王金山害怕被同行人看见他与外界有接触，向周围扫了一眼，一边掏钱一边小声地回答：“新疆的艾孜麦提不知怎么搞的被他们废掉了手指，现在关在房间里，他们叫我给他买一条烟。”

“你现在在九楼干吗呀？”翠儿又问。

“跑跑腿，搞搞后勤服务。哦，我得赶快上去，他们还在等着我呢。”王金山说后急匆匆地走了。

王金山刚走不久，张永久从电梯里走了出来，他萎靡不振，一张破败的脸异常难看。他来到大堂点燃一支香烟一边抽一边晃悠着。过了一会儿，他往旁边的沙发上重重地一坐，然后闭上双眼深深地叹了一口气，嘴里嘀咕了一句：“狗娘养的‘一撮毛’，老子迟早要跟你算这笔账。”

翠儿碰了碰竹儿贴在她的耳朵上低声说：“估计我们‘以

鼠制鼠'的行动初见成效了。"

刘玉丹压低了声音问："这个人又不是参赛的贼头，与他何关呢？"

翠儿微微一笑说："刚才王金山说，新疆的贼头艾孜麦提不知什么原因被废掉了手指头，现在这个家伙又垂头丧气地独自来到大堂，依我看，他们正在闹矛盾，而且这个矛盾还不会小。因为这个活动是一个整体，不管是参赛者还是评委或者是裁判，只要有一个人出了问题就会牵连到其他人。走，我们回房间说去。"

一进房间，李竹儿疯了似的拉着姐姐的手又是蹦又是跳："姐，新疆的贼头被废了，我们的计划成功了。"

"死丫头，瞧你高兴的。"李翠儿按捺不住兴奋的心情，笑着说。

"当然高兴啦，我马上就把这个好消息告诉李支队长和杜队长。"

刘玉丹闪动着媚眼，俏皮地逗道："我看你是想心爱的那个人了吧？不要不好意思，快说是不是？"

竹儿笑眯眯地做了个鬼脸："去你的，人家现在说的是正经事。"

翠儿说："我看你是被胜利冲昏头脑了吧！人家正在外面办公事，你到哪里找去呀？现在还是计划一下我们下一步该怎么办吧！"

刘玉丹乐呵呵地说："废掉一个贼头，能使多少人免受其害哟！这真的是一件大快人心的好事，老百姓知道了肯定拍手称快。"

争夺"天下第一神偷"的比赛继续进行，第二天早晨，六名帮主全部到了洛阳白马寺，他们八仙过海各显神通，然而要从游客那里偷得玉镯、手表、金银首饰等物品并非一件容易的事。像猴儿一样机灵的桂良成穿梭在密密麻麻的人群中两眼乱转，由于他没有窃取手表、玉镯的本事，也没有偷取项链和耳环的技能，只能寻找“羊儿”腰间的玉器或者手机。然而这种机会实在是不多，尤其是手机，只有大款才能买得起那种价格昂贵的进口货。他寻了很久才发现一个肥头大耳的胖子腰间晃悠着一块玉佩，这块成色极佳的上等老玉不值五万至少也值二三万元。他心中一阵狂喜，赶紧凑了上去。他跟在胖子身后瞅准机会，悄悄地用刀片割断红绳将玉佩收入囊中。

这回管明亮的运气颇佳，他在石阶缝隙里拾到一只银耳环，在熙熙攘攘的人群里捡到一块手表，最让他高兴的是还捡了一个镶嵌硕大珍珠的领夹。另外他偷了一个姑娘的钱包，里面竟然有一对金耳环。在短短的两个小时内，他已经有了五件物品进账。此时他想：“欧晓巧呀欧晓巧，今天评比我要是获胜了，我一定要把你羞辱得体无完肤。”

段子余在人群里钻来钻去，根本没有手段偷得那些贵重的东西，他几次都想抓一条又粗又大的金项链就跑，可是又怕万一被抓住废了手指。最后，他决定专偷女人的挎包碰碰运气，结果还真的偷到一条金手链和一个玉镯，那个玉镯最少也值两三万元。

他在人群中又搜索了一会儿，虽然看见一些游客有手机，但都像宝贝一样抓在手中。忽然一个四十多岁的男子打完电话后将手机装进了裤子口袋，他见机会来了立即凑了上去，在拥挤的人群里用刀片划开他的口袋，将一款价值五六千元的诺基亚手机偷到了手中。

欧晓巧进了白马寺就盯上了一个香港模样的男人，此人带着一块镶嵌很多钻石的金表，价值至少在十万元以上。正当那个男子跨上石阶的时，欧晓巧突然绊了一跤，正好撞在那个男人的胳膊上然后倒在了地上。那个男人先是吓了一跳，回头见是一个漂亮的女人摔倒了，也就没太在意。欧晓巧一边呻吟一边道歉："哎哟！疼死我了，这位大哥对不起哦，哎哟……"那个男人心想：她要是摔坏胳膊或者腿赖上自己就麻烦了，赶紧随着人群走了。欧晓巧站起来拍了拍身上的泥土，一瘸一拐地找了个僻静之处，将那块钻石金表戴在胳膊上扣好衣袖，得意地一笑继续寻找下一个"羊儿"去了。

之后，欧晓巧采用同一方式，又从一个日本娘儿们、一位韩国夫人的手腕上分别撸下了一只翡翠玉镯和一条金手链。尤其是那只玉镯绝对是一件老坑冰种，它绿色纯正，浓度在70% ~80%之间，色阳明亮，颜色分布均匀，行家一看就知道这是一只高档翡翠玉镯，它的颜色达到了"正、浓、阳、均"的最佳标准，其价格不会低于十万元。

美人跌倒会博得路人的同情，这就是美人的优势，欧晓巧正是抓住了人们的这种心理，使用了业内人最常用的招数——美人计和撞击法——去偷窃的，她只不过是把这两种招数合二为一，运用得炉火纯青罢了。

上午9点多钟，天空逐渐暗了下来，不一会儿下起了小雨。欧晓巧请了三炷香进了大雄宝殿准备求个平安，大殿里拜佛烧香的善男信女本来就很多，加上没带雨具的人不断往里面涌，不一会儿就挤得人挨着人了。这种场面是扒手最喜欢的了，然而这里是佛门禁地，一般来说，小偷是不会在寺庙内行窃的，他们也怕犯忌讳受到神灵的惩罚。在评委和裁判们确定这个赛场的时候就有不少人提出过异议，但贾百万始终坚持，理由是：天下第一神偷不但本事要大，而且造化也要超群，否则对不起这个"荣誉称号"。突然，欧晓巧的手无意之中触碰到一块玉佩，上面只有一根细绳系着，凭手感她就知道是个好货，她抬眼看了看面前的三尊大佛，又看了看两旁的十八罗汉，心里矛盾极了：唾手可得的东西不偷太可惜了，但偷了那就是在众佛的眼皮底下犯事。她正准备放弃行窃，忽然听见旁边有个姑娘说："哎，姐夫，听说白马寺的佛灵验得很呢！有求必应。"

姐夫笑了笑说："这事呀，信则有，不信则无；信则灵，不信则不灵。"

"对，信则有，不信则无。"欧晓巧狠了狠心，为了夺取"天下第一神偷"这把交椅，她终于下手了。

欧晓巧从人群中挤出大雄宝殿，想尽快避开众佛那可怕的眼睛，冒着越下越大的雨鬼使神差地跑进了一个不太大的亭子，她拿出精美的弥勒佛玉佩仔细一看，不禁一阵狂喜，两掌合于胸前嘴里念念有词："老天有眼，佛祖保佑，我又得了一件宝物。"她向四周看了看，旁边有一座古墓，心想这一定是此寺的祖师爷，否则也不会安葬于此。于是来到墓前上了三炷香，倒头便拜。当她磕了第一个头，两掌合于胸前准备磕第二个头时，突然发现眼前竟然不是白马寺的祖师爷"华严大法师"的墓，而是武则天时期的宰相、人称神探的狄公仁杰之墓。她迟疑一下，心想：神偷拜神探让同行知道了岂不成了笑话。又一想：人家是宰相，大名鼎鼎的、一人之下万人之上的宰相——既然拜了那就拜完吧。就在她趴下虔诚地磕第二个头的时候，突然一把斧头落了下来，不偏不斜正好斩断了她的食指，她惊恐地尖叫一声倒在了地上。

跟踪监督的裁判乔守荣看见欧晓巧倒在地下，鲜血顺着雨水不停地流淌，他马上意识到欧晓巧被人暗算了，心中暗暗地骂了一句："报应，活该，婊子养的。"他不紧不慢地向欧晓巧走去——这样可以证明他一直跟在她的后边，不至于被别人说成是“失职”。这时忽然有人高声喊道：“不好了，杀人喽！有人被杀喽！”几个警察闻声赶紧跑了过来……

欧晓巧醒来时已经躺在了医院里，她看了看身边的张永久和医生问：“我这是怎么了？”

张永久心情沉重地说：“你的手指头被人砍掉了，现在正在医院接受治疗。”

医生安慰道：“我们正在做手术前的准备，马上就给你接上。”

欧晓巧表情痛苦、眼含热泪地问：“还能接上吗？”

医生说：“你的时间短，能接上，只是没有从前那样灵活了。”

张永久这个铁杆助手听了以后，两行热泪哗哗地流了下来，他想：帮主这下彻底完了，她不仅要告别“天下第一神偷”称号，而且还有可能就此告别偷窃生涯。

欧晓巧对旁边的医生和护士说：“请你们出去一下，我有话要和我这位兄弟说。”待其他人出了病房以后，她绷着脸对张永久喝道：“看你这出息，俗话说：‘男儿有泪不轻弹’，他们断我的是右手食指，你忘啦，我是‘左撇子王后’。”

“啊，对呀！帮主是左撇子，那些混蛋搞错了。哈哈哈……”张永久顿时醒悟过来哈哈大笑。

是谁胆大妄为在光天化日之下行凶呢？这事还得从昨天下午说起。艾孜麦提被废了手指头限制在房间里以后，心里又气又急。他趁王金山为他买烟之际，偷偷地给库尔邦打了个电话，命令他明天到白马寺想办法除掉欧晓巧或者桂良成。库尔邦是一个粗人，平时对艾孜麦提唯命是从，不知是什么原因，唯独杀人之事他就是不答应。艾孜麦提没有办法，只好叮嘱他无论如何一定要废掉欧晓巧的食指。然后他再想办法雇人去杀第一个提出要处死他的桂良成，和那个要把他肢解分尸的管明亮。不知是艾孜麦提怕电话打得时间太长被人发现，还是被库尔邦气糊涂了，他竟然忘记说要废掉欧晓巧哪一只手的食指了。

第二天库尔邦换了一身休闲服（实际上他不是新疆人而是宁夏人），从街上买了一把小斧头别在腰间来到了白马寺。由于旅游景点人太多，再加上始终有一个人不远不近地跟在欧晓巧的身后，他始终没有机会下手。就在他打着雨伞在大雄宝殿门前抽烟的时候，欧晓巧鬼急慌忙地从里面跑了出来，最后跑到一个碑亭里停了下来。库尔邦看了一下周围的环境，这里游人比较少且都穿着雨衣或打着雨伞，不免心中窃喜。就在欧晓巧趴下磕头时，他用雨伞遮住游人的视线，抽出斧头对准她的手指砍了下去，然后迅速消失在朦胧的大雨和混乱的人群之中。之后，独自一人跑到洛阳郊外的乡镇上喝起了闷酒，直到晚上10点多钟才回到城里的宾馆，吸食了一点儿艾孜麦提给他的“白粉”才睡下。

翠儿、竹儿和刘玉丹来到白马寺后，由于这些贼头偷到的物品不是戴到了胳膊上就是别到了腰里，她们俩无法将其一件一件地取回，只好暗地跟踪用照相机将偷窃的过程拍下来以备他用。当欧晓巧冒雨跑到狄仁杰碑亭时，李竹儿也跟到了那里并停在不太远的地方关注着她，忽然欧晓巧出了碑亭朝古墓方向走去，她绕过碑亭正想看个究竟，突然听见一声尖叫，然后发现一个中年男子压低雨伞急匆匆地从古墓那边逃走了。李竹儿愣了一下神赶紧将那个男人拍了下来，不过只拍了一个侧面照。当她发现欧晓巧躺在血泊之中时立刻呼喊起来……

话说张永久被驱逐出会议室之后，来到酒店大堂往沙发上一靠沮丧地闭上了眼睛，他在盘算着下一步，最后决定明天跟踪乔守荣专，找他的不是，好好地整他一下。就在他尾随乔守荣时，无意中发现有一个女人在监视他的帮主，于是将李竹儿拍了下来。后来他看见这个女人为倒在雨水中的欧晓巧呼救，又认为她是暗中保护欧晓巧的帮手。但他也把乔守荣见死不救、暗自高兴的画面记录在了相机里。

再说李建设和杜先林，第一天他们两个人在王城公园先后抓了将近二十个小偷，为游客挽回了重大损失，他们两个人的行为受到了游客的赞扬，得到了公园维护社会治安人员的好评。晚上，杜先林来到816房间，翠儿和刘玉丹知道他是来看竹儿的，两个人主动离开房间将空间留给了他们俩。竹儿压抑不住内心的激动扑到了杜先林的怀里，两个人紧紧地拥抱着、甜蜜地吻着。良久两个人才松开，杜先林问："下午那个小赤佬撞伤你了吗？"

"没有，幸亏那是草坪。你瞧，我一点儿事都没有。"竹儿笑着转了一圈。

"你真美，比公园里的牡丹仙子还要美。"

竹儿闪着水灵灵的大眼睛含情脉脉地微笑着说："和你在一起，我心里特别高兴，尤其是你跳入冰冷的水中舍己救人的那一刻，我的心都提到了嗓子眼，你太伟大了。"说着又亲了杜先林一下。

杜先林很激动，他抱起竹儿转了一圈又一圈……热恋将两个人的心紧紧地连在了一起……当李翠儿和刘玉丹回来时，两个人才发现已经是夜里11点多钟了。杜先林腼腆地说了声："不好意思，耽误你们俩这么长时间，明天见。"说后，朝竹儿笑了笑走了。

翠儿望着竹儿诡秘地一笑："怎么样，幸福吧？瞧你笑得多甜。”

竹儿轻轻地摇晃着翠儿的胳膊，嗲嗲地叫了一声：“姐！”

“我现在就打电话告诉姑姑。”翠儿笑嘻嘻地拨通了电话，“娘，是我，翠儿。”

“死丫头，这么晚了还打电话，什么事呀？”

“娘，告诉您一个好消息，竹儿有对象了，小伙子呀可帅了。”

“哈哈哈……他个儿有多高？哪儿人？工作单位在什么地方？小伙子多大了？叫什么名字呀？”

“娘，瞧您乐的，他是上海人，在公安局工作，叫杜先林，个子一米七八左右。您看了呀保准满意。娘，就到这里了，您休息吧。祝您夜里做个好梦，嘻嘻嘻……拜拜。”

“你这丫头，好，再见。”

翠儿放下电话咧着小嘴笑嘻嘻地对竹儿说：“娘特满意，我要是不把电话挂了，她准能唠叨一宿。”

刘玉丹羡慕地拉着竹儿的手说：“你和他呀，是天生的一对、地配的一双，你看你笑得比蜜还要甜。”

第二天，李建设和杜先林也来到了白马寺，因为杜先林昨天晚上从李竹儿那里得知几个贼头要在这里进行扒窃比赛，所以他们俩决定来此将他们抓捕归案。就在欧晓巧偷得第一块金表时，杜先林就准备上前将其抓捕归案，李竹儿却拦住了他。“这几个贼头你不能抓，我和姐姐‘以鼠制鼠’的计划全押在他们身上呢。昨天晚上我不是和你说了吗，七个贼王已经废掉一个了，好戏才刚刚开始。”

“竹儿，我不能眼睁睁地看着她偷东西不管。”杜先林着急地说。

“这里的贼多得很呢，你先抓别的不行吗？ 哎哎，你快看，那边有个扒手正在掏外国大鼻子的口袋呢。”

杜先林顺着竹儿手指的方向一看，果不其然，他急忙从人群中挤过去一把将那个扒手擒住，然后把他交给了几名治安联防队员。 当他再回到原地，欧晓巧已不知去向，李竹儿也不见了。 杜先林心里十分着急，他担心李竹儿在反扒中会受到伤害，于是在茫茫人海中来来回回地寻找着。 突然他看见了昨天撞倒李竹儿的那个男子，嘴里嘀咕道：你小子今天也在这里，看我怎么收拾你。 又一想：昨天的事，今天找人家也说不出理由呀，如果发生争吵岂不扰乱了秩序。 干脆先耍一耍他再说，于是他走到管明亮跟前拍了拍他的肩膀：“喂，兄弟，干什么呢你？”

大概是做贼心虚吧，管明亮以为自己偷东西被人发现了，吓得掉头就跑，杜先林马上意识到这个人肯定有问题。 “站住！”他高喊一声立即追了上去。 这一声高喊不但吓坏了管明亮，同时也吓坏了正在附近行窃的段子余。

在白马寺社会治安管理办公室，管明亮看了看从他身上搜出来的物品先是一言不发，当他发现没人看见他偷盗时，脑子一转，辩解说：“这些东西全是我从地上捡的，我正在寻找失主，你们不能错怪好人。 不信你们看看那款手表，哪个小偷偷这种不值钱的东西？”

一个治安联防队员看了看那块二十年前生产的断了表带子的上海全钢防震手表，对旁边的一位民警说：“他说得有点道理，现在谁还偷这种破玩意。”

“这一对金耳环呢？”民警问。

“那是我捡到的钱包里面的。”

正在这时，一位拾金不昧的少年来到了办公室：“警察同志，我拾到一块手表和一个皮包交给谁呀？”

那个民警指了指旁边正在登记的女民警说：“谢谢你，交给她就行了。”

管明亮这下可找到了理由，他振振有词地说：“在这种场合，游客丢东西、拾到东西都是正常的，你们为什么偏说我是偷的呢？ 真是岂有此理。 喂，我再次声明，如果你们不把我放了，我就到市公安局、省公安厅告你们去，反正你们的警号我都记下来了。”

民警没有办法，因为还有好几个扒手急需做笔录，他们只好把这个没有证据的小偷给放了。

另一边，受了惊吓的段子余躲到厕所里很长时间也没敢出来。 他想：管明亮被抓，断指是肯定的了，问题是这个人又奸又坏，搞不好他马上就会带着警察来指认他们几个人，与其在这里坐以待毙还不如趁早远走高飞。 想到这里，他出了白马寺打车回到酒店，来到了贾百万的房间。

“你是怎么回事？”贾百万疑惑不解地问。

“管明亮被‘老便’抓了，我弃权不比了。”段子余沮丧地说。

“他娘的，他被抓碍你什么事？”

“我、我怕他带着‘老便’指认我们几个人。”

“他敢，除非他一家老小不想活了。 我告诉你，以前组织过几次比赛没有一个人敢这么做的。 再说，凡是这种大型活动，公安局的警力基本上都用到维护社会治安上去了，他们哪有时间哪有闲人去抓几个小偷？ 另外，我们该撒的岗哨都撒到位了，一有风吹草动我马上就会知道，你有什么好害怕的？”停了一会儿，贾百万接着说，“你爱去不去，反正比赛照常进行。”

“前辈，我不比了，那个钱能不能退给我？”段子余的话带有一点哀求之音。

“放屁，退给你，我们这些人喝西北风去呀！ 有多远滚多远！”

段子余看了看他左右两边的几个大汉，摇了摇头赶紧又到白马寺忙活去了。

由于“洛阳牡丹花会”景点多、活动多、游客多，这期间公安机关出动了所有警力但仍然严重缺乏人手，所以出了事故的欧晓巧被送到医院后只有一名治安队员守着。 当天下午，已经接好手指头的欧晓巧趁其不备，偷偷地溜出医院打的来到火车站，然后又从火车站绕了一个圈子回到了盛唐大酒店。张永久问：“老大，我们现在怎么办？”

欧晓巧咬牙切齿地说：“要想办法找到凶手，以其人之道还治其人之身，绝不能就这样算了。”

“哦，对了，我今天暗中保护您拍了不少照片，您想不想看一看？”

“快，快拿出来。”

欧晓巧看了她假装跌倒从那个香港模样的男子手上撸下手表的照片，对张永久说：“赶紧把这张删掉，要是落到‘老便’手里它就成了证据。”当她看到自己从大雄宝殿出来的照片时，后面的一大群人里有一个人引起了她的注意，她赶紧拿出自己的相机调出照片进行比对，果然是艾孜麦提的手下库尔邦。 她指着照片上的人对张永久说：“定是此人无疑，他是艾孜麦提的手下，库尔邦。”

“那怎么办？”

“怎么办，这还要我说吗？”

“我明白了，我马上就去找库尔邦，先把他废了再说。”

“别急，你不是说还有一个年轻姑娘的照片吗？”

张永久赶紧把那张照片找了出来。“你看，就是她喊人救你的。”

欧晓巧看了照片突然愣住了，情不自禁地小声嘀咕道：“这个女孩子怎么这么像我姐呢？”她紧蹙眉头倒吸了一口凉气，“奇怪！难道是……”她又摇了摇头，“不可能，我姐姐说她的女儿早就死了。”

张永久插话问：“你是说这个女孩子像是你的姨侄女？”

欧晓巧从化妆盒里拿出一张照片指着上面的一个年轻女人说：“你看这就是我姐，前面那个小不点是我。”

张永久吃惊地叫了起来：“天哪！这不就是一个人吗？”然后斩钉截铁地说，“我敢肯定她就是你姐姐的女儿。”

欧晓巧叹了一口气说：“唉，不可能，一对双胞胎，二十年前她们俩就死了，这是我姐亲口对我说的。”

“要不你打个电话再问一下你姐姐？”张永久提醒她说。

“她住在香港，美国也有房子。我姐一辈子荣华富贵，然而家庭并不幸福。她结过两次婚，和第一任丈夫生活了五年，有一对双胞胎女儿，后因感情不和、女儿双双夭折而分道扬镳了；第二任丈夫比她大十五六岁，不喝酒还可以，喝了酒连猪狗都不如，后来他不知偷了我姐姐什么东西，两个人足足吵了一年，我姐姐一气之下去了香港，从此再也没有联络。嗯，你说得对，我这就给她打个电话。”不一会儿，电话通了，“喂，姐，”

“哦，巧巧呀，好几天没给姐通电话了，我以为你把姐忘了呢？”

“哪能呢，忘了吃饭睡觉也不能忘了姐您呀！”

“你这丫头净拣我爱听的说，缺钱花吗？”

“姐，您真会开玩笑，有您教的那两下子，我还能缺钱花？”

“在忙什么呢你？”

“我现在在洛阳，哎，姐，我先跟您说件事：我在洛阳看见您女儿了，二十四五岁，跟您年轻的时候呀一模一样，可漂亮啦。”

“真的啊！是一个还是两个？我明天就买机票飞过去。”

欧晓巧没想到一句玩笑话引出了这么一个结果。难道那两个孩子没有死，姐姐以前说的全是假话？她为什么要欺骗自己和妈妈呢……

“喂，喂喂，你怎么不说话了呀？巧巧你说话呀。”

欧晓巧突然感觉手指头一阵剧烈疼痛，她马上意识到还有一件重要的事情要去做，心情沉重地挂断了电话。“永久，你要想尽一切办法找到库尔邦，如果是他干的，我不讲你也知道怎么做。”

“知道，老大我走了。”张永久到各个宾馆、旅社寻找库尔邦去了。

在盛唐大酒店九楼会议室里，评委会对各个贼王转移来的贵重物品一件一件地进行清点、评判。经过评比，欧晓巧的四件物品价值二十三万元居首位得 9 分，桂良成的三块玉佩价值十七万五千元排名第二得 7 分，郑光辉的三件物品价值十六万元排名第三得 5 分，陈世祥的三件物品价值十万元排名第四得 3 分，段子余的四件物品价值十万元并列第四得 3 分；按件数评，欧晓巧和段子余并列第一各得 5 分，桂良成、郑光辉和陈世祥并列第二各得 3 分。

管明亮耷拉着脑袋唉声叹气，心里暗自说：老子真他妈的倒霉，要不然这次比赛在总件数上稳拿第一，在总价值上至少也能得 3 到 5 分。 然而，从目前情况看，“天下第一神偷”的宝座犹如“白云在青天，可望而不可即”了。

评比结束后，乔守荣皮笑肉不笑地有意戏弄欧晓巧说：“欧帮主的手为欧帮主的脸增添了无限的光彩，你那纤纤玉手怎么有这么大的能耐呀？ 哟！ 大家看看欧帮主多心疼她的手，干完活就把它包起来了，哈哈哈……”

乔守荣的一番话说得欧晓巧的手指头一跳一跳地疼，她心里暗暗地骂道：“你敢挖苦姑奶奶，看我怎么整你。”她一拍桌子怒不可遏地说，“乔守荣，姑奶奶正要找你算账呢，你不是跟踪监督我的吗？ 如果你不交代出是谁暗算姑奶奶的，那就是你，或者是你安排人干的。 贾前辈，你说咋办吧？”

评委胡成江摇了摇头，叹了口气说：“唉，乔老爷，你不是没事找事吗？ 大家在一起和和睦睦的有什么不好？ 你非要没事找事、无事生非，那你就给大家一个合理的解释吧！”

评委葛翠华说：“这次是贾爷、贾老前辈主持大赛的，欧帮主无缘无故被人砍掉了手指头，这要是传到江湖上别人会怎么说？ 贾老前辈的脸面往哪儿搁啊！ 大家说说是不是这个理呀？”

“是呀，这多丢人啊！”胡成江附和了一句。

贾百万牛眼似的瞪着乔守荣，脸上的横肉抽搐了几下，厉声喝道：“是谁胆大包天谋害‘左撇子王后’的，你说？”

乔守荣浑身打了个寒战，哆哆嗦嗦地说：“不……不是我干的，我、我……我不知道。”

“你是真不知道还是假不知道，啊？”贾百万厉声问。

“贾爷，我是真的不知道哇。”

贾百万勃然大怒：“来人。”

两个彪形大汉从门口走了进来，乔守荣筛糠似的抖了起来：“贾……贾爷，贾……”

管明亮赶紧站了起来：“贾爷慢着，我先给贾爷和各位兄弟姐妹赔个不是。乔守荣是有错误，他跟踪监督没有尽到责任，没有看清楚谋害欧帮主的人，我建议罚他一万元钱给欧帮主做个补偿，请诸位给我个面子。”

桂良成和坐在左右两边的郑光辉、陈世祥低语了几句后大声说：“不行，如果对乔守荣不处理，下面受到伤害的很可能就是我们几个人了。”

郑光辉和陈世祥异口同声地说：“对，一定要惩罚。他的眼睛不管用，就戳瞎他一只眼。贾爷，你说了算。”

贾百万想了想说：“乔守荣监督不力致使欧帮主失去了右手食指，如果他能交出下家也就算了，可是……江湖上有一句话叫‘一报还一报’，为了显示公平，那就也断其一节右手食指吧。”

为了大家的安全，也为了保证比赛的顺利进行，乔守荣的右手食指被硫酸废了以后，也跟艾孜麦提一样被限制在自己的房间里。由于少了一个监督裁判，贾百万和其他评委找了好几个人，但没有一个人愿意干这个差事，下一步的比赛只好暂时停了下来。

晚上10点来钟，出去寻找库尔邦的张永久垂头丧气地回来了，他刚走到酒店大门口，忽然发现一个熟悉的身影走了出来，定睛一看正是上午在白马寺呼喊救欧晓巧的那个女孩子，只是身上穿的衣服不同罢了。他赶紧来到大堂给九楼房间里的欧晓巧打了电话，欧晓巧忙得连睡衣都没换就急急忙忙地来到了大堂，两个人在旁边的酒吧要了两听啤酒边喝边等那个女孩子回来。 十分钟以后，李翠儿提着一塑料袋吃的东西一路上哼着小曲回来了，张永久按照欧晓巧的吩咐迎了上去：“喂，小姐，能向您打听一个人吗？”

李翠儿看了一眼这个住在九楼贼窝里的成员，微微一笑说：“您说，只要是我知道的。”

“有一个叫欧曼玉的女人您认识吗？”张永久不紧不慢地问道。

李翠儿听了心不由得一颤，心想：这不是自己最痛恨的母亲的名字吗？ 他为什么要问起这个人呢？ 情急之下她不知如何回答才好。 “嗯，她呀？ 认识。 哦，不不不，我不认识。”

“您到底是认识呀还是不认识？”张永久追问了一句。

头脑混乱的李翠儿努力恢复自己的正常思维，她反问了一句：“你打听这个人干吗呀？”

“您先告诉我，这个人您究竟是认识还是不认识，然后我再告诉您干吗。”

李翠儿想了想说：“我不但认识，而且她还是我的偶像，我是她的粉丝呢。”

张永久心想这就对了：“哎，您姊妹几个呀？”

“两个，我还有一个妹妹。 喂，你该告诉我问这些干吗了吧？”

张永久一听这就更对了，他笑眯眯地说：“有一个亿万富婆托我打听这事的，她可是江湖上转移他人财物的高手，您不是讲她是您的偶像吗？ 干脆我介绍您做她的徒弟得了，您看怎么样啊？”

“你胡说什么呀？ 张曼玉是演电影、演电视剧的大明星，她什么时候学会偷人家东西了？ 神经病。”李翠儿啐了一口转身就走。

张永久此时嘴张得跟吹喇叭似的，半天说不出话来。欧晓巧由于害怕公安机关和医院发现她的踪迹而没敢露面，只是在一旁偷偷地看着李翠儿的一举一动，她越看越像姐姐年轻时候的模样。

张永久回到欧晓巧跟前，把刚才的情况鹦鹉学舌般地学给了欧晓巧。欧晓巧叹了口气说："你呀，问个话都问不好。算了，反正她住在这儿，等有机会我亲自问吧。哦，对了，库尔邦的情况怎么样了？"

张永久挠了挠头说："我找了好几家宾馆酒店，暂时还没有发现他的下落，老大您放心，我明天继续找。走，我们上楼吧，您别着凉了。"

隔天中午，一辆高档奔驰轿车在香港国际机场楼前停下，从前排座位下来一位精明强干的女保镖，她来到后面打开车门、遮顶，请出一位气派非凡的女人。此人既不是香港影视界的明星，也不是香港歌坛的"皇后"，而是曾经令香港、欧洲、美国等地的警察都吃不好、睡不安的神偷，她就是欧晓巧的姐姐——欧曼玉。欧曼玉现已退出江湖数年，现在的身份是香港某某经贸总公司的总裁，主要经营内地的中草药、裘皮等。这个腰缠数千万的富姐虽然已四十多岁，但是她的容貌看起来要比实际年龄小很多，风韵依然不减当年。

俗话说，"家家有本难念的经"。尽管欧曼玉享尽荣华富贵、富得冒油，可她也时常因为举目无亲、形单影只，尤其是没有子女围在身边而唉声叹气、泪流满面。昨天晚上，她突然听妹妹说见到了自己的女儿，心中狂喜，但不知为何妹妹又莫名其妙地挂断了电话。此事搅得她彻夜未眠，那桩刻骨铭心的往事再次浮现在眼前：二十多年前，父亲因工伤突然离世，正在上初中的她顶职进了工厂，可是上班没多久一场风暴席卷了中国大地——“文化大革命”开始了。在那个混乱的年代，她一个小姑娘就像得了神经病一样，整天跟在师傅后面不是写大字报就是夹在造反派队伍中游行示威。由于她整天不回家，体弱多病的母亲只好带着只有几岁的妹妹回了安徽老家。两年以后她由一个黄毛丫头长成一个亭亭玉立的大姑娘，说媒的人也逐渐多了起来。一天，邻居张大妈来到她家，把一个男人说得天花乱坠，简直就是一个白马王子。她与这个男子见面以后才知道是一个骗局。这个男子原来是张大妈家的远房亲戚，名字叫费贤仁。他个子不高，长着一对三角眼不说，竟然还比她大十来岁。当时她就一口回绝了他，然而费贤仁却死缠着她不放。后来，她听人说费贤仁还是一个“三只手”，刚从劳教所出来，这更加坚定了与他断绝往来的决心。几个月后的一天傍晚，她随厂里的造反派上街张贴大字报，由于风太大根本没有办法贴，他们只好收工回家。风越刮越大，刮断了电线停电了，大街小巷被台风搅得昏昏沉沉。她东倒西歪地刚刚拐进一条里弄，突然有人从背后将她按倒，掐着她的脖子威胁说：“你不要乱喊乱叫，如果你不跟我谈对象，不跟我结婚，我就掐死你。”原来此人正是费贤仁。就在费贤仁捆住她的双手准备扒下她的裤子施暴时，一个年轻小伙子出现了，他痛打费贤仁一顿救了她。费贤仁一瘸一拐地逃走了，末了撂下一句狠话：“欧曼玉，你听着，下次遇见你，我先毁了你的容。”

年轻人救下她以后把她送回了家，在昏暗的烛光下，她看清楚了，在她面前的是一位很帅气的二十多岁的小伙子。由于过度惊吓，她病倒了，噩梦中她惊呼不已，小伙子把她送到医院整整照顾了两天三夜。这么好的一个人，她感动了，对他产生了爱慕之情，不久两个人恋爱了。小伙子叫李圣高，半年之后他们结成了夫妻，一年之后他们有了一对孪生女儿。这段时间，她生活得很幸福，虽然那是一个物质非常贫乏的年代，但是他们家什么都不缺，别人家有的他们家有，别人家没有的他们家也有。问其原因，爱人说：他从事的是一件非常保密的工作，不便让外人知道。因此她也就没有过多地问及。一晃四年多过去了，这天她带着两个十分可爱的双胞胎女儿到公园里玩，谁知冤家路窄，偏偏又碰到了费贤仁。费贤仁一把抢过一个小孩往腋下一夹，目露凶光、杀气腾腾地说："欧曼玉，我知道你嫌弃我长得丑，更嫌弃我是一个贼，你丈夫虽然很帅，但他比我更坏，他不但和我一样是一个贼，而且还是一个贼头。如果你不离婚跟我，我就先杀掉你两个女儿，然后再杀死李圣高和你。除非你把他家祖传的《转移大法秘籍》搞来给我。"

听着女儿撕心裂肺的哭声，面对混乱的世道，她能怎么办呢？她妥协了，她只好答应用《转移大法秘籍》换回女儿的条件。回到家中，李圣高发现少了一个女儿追问其下落，然而她避而不谈，只问丈夫是不是贼头，李圣高只好说了他在江湖上是一个专偷小偷的人。此乃晴天霹雳，她万万没有想到一起生活四年多的爱人竟然是一个贼王。她忍受不了这种欺骗，和他吵得死去活来。后来她威逼李圣高交出《转移大法秘籍》，否则永远不让他见女儿。李圣高自知理亏，想用真心换回诚挚的爱情，便将自己的一切全部告诉了她。并一再声明：那本祖传的《转移大法秘籍》不在他的手上，而是在他大姐李圣依的手里。

费贤仁为了得到《转移大法秘籍》练成一流高手，他要挟欧曼玉带上另一个女儿一起前往李圣高的大姐家。开出的条件是：只要拿到《转移大法秘籍》他就远走高飞，永不见她。那时，她就像是老虎爪子下的羊羔，被恐怖捉弄着。这天两个人各带一个小孩踏上了北上的列车，在那个大雪纷飞的晚上摸到了大姐的住处……夜里费贤仁翻箱倒柜找到《转移大法秘籍》后，大姐的骂声唤醒了她的良知。她想：丈夫虽然是小偷但他不偷好人；这几年丈夫把她视为掌上明珠处处呵护她，再说两个孩子都已四五岁了，她不能对不起李家，更不能对不起两个女儿，于是她从费贤仁手中抢了《转移大法秘籍》就跑。她不知道那天夜里费贤仁为什么没有追上她，不过她清楚地知道，从那天夜里开始，她随时随地都有可能遭到费贤仁的报复和伤害。正因为如此，她背井离乡到了广州，在一家餐厅当服务员，贫困潦倒的生活使她想起了那本《转移大法秘籍》，之后她苦练三年终于练出了“二指神功”。五年后，腰缠万贯的她回到上海，听说丈夫已经得病去世，她大哭一场后又到大姐家去寻找两个孩子，可是那里早已人去屋空。她又转到安徽看望母亲，老人已是白发苍苍，凸出的前额上刻着几条深深的皱纹，好像是鞭子抽打出来似的；妹妹已经长大成人，她容光焕发，神采飞扬，像一只即将开屏的孔雀。面对家人的询问，她只能对母亲和妹妹说，两个女儿早就死了。后来她嫁给了香港的一个商人，好日子只过了一年，丈夫又有了外遇，两个人吵了一段时间便分道扬镳了。之后，她凭借手上功夫“造访”了美国、欧洲，并窃得巨额金钱。回香港后，她开办了自己的公司，成了一个名副其实的富姐。为了女儿，她经常到妈祖庙敬香，祈求妈祖保佑女儿平平安安、幸福美满；也是为了女儿，她向慈善机构募捐了上百万元的钱物；为了女儿，她“金盆洗手”——退出了江湖。她不知多少次在睡梦中惊醒，也不知道流过多少眼泪。这么多年来，两个女儿已经成了她最大的一块心病。尤其是近两年，只要看见别人的孩子结婚，她的心就会隐隐作痛……

这次她听妹妹说找到了女儿，她连夜让秘书（兼保镖）刘媛媛做了安排。

下午 2 点半钟，飞机缓缓降落在洛阳北郊机场，她没有心思欣赏美不胜收的春色，也没有心情观看那些争奇斗艳的牡丹，她一门子心思全都放在了寻找了二十年也没有露面的两个女儿身上。

出租车还没有停稳，她就催着刘媛媛赶紧到大堂登记处去查询欧晓巧的房间号码，可是服务员查遍整个酒店客房也没有找到一个叫欧晓巧的。这可急坏了刘媛媛，她怕欧曼玉埋怨她办事不力，忙解释说："玉姐，我是按照电话上来电显示查询的，绝对是这家酒店。"

欧曼玉突然意识到妹妹这次来洛阳不是旅游的，而是奔着"牡丹花会"的游客来的，很可能用的是假身份证，因此住宿名单上根本查不到她的真实姓名。她轻轻地叹了一口气对刘媛媛说："唉，既然来了，就登记个房间先住下吧！然后你请总台查一下昨天下午是哪个房间打电话到香港去的。

九、寻女洗手不再偷　见面哭诉挥泪求

刘媛媛登记了一套高档房间，服务员领着她们俩来到八楼打开 828 豪华套间的门，欧曼玉往客厅的沙发上一靠，闭上眼睛开始考虑下一步的计划，突然一曲清新优美的江南小调飘了进来——

一场花开的邂逅，
一帘烟雨的轮回。
能有多少情在尘埃里相守，
能有多少爱在岁月中挽留。
掬一捧馨香，
如水墨落花似轻柔。
荡一片涟漪，
似出水芙蓉在心中晃悠。

“喂，小姐，你知不知道这首歌是谁唱的?”欧曼玉睁开眼睛饶有兴趣地问服务员。

“对不起，欧女士，我不知道是哪位小姐唱的，可能是和您一样住宿的旅客吧。”服务员彬彬有礼地回答说。

“你去帮我打听一下行吗？”

“您等着，我这就去。”

不一会儿服务员领着一个姑娘走了过来：“欧女士，那首歌是她唱的，我把她给您请过来了。”

“哦，坐坐，姑娘您请坐。”欧曼玉一边打量一边客气地招呼说。

“不了，您找我有事吗？”

“您的江南小调唱得真好听，我很多年都没有听过了。姑娘您贵姓？”欧曼玉特别想听到她说她姓李，因为她第一眼就喜欢上了这个漂亮的大姑娘，她多么希望她是自己的女儿呀。

“免贵姓刘，您问我姓什么干吗呀？ ……”

忽然一个清脆而又柔美的声音喊道：“丹丹姐，干吗呢你？ 快一点儿，时间不早了。”

“哎，来了。”刘姑娘清脆地答应了一声后，对欧曼玉说，“对不起，您没事我就走了。 拜拜。”

“她要是我的女儿该有多好啊！”刘玉丹走后，欧曼玉惋惜地说了一句。 显然，她想女儿想得有点儿癫狂了。

忽然房间里的电话响了，刘媛媛拿起听筒：“喂，您好，这里是828房间，请问您找谁呀？”

“您好，我是酒店总台，昨天下午是928房间打电话到香港去的。 请问您还有什么需要我们服务的吗？”

“谢谢，暂时没有了，拜拜。”刘媛媛放下电话高兴地说，“玉姐，找到了找到了，是928房间，我这就去。”

刘媛媛来到九楼，在过道上被两个彪形大汉拦住了去路：

“你干吗？”一个大汉瓮声瓮气地问。

“你管得着吗？”面对无礼的大汉，刘媛媛回了一句后，继续往里走。

那个大汉伸手抓住刘媛媛的胳膊使劲一拽：“你给我回去。”

这下可把刘媛媛惹火了，她抓住大汉的手背侧身抬起小臂往下一压，一个擒拿把大汉摔倒在地。“竟敢跟姑奶奶动手动脚，反了你了。”

那个大汉爬起来拉开架势正要格斗，突然传来一个清脆的声音：“哟，哪儿来的女侠，还挺厉害的嘛！”

“巧姐，是我，香港的刘媛媛。”

“啊，是媛媛啊！你怎么在这里呀？”欧晓巧赶紧跑了过来，她拉着刘媛媛的手笑嘻嘻地问：“阿姐呢？”

刘媛媛眉开眼笑地说“走，我带您去。”

欧晓巧临走时对那个大汉说：“杜师傅，就你那两下子根本不是人家的对手。这叫‘巾帼不让须眉’，懂了吧？”

杜师傅不服气地说：“刚才我没注意才被她摔倒的，等有时间我好好地跟她比试比试。”

“就你？得了吧！你知道她是谁吗？她是泰拳顶尖高手，打遍东南亚只有一个对手的刘媛媛。”欧晓巧言下之意他就是亚军。

欧曼玉见到妹妹欧晓巧，把一切都扔到了脑后，她万分焦急地问：“巧巧，我女儿她在哪儿呀？快把女儿还给我。”

欧晓巧的心情突然沉了下来，心想：这么多年来，你一直都说两个女儿早就死了，今天怎么突然找我要起你的女儿来了？难道这孩子真的还在人世？这个问题必须要搞清楚。“哎，姐，您的两个女儿到底死还是没死呀？”

“没死、没死，你快说她们在哪儿，都快急死我了。”

“姐，您别急，是这样的，昨天呀我看见一个女孩子跟您年轻的时候长得一模一样，我是触景生情才给您打电话的。”

“你快说她在哪儿？”欧曼玉说话有点生硬。

“具体我也说不清楚，反正她就住在这个酒店里，昨天晚上我还看见她买东西上楼的呢，不信您看看我拍的照片？”

欧曼玉看着照片，心里非常激动，嘴里不停地唠叨着：“女儿呀女儿，你可把娘想死了，这些年你不知道娘是怎么熬过来的。妈祖保佑，但愿我们母女能见面团圆，求求妈祖保佑……”

“姐，瞧把您急得，这个女孩子是不是您的女儿还不一定呢！”

欧曼玉眼睛一瞪：“谁说不是？你再说不是，我就跟你急。”显然她已认定这个女孩就是自己的女儿了。

刘媛媛插话说：“讲起来也是，不然天下哪有这么相像的。玉姐，她叫什么名字，现在我就帮您到总台查去？”

欧曼玉深深地叹了一口气靠在了沙发上，她摇了摇头说：“我也不知道她们两个现在叫什么，我把她们丢给她大姑的时候才四岁多，由于当时事情紧急，我忘记说她们俩的大名了，后来我不知道她大姑给她们俩起了什么名字。”

欧晓巧说：“既然没法查姓名，那就到大堂去等。”

“对，到大堂去等，就是等上三天三夜我也要把她等到。”欧曼玉坚定地说。

欧晓巧忽然感觉手指头一跳一跳地疼，她害怕发炎了不好办，但又不敢到当地医院去看医生。为了瞒着姐姐，她说：“姐，我明天到郑州有点儿急事，办完了就回来帮您找女儿。您看行吗？”

“你去你的，抓紧回来。这里有媛媛陪着我呢。”

第二天一大早欧晓巧就走了。刘媛媛陪着欧曼玉来到一楼大堂，两个人等了一天，后来又整整等了两天，却连那个女孩子的人影也没有等到。那么，李翠儿和李竹儿上哪儿去了呢？原来，她们的姑姑从家里来到了洛阳，之后发生了一件意想不到的大事。

那天下午姐妹俩喊上刘玉丹到洛阳火车站去接姑姑，一见面竹儿拉着姑姑的手又是蹦又是跳，高兴得不得了。姑姑点着她的脑门笑着说：“你呀，都二十好几了还像个孩子似的，隔壁邻居小芳家的孩子都上幼儿园了，你什么时候能叫娘抱上宝宝呀？你看你把娘的头发都急白了。”

竹儿调皮地说：“娘别急，竹儿争取年底就给您生个胖小子。不，是两个。”

“你说什么？你怀孕了。”姑姑大惊失色地问。

“没有。”竹儿伸了一下舌头孩子似的做了个鬼脸，微笑中带有几分羞涩。“娘，我有男朋友了。”

“这事你姐已经打电话告诉娘了，娘就是为这事来的。哎，那个小杜怎么没来呀？他是不是害怕见我呀？”

“娘，说什么呢您。人家正忙着在派出所办案呢，他说了，晚上请您吃饭，请您在洛阳老城九府餐馆吃最好吃的‘水席’。”

“你这个死丫头，为什么不早点告诉我啊！哦，瞧瞧瞧，我光顾讲话了，这位漂亮的姑娘是谁呀？”

“她叫刘玉丹，是个大记者，是我们姐妹俩结交的好朋友。用现在的时髦话说，叫‘闺密’。”翠儿把刘玉丹往前拽了一把，“娘，她人可好了，前几天她和她哥、她姐到陕西给希望工程捐了二三十万元的钱款呢。”

“嗯，是个好姑娘，娘一眼就能看出来。好了，天不早了，咱们赶紧去吃武则天最爱吃的‘水席’吧！”

“娘，我看您是想早一点儿见到竹儿那个未过门的女婿吧！”翠儿搀扶着老人调皮地笑着说。

“你这丫头，要不是为了这个人，娘大老远地跑到这里来干什么呀！娘的头脑又没有问题，呵呵……”

杜先林将抓到的扒手移交给派出所后，立即赶到洛阳老城买了一些瓜子花生水果等放到包厢里，然后来到餐馆门口，正好看见翠儿和竹儿扶着一个老人从出租车上下来，他赶紧上前叫了一声：“伯母您好。”

姑姑抬起头没有应答，只是目不转睛地看着面前的这个年轻人，很久，她才冷冷地问了一句：“你父亲叫什么名字，今年多大了，还活着吗？”

“回伯母的话，我父亲叫杜华良，今年六十二岁，身体不是太好，不过他不会拖累我和竹儿的。”杜先林一五一十地回答。

“你和竹儿住在一起了吗？”姑姑是在核对竹儿讲年底生个胖小子的事。

“伯母，我……我们……”杜先林立刻慌了神，突然结巴了。他做梦也没有想到老人会问这样的问题。

“年底就能生娃了是吧？造孽啊……”姑姑的话没有说完就晕了过去。显然她认为竹儿和小杜已经同居了。

杜先林不明白“伯母”为什么会突然晕倒了，他赶紧上前一把抱住了她，翠儿和竹儿吓得大哭小叫，刘玉丹慌忙叫来出租车把老人送到了医院。问起原因，医生说并无大碍，只是精神上受到了严重刺激，过几天就会好起来的。

经过抢救，姑姑苏醒了，她睁开眼睛直愣愣地盯着竹儿，有气无力地说：“闺女，这门亲事娘不能同意。”

“娘，这是为什么呀——娘，竹儿求您了，娘……”已经坠入爱河的竹儿痛哭流涕、带着悲伤的声音哀求道。

姑姑含着眼泪说：“不同意就是不同意，没有什么为什么。”

翠儿心里矛盾极了，姑姑把她们从幼儿抚养成人，几乎付出了毕生精力，这份养育之恩使她们建立起了亲密无间的感情，为此她们把姑姑叫成了娘，现在娘为什么会做出这样的决定，她百思不得其解；现在她既不能劝娘改变决定，又不能劝妹妹放弃心上人杜先林，只是在一旁不停地流眼泪。

竹儿擦了擦眼泪倔强地从娘的床前站起来，说：“既然娘不说为什么，那就别怪女儿难以从命了。先林，我们走。”说着拉起杜先林的手就要出门。

“竹儿啊，你不能……”姑姑发自肺腑地喊了半句，又一次痛苦地晕了过去。

姐妹俩趴在姑姑身上呼天喊地哭得像泪人一样。姑姑苏醒后，竹儿坐在床前默默地流着眼泪，心里非常痛苦。大学的时候老师曾经讲过：当一对男女坠入爱河的时候将会出现三种结果，一是在爱河中泅渡，幸福地到达人生彼岸，终老一生一世；二是被爱河冲向极端，只能隔岸相望，最终有情人不能成为眷属，痛苦一生一世；三是被爱河淹没，不管双方如何努力，终将不能摆脱悲惨命运，抱憾终生。她害怕后两种结果在自己身上出现。

翠儿除了端茶倒水、喂饭，忙前忙后地伺候着姑姑外，也找不到什么合适的语言劝说姑姑和妹妹。只有刘玉丹时不时地找一些闲言碎语，一会儿劝劝这个、一会儿劝劝那个，然而这娘儿俩的心结始终没有解开。姐妹俩就这样在医院里一直守护着这个比自己亲娘还要亲的姑姑。所以，欧曼玉在酒店大堂里才没有等到那个和她年轻时“长得一模一样”的女孩子。

三天之后，杜先林有事要回上海，他把李竹儿约了出来，坚定地说：“竹儿，我想好了，不管伯母怎么反对，今生今世我都会对你不离不弃。我这次回去除了工作上的事以外，我一定要向父亲问清楚他和伯母到底认不认识，以前有没有什么过节。”

“我也一直在想这个问题，即使他们之间有过节……唉！”李竹儿想起了姑姑背着她拉着姐姐去上小学，在冰天雪地里摔断腿的往事，话只说了一半，深深地叹了一口气，“一个女人抚养两个孩子是多么不容易啊！”

杜先林临行前对李竹儿说：“我渴望我的痛苦不会静止，但求我的心能够征服它。当我们坦然地面对现在的处境时，但愿命运不会安排我们走另外一条道路。记着，我爱你。”

李竹儿眼含热泪地说：“我可以舍弃我自己，但是我不能再一次伤害我娘，她是一个性格倔强的女人，一辈子没有流过眼泪……可是如今她……唉，你走吧，我、我会永远记着你的好……”

她哽咽着扭头跑了。

这天晚上，隔壁病房不知谁的收音机传来一首特别优美动听的歌曲：

人生本来就是一出戏，恩恩怨怨又何必太在意。
名和利啊什么东西？生不带来死不带去。
世事难料人间的悲喜，今生无缘来生再聚。
爱与恨哪什么玩意儿？船到桥头自然行。

且挥挥袖、莫回头，饮酒作乐是时候。
那千金虽好，快乐难找我潇洒走条条大道。
我得意地笑，又得意地笑，笑看红尘人不老，把
酒当个纯镜照。
我得意地笑，又得意地笑，求得一生乐逍遥。

竹儿听后突然不再悲伤了，她苦笑了一声对姑姑说：“娘，我想通了，‘世事难料人间的悲喜，今生无缘来生再聚。’过两天，等您身体好一些了，竹儿就陪您回家，守着您过一辈子。”

这话分明是终身不嫁，姑姑一听失声痛哭起来：“竹儿呀，我的心肝宝贝，你不能这样啊！ 不是娘逼你，你真的不能嫁给他呀，真的啊——老天爷呀，呜呜呜……”姑姑的眼泪像断了线的珍珠……竹儿扑倒在姑姑的怀里，娘儿俩又抱在一起哭成了一团。

有人说，放声大哭一场本身就是一种解脱。 姑姑哭罢对竹儿说：“好闺女，娘的苦衷你迟早是会理解的。 唉，忘了他吧。”

翠儿说：“人生本来就是一出戏，恩恩怨怨又何必太在意。 娘，只要您身体好，心情快乐比什么都要好。 现在竹儿决定不再跟小杜来往了，过一段时间我想办法给她介绍一个比小杜更好的。”

一晃一个星期过去了，欧曼玉看着相机里的照片发出了一声声哀叹：“女儿呀！ 你到底在哪儿啊？ 娘真的熬不下去了……”她似乎有一点神经质了。

欧晓巧看在眼里急在心里，心想：姐姐的这个烦恼都怪自己，当初不打这个电话就好了，真是事越多越有事。 唉，谁

又会知道是这么一个结果呢！ 为了寻找这个女孩子她到郑州市医院复查了一下手指头，换了点药就急忙赶回来了，她连查找库尔邦的事都停下来了，甚至连争夺“天下第一神偷”的比赛也准备放弃了。

这天傍晚，盛唐大酒店的门口车来人往异常热闹，一楼大堂张灯结彩，摄像师忙得不亦乐乎。 一位西装革履、胸戴红花的新郎，手挽着身穿洁白婚纱的新娘正在酒店大堂笑迎来自四面八方的宾客。 原来这是一对马上要在这里举行婚庆大典的新人。 前来祝贺的亲朋好友在大厅里排着长队等着登记送礼，一些有头有脸的人物和一些大款手里拿着厚厚的红包，一边向新郎官的父亲——某某区的副区长——表示祝贺，一边笑嘻嘻地将红包献上。 新郎官的父亲乐呵呵地收下红包后，不停地招呼着贵客到二楼婚宴大厅里就座。 就在新郎官的父亲将几个贵客和大款笑哈哈地送到二楼大厅的包间里坐下后，他一摸口袋顿时脸色阴沉了下来，春风得意的笑容即刻一扫而光，原来他口袋里装的好多个红包没有了。 丢失这些数额很大的红包可把这位副区长急坏了，他赶紧顺着原路往楼下的大堂去寻找，一些部下和他打招呼，他也只是敷衍几声，眼睛始终不离地面。 可是，他来来回回寻了几遍也没有找到那些沉甸甸的礼金。

婚庆大典开始了，司仪手拿麦克风笑容满面地来到台上，他铿锵有力地说：“女士们、先生们，亲朋好友们，大家晚上好。 现在结婚典礼正式开始！”接着他大声地喊道，“鸣炮！奏乐！”接着外面响起了喜庆的鞭炮声和热情洋溢的音乐。

新郎新娘入场了，新郎官的父亲虽然十分气恼，但事已至此也只能自认倒霉，只好作罢了。

那么，这个副区长收的礼钱到底是怎么丢的呢？ 要弄明白这件事需从几个不速之客说起——

这天下午盛唐大酒店来了一男两女三个客人，男的叫胡晓勇，三十来岁，中等个头，身穿一套藏青色西装，白色衬衫系一条浅蓝色领带；两个女人是姐妹俩，姐姐叫陆雪萍，二十八九岁，是胡晓勇的妻子，烫着卷发，着装华丽，打扮得像一个阔太太；妹妹叫陆帅，二十二三岁，上身穿一件宽松浅色羊绒毛衣，下边穿着一条迷你牛仔裤。这一家三口是结婚典礼上的扒窃高手。

五年前，二十四五岁的胡晓勇在广州的一个建筑工地打工，结识了一起打工的农民工陆雪萍。一次偶然的机会改变了这对年轻人的人生轨迹，那是接二连三的几个台风造访广州造成的，由于风大雨大工地上不能干活，已经捉襟见肘的胡晓勇眼看就没钱吃饭了。这天上午，他喊上陆雪萍前往几家宾馆、饭店看能不能找一点零活干，挣一点儿钱糊口，可是跑了一天也没有人要。傍晚时分，在路过五羊大酒店时，胡晓勇看见里面两对新郎新娘正在举行婚庆典礼，他摸了摸咕咕直叫的肚子对陆雪萍说："哎，小陆，我们俩不如混到婚宴上好好地吃上一顿，你看怎么样？"

陆雪萍颤颤悠悠地说："我害怕，我不敢去，要是被人发现了不难为情死啦！"

胡晓勇饿得嘴里直泛清水，劝陆雪萍说："你看，那不是两家子吗，如果被发现了我们就说走错地方了，保证人家不会怀疑我们是混饭吃的。"

陆雪萍扭了扭身子说："我不去，你看我们两个人穿的，人家准把我们当成叫花子赶出来不可。"

"我饿得实在受不了了，你不去我去。"胡晓勇说后径直走了进去。他到酒店大堂看了一下两对照片上的新郎和新娘的姓名，然后来到其中一个婚宴大厅找一个空位子坐了下来。

司仪主持完婚礼后开席了，桌子上有白酒、有红酒，还有好几种饮料，随便喝，婚宴自始至终都在喜气洋洋的气氛中进行着，直到结束也没有人问他和男方或女方是什么关系。他想：这种便宜事太少有了。酒足饭饱以后，他不经意间发现自己旁边那个人的口袋里露出一个钱包的拐角，他转头向周围看了一眼发现没人注意自己，就悄悄地将那个女士的钱包偷到手装进了自己的口袋里。然后若无其事地去找服务员要了几个塑料袋，到已经散席的桌子上打了一个大包。一切收拾停当，就在他要走的时候，胡晓勇忽然发现旁边的座椅上有一个挎包，他打开后偷了里面的现金和手机迅速离开了酒店。

陆雪萍买了两块饼在工地的工棚里一直等着胡晓勇，当她听见胡晓勇哼着小曲回来时，一颗忐忑不安的心总算放了下来。“哎呀，你可把我急死了，我还以为你被人家送到派出所去了呢。”

“怎么会呢？你瞧，我给你带好多好吃的回来了。”胡晓勇打了一个酒嗝嘿嘿一笑，把塑料袋递给了她，然后诡秘地说，“告诉你，我发现了一个天大的秘密，在婚宴上相互不认识的人多着呢！你吃你的、我喝我的，大家谁也不问谁的事，吃完了碗一推走人。”

“真的啊？”

“我还能骗你吗？如果讨饭的乞丐换上像样的衣服照样能混进去大吃大喝，我讲的可都是真话！”

“我还以为城里人结婚跟我们农村一样，亲戚、朋友和熟悉的人聚在一起吃‘流水席’那样热热闹闹的呢。哎，你口袋怎么饱鼓鼓的呀？”陆雪萍指着胡晓勇原先瘪瘪的口袋笑嘻嘻地问。

“嘿嘿嘿……”胡晓勇狡诈地笑了几声后说，“你先吃饭，等一会儿我再告诉你。”说完，他拿来几个碗将打包回来的菜一样一样小心翼翼地倒了出来。

陆雪萍惊喜地狂叫起来：“哇，这么多好吃的啊！有些菜我见都没见过。阿勇你真行，你太厉害了。”

“怎么样？后悔了吧！”

陆雪萍面带微笑轻轻地摇了摇头，腼腆地说：“不后悔，这不，有人给我送来了嘛！”说完，嘻嘻地笑了起来。

胡晓勇心里甭提多高兴了，他拿起筷子夹了一块椒盐蛇肉放进陆雪萍嘴里。“你尝尝这个。”

陆雪萍吃了一口，咂了咂嘴：“嗯，真好吃，又脆又香，味道好极了。”

“你再尝尝这个。”胡晓勇又夹了一块芙蓉蟹给她。

陆雪萍到广州一年多了，从来没有见过这些美味佳肴，更不要说吃了。她一边吃一边想：胡晓勇带回来的肯定只是一小部分，婚宴上还不知道有多少稀奇古怪好吃的东西呢，比如人们常说的龙虎斗、烤全猪、果子狸、三文鱼之类的。早知道没有人管，自己也混进去吃一顿了。唉，真有一点儿遗憾。

忽然，胡晓勇口袋里的手机响了，他吓了一跳。陆雪萍惊奇地问：“哎，阿勇，你哪来的手机呀？”

胡晓勇迟疑了一下撒谎说：“婚宴上捡的。”

“什么，你说什么？婚宴上捡的？这么贵重的东西也能捡到哇？你太有才了。哎，快拿过来给我看看。”

陆雪萍接过手机正要按下接听键，胡晓勇慌忙阻止道：“不能接不能接。”

陆雪萍笑嘻嘻地说：“捡来的东西怕什么？他要是要的

话，至少要拿一千元钱来赎，你现在缺的不正是钱吗？”

“不行不行，你真的不能接，不然麻烦就大了。”

陆雪萍打开手机后盖将电池取了下来，瞟了他一眼，笑眯眯地说：“你现在可以跟我说实话了吧！”她见胡晓勇还在犹豫，接着说，“不用你说，我也知道不是捡的。快说，你口袋里还有什么东西？”

胡晓勇一把拉住陆雪萍的手说：“阿萍，嫁给我吧。我想好了，我们明天就离开这个鬼地方出去租房子住，我会让你幸福的。”然后他把偷来的两千四百多元钱全部交给了她，并叙述了在婚宴上扒窃的经过。

俗话说：不是一家人不进一家门。一心想过上好日子的陆雪萍见到这么多的钱，就像打了一针兴奋剂一样突然亢奋起来，“幸福”地倒进胡晓勇的怀里。之后，两个人狂吻不止，脱下衣服干起了男欢女爱之事。

第二天，胡晓勇带着陆雪萍在城里租了一套二居室的房子，之后两个人又到高第街各买了一套行头。说来也巧，当他们两个人从高第街回去路过中国大酒店时，正好又遇到两对新郎新娘的结婚典礼。胡晓勇兴奋地对陆雪萍说：“老天爷总是眷顾我们这些有心人的。走，机会来了。”

陆雪萍有些胆怯，她忧心忡忡地说：“阿勇，我害怕。”

胡晓勇劝道：“你怕什么呢？那里既没有保安又没有警察。你进去看一眼就知道了，里面乱哄哄的根本没有人问你的事。”

陆雪萍小心翼翼地随胡晓勇进了酒店大堂，然后来到婚宴大厅。果不其然，里面乱哄哄的，谁也不问谁的事。

结婚典礼正式开始了，司仪讲了几句开场白后，大声宣布道：“请各位来宾用热烈的掌声欢迎新郎新娘闪亮入场。”突然灯光全都灭了，一束灯光照在入口的大红地毯上，只见新郎手挽着新娘缓缓地走了进来。前来贺喜的人们一边站起来一边使劲鼓掌，并把祝福的目光投向了这对新人。胡晓勇因为有了一次偷窃经验，所以这一次偷起来更加疯狂。他不停地把手伸向挂在椅背上的衣服口袋，掏出钱包取出钱后又把钱包还回去。在短短的几分钟内，他就偷了好几个人的口袋，而那些宾客仍在伸着头观看美丽的新娘呢。与此同时，陆雪萍也下手了，她来到一个女士挂在椅背上的挎包跟前，拉开拉链取出钱包又向另一个挎包走了过去，大概是头一回干这种事心里害怕吧，她只偷了两个女士的挎包就回到了自己的座位上。

婚宴开始了，陆雪萍忐忑不安地不停观察着那两个女士的举动，那两个女士在桌子上谈笑风生、频频举杯，只是偶尔摸一摸身后的挎包。婚宴结束后，她和胡晓勇开始打包，带了很多好吃的回去。

回到住处，胡晓勇和陆雪萍清点了一下扒窃来的财物，胡晓勇共偷得三千二百多元现金，陆雪萍偷的两个钱包里共有八百多元钱，还有一个钻石戒指。她把钻戒戴在手上狂热地亲吻了好多遍，然后拉着胡晓勇的手心情激动地说："阿勇，真没想到那些人这么有钱！"

胡晓勇点燃一支香烟，满嘴酒气笑呵呵地说："只有他们有钱了我们才有可能有钱，有钱人是我们两个人的衣食父母。喂，比我们两个人在工地上出苦力来钱吧？"

"那——是——"陆雪萍拖着腔调说，"我们两个人拼死拼活干一年也不可能挣这么多的钱，照这样下去，要不了多长时间我们就成'万元户'了。我心里太高兴了，这幸福生活来得太突然了。"

“高兴的事、幸福的生活还在后面呢。”胡晓勇说，“过几天就是‘五一’了，结婚的人肯定多，到时候我们俩再去好好地捞它几把，很快我们就变成‘暴发户’了，那时你想买什么就买什么，想干什么就干什么。”

“嗯，”陆雪萍想了想说，“我现在什么都不想，就想把我妹妹接来，让她也过上两天好日子。你同意吗？”

“这个——”胡晓勇犹豫了一下问，“她多大了？”

“她比我小五岁，你放心，她不会白吃白喝你的。”

“我不是这个意思，”胡晓勇解释说，“十六七岁正值花季，她到这儿来我怕误了她的美好青春。”

“一个农村丫头有什么美好青春不美好青春的？能混饱肚子，过两年再嫁给一个有钱的男人就行了。哎，你到底是同意还是不同意呀？”陆雪萍翻眼看着胡晓勇，显得有点不高兴。

胡晓勇心中暗喜：“行行行，你当家还不行吗？”说后又抱起她滚到了床上。

陆雪萍的妹妹陆帅来了以后，既没有打工也没有继续上学，而是给姐姐和姐夫当起了“二传手”，他们组成了一个专门偷窃婚庆典礼的扒窃团伙。在这一年的五一劳动节前后，他们先后光顾了五个婚庆大典酒店，扒窃钱物上万元。之后，这个团伙居无定所、四处流窜作案。那些在酒店失窃财物的人大多认为是服务员干的，很多人都没有想到在这种场合竟然也有专职扒手。由于是来给亲朋好友贺喜的，他们不好声张只能自认倒霉。因此，这伙窃贼在婚庆大典上行窃从未失手。这天他们来到了洛阳，正巧遇到一个迎娶新娘的豪华车队，从庞大的阵势上不难看出这对即将组合的家庭，有着不同寻常的背景。之后，他们来到举行结婚典礼的盛唐大酒店，像往常一样开始寻找目标，谁知正好被准备上街购物的李竹儿看见了。她悄声对陪她一起上街买东西的刘玉丹说：“哎哎哎，丹丹姐你发现了没有，这家婚庆典礼上来了几个小偷？”她把刘玉丹拽到一边指着胡晓勇和陆雪萍说：“你看那一男一女的眼神，男的不停扫视别人的口袋，女的四处瞅着来宾的挎包，他们肯定是在搜寻贵重物品放在什么地方的。”

“没错，我也看出来了。”刘玉丹摇了摇头，不可思议地说，“这几个人也真够聪明的，他们怎么能想起来到这种场所扒窃的呢？也太奇葩了吧！”

李竹儿轻轻地摇了摇头感叹道：“偷无死角啊！难怪有人说‘小偷无处不在’呢！”之后，她观察了一会儿说，“这两个窃贼手头上的功夫并不怎么样，如果不是场地选得好，恐怕早就被抓了。”

刘玉丹嗯了一声，然后讥笑说：“哼，选结婚场所行窃，真是‘世界之大无奇不有’哇。”稍停，她问，“喂！竹儿，我们是先上街给你娘买东西呢还是先抓这伙小偷呀？”

李竹儿想了想说：“俺娘的事儿最为要紧，抓小偷的事儿我想……哎，这样好不好？你到楼上告诉李支队长，看他有没有时间……”

“好嘞！”刘玉丹应了一声，立马走了。

不一会儿李建设来了，李竹儿跟他说了几句话后和刘玉丹上街去了。李建设没有亲自动手去抓这几个小偷，而是给派出所打了一个电话，没过多长时间来了几个便衣警察，李建设把几个窃贼指认给他们后说：“今天是人家新婚大喜的日子，你们既要想办法抓住窃贼又不能扫了人家结婚庆典的喜气，知道吧？”

派出所的杨所长是一个五十多岁的老公安，他嘿嘿一笑说：“支队长您就放心吧，新郎官的父亲是我们区政府的领导，俺们不会自己跟自己过不去的。”然后对身后几个小伙子说：“领导有交代，你们几个要把活儿给俺做得漂亮点。记着，不要惊动宾客，要神不知鬼不觉地把他们给我带到所里去。”

“嘿嘿嘿，杨所长，俺几个还没有吃饭哩，哪有劲干活儿呀，反正俺干不了。”民警小邱嬉皮笑脸地说。

“你小子就是话多，刚才俺还看见你媳妇给你送饺子吃呢，是不是你媳妇包的饺子不好吃啊？嗯？”

“哦，不不不，俺脑残，好忘事，您千万不要和俺媳妇说呀。”小邱伸了一下舌头笑着做了一个鬼脸。

老所长一本正经地指着他说：“调皮鬼，等会儿俺买五碗饺子撑死你。”

几个便衣混在贺喜的人群中紧紧地盯着几个窃贼，老所长和李建设站在酒店大厅的门口一边聊天一边预防不测。

就在胡晓勇偷了新郎官父亲的口袋，准备将沉甸甸的几个红包转移给小姨子的时候，小邱和另外一名便衣一边一个架着他的胳膊悄声地说：“兄弟，我们老板请你到那边去一下。”

“老板，什么老板？他请我干什么？”胡晓勇茫然地问，显然他有一点儿懵。

小邱嘿嘿一笑说：“当然是‘道上’的老板喽，他可能是想叫你交一点‘管理费’什么的吧。”

胡晓勇以为侵犯了当地黑道的地盘，忙解释说：“兄弟你放手，我这就交给你，你看行不行？”

说话间胡晓勇已经被架出了宴会大厅开始下楼，小邱指着大堂门口的老所长对胡晓勇说：“你看见了没有，我们老板亲自来了，他等得有一点儿不耐烦了，你快点中不中？”

就这样，胡晓勇被稀里糊涂地带到了大堂门口，小邱向杨所长俏皮地报告说：“报告老板，人已‘带’（逮）到。”

老所长命令道：“送上车，戴‘手表’（手铐），抓紧‘开导’（询问）。”

在车里，小邱正在讯问胡晓勇的时候，突然胡晓勇的手机响了。小邱摁下接听键，里面传来一个女人焦急的声音：“喂，老公你在哪儿呀？说话呀，我怎么看不到你啊？”

小邱回道：“你赶紧到酒店大门口来，你老公突然晕倒了。”

“啊，什么？刚才还好好的，怎么说晕倒就晕倒了呢？我这就来。”不一会儿，一个女人焦急地来到了大门口，小邱迎上前厉声说，“我们是便衣警察，跟我们走一趟。”

陆雪萍一听是警察就像老鼠见了猫，顿时吓得魂飞魄散。失去正常思维的头脑不停地闪现着“完了，一切都完了”。她两腿一软瘫在了地上。

小邱和另外一名便衣把她架上另一辆车。然后对两眼发直的陆雪萍警告说：“你给我老实交代，否则……哼！”

偷窃生涯一帆风顺，从来没有被警察抓过的陆雪萍不知所措：“我、我……”

“我什么我，姓名？”

“陆雪萍。”

“年龄？”

“二十七岁。”

“几个同伙？”

“两个。”

“姓名？”

“胡晓勇，陆帅。”

“和你是什么关系？”

“一个是我丈夫，一个是我妹妹。”

“你妹妹可有手机？”

“有。”

“你打电话叫她下来。”

没有在风口浪尖上摔打过的胡晓勇、陆雪萍和陆帅，哪里经得起这些职业警察的审讯，三下五除二，他们很快就老老实实地交代了盗窃犯罪事实，他们在这次婚礼庆典上共窃取现金一万一千六百元。杨所长向李建设简单地汇报了案情后把三个窃贼带回了派出所。

欧曼玉见一对新人在酒店举行结婚庆典，眼巴巴地看着新娘，心里像猫抓一样难受。刘媛媛劝道：“玉姐，今天我们就不等了吧。”然后扶着欧曼玉离开大堂回到了房间。

欧曼玉半躺在沙发上，眼角挂着眼泪，噼里啪啦的鞭炮声震颤着她的心，结婚典礼的音乐仿佛在她的伤口上又撒了一把盐，她不时地发出阵阵哀叹。突然，欧曼玉坐起身来对刘媛媛说：“媛媛，你上街买一些好吃的熟菜，再买两瓶好酒，把你巧姐喊来，我们几个人也好好地喝它几杯。”

仍在大堂傻等的欧晓巧听说姐姐要喝酒，对刘媛媛说：“我也正有此意，你赶紧去准备吧。”

在828房间，欧晓巧正在陪几天没有吃好睡好的姐姐小酌两杯的时候，突然张永久跑了进来，声音颤抖地喊道：“老大，找到了找到了。”

欧晓巧放下手中的筷子问：“什么找到了？瞧你大惊小怪的。”

张永久满脸笑容：“刚才我坐电梯上楼，碰巧遇到了那个女孩子，她就住在这层楼的816房间。”

欧晓巧惊叫了一声："真的啊！"

从天而降的喜讯给失望已久的欧曼玉仿佛注射了一针兴奋剂，她丢下酒杯，精神为之一振，立刻跑到了816房间，当她看见客厅迎门的沙发上正坐着她的大姑子——即丈夫的大姐李圣依时，顿时惊得瞠目结舌。四目相对片刻，李圣依突然咬牙切齿地骂道："欧曼玉，你还活着啊？老天爷瞎了眼了，为什么没打雷劈死你呀！"

正在倒水泡茶的翠儿吓了一跳，她从来没听过姑姑骂人，更没见过姑姑发这么大的火，她吃惊地叫了一声："娘，您怎么了？"

只见姑姑脸色铁青、颤颤巍巍地站了起来，指着身后的窗子说："你这个丧尽天良的女人，现在就应该从这里跳下去。"然后怒吼一声，"跳啊你！"

翠儿顺着姑姑的目光望过去，看见门口站着一个四十多岁、满身富贵的中年妇女，怒不可遏地说："哪来的女人，惹我娘生这么大的气，走啊你。"

欧曼玉浑身一颤，亢奋的心情瞬间落到了冰点，她羞愧万分、无地自容。可不是嘛，她把两个幼小的女儿扔给了一个刚离婚不久、正在痛苦中挣扎而又无依无靠的女人，而这一扔就是二十年。二十年啊！人的一生能有几个二十年呢？她心中有愧、无言以对。这女儿还能认吗？即使上前去认，她们会认自己这个亲娘吗？她深深地叹了一口气。此时她又一想：找了这么多年不就是为了这一天吗？不管她们怎么想，不管她们怎么做，这女儿是一定要认的，不然自己会纠结一辈子，到死也不会原谅自己的。想到这里，她伤心地说："大姐，请您原谅我吧，当时我也是迫不得已呀！"

"谁是你大姐？你睁开眼睛看看，谁是你大姐？一个抛夫弃女的女人还有脸活在这个世上吗？ 你给我滚！”李圣依手指着门外吼道。

翠儿似乎明白了什么，她把欧曼玉往门外推了一下大声喊道：“你走，我娘不想看见你……”

一见面女儿竟这么对待自己，她鼻子一酸落下了眼泪。正在这时，李竹儿和刘玉丹从外面买点心也回来了，她们两个人不知道发生了什么事情，李竹儿推开站在门口的欧晓巧和张永久，挤进了房间。“姐，你在干吗呀你？”她见姐姐没有回答，又来到姑姑跟前：“娘，这是怎么了？”

姑姑颤抖地抬起手，无力地指了指欧曼玉，欲言又止。

欧晓巧听了前面的一番对话，心里大致清楚了：姐姐抛开丈夫丢弃女儿，现在大姑子不认她了，眼前这两个女孩子肯定就是姐姐苦苦寻找的女儿。唉，多么好的一对双胞胎啊，当初姐姐为什么要抛弃她们呢？ 现在两个女孩子已经长成亭亭玉立的大姑娘了，他们还能认她这个亲娘吗？ 如果不认，姐姐又如何是好呢？ 触景伤情，她心里突然一阵难过——她已经结婚十年，至今也没有一男半女，她知道女人没有孩子的痛苦，也知道女人失去孩子的痛苦。她正想帮姐姐说几句好话，哽咽的姐姐又开口了：“大姐，您能听我解释吗？ 这么多年来我找你们也是找得很苦啊！ 呜呜呜……”欧曼玉失声哭了。“大双、二双，你们俩是我的女儿，我是你们俩的亲妈呀！ 呜呜呜……”

李竹儿脸上没有喜悦也没有悲伤，就像一个没有表情的木偶，冰冷的话就像寒冬腊月里的西北风，冷得刺骨：“你是我妈？ 就是在寒风刺骨、冰天雪地里把我们抛弃在一千公里以外的那个狠心女人吗？”

“都是妈的错，妈妈对不起你呀，呜呜呜……”

“一句对不起，就能擦干我流了二十年的眼泪吗？”

“妈妈补偿你们姐妹俩，我在香港有公司，我把公司给你们，我把我几千万元资产全部作为补偿还不行吗？”

“你以为金钱万能吗？ 有钱就可以买到一切吗？ 告诉你，你错了，在这个世界上什么都可以买到，唯一不能买到的就是我的感情。 我只有一个娘，没有第二个娘，更没有你这个妈妈。”

欧晓巧叹了口气，心想：这话说得多绝情啊。 她摇了摇头，忍不住对李竹儿说：“你毕竟是她身上掉下来的肉，是她给了你生命呀！”

“你是谁？”

“我是你小姨，叫欧晓巧。”

“我不认识你，请你不要说话。”

刘玉丹插话说：“有一句话叫‘养大于生’。”然后她加重语气说，“‘养大于生’你知道吗？ 你懂吗？ 谁叫她抛弃了她们呢?!”

欧晓巧含着眼泪向李圣依哀求道：“大姐，请您原谅我姐姐吧，她都快要急疯了，我代表我姐姐向您赔罪，谢谢您的养育之恩。”她扶着欧曼玉深深地向李圣依鞠了一躬，然后她又对两个孩子说，“大双、二双，你们就可怜可怜她，认了你这个母亲吧。”

翠儿咬了咬牙说：“我七岁那年，我娘送我们姐妹俩上学，在冰天雪地里摔断了腿，我们连锅灶都够不着还要往医院里送饭，那时候我母亲哪儿去了？ 十岁那年我娘阑尾炎手术，我们姐妹俩生病打摆子，连水都喝不上一口，那个时候我们的母亲又哪儿去了？ 十一岁那年我娘给我姥姥奔丧，家里房子被洪水淹了，我们姐妹俩流离失所、饥寒交迫，整整讨了三天的饭，那个时候我们的母亲又哪儿去了……现在我们长大了，母亲回来了。哼，晚了。这里没有大双也没有二双，大双和二双早已死了；这儿只有翠儿和竹儿，她们要为娘养老送终。你走吧，请你再也不要来打扰我们了。”

“翠儿、竹儿，你们能让我摸摸你们的脸吗？”欧曼玉无望地提出了一点儿小小的要求。

刘玉丹插话说：“老大叫翠儿，老二叫竹儿，你身为她们的亲生母亲，你能分清谁是翠儿、谁是竹儿吗？”她想通过这种方式让欧曼玉摸一摸女儿的脸，缓解一下她沉重的精神压力。

欧曼玉擦了擦眼泪说：“能，我看一下就能分出来，二女儿头顶上是两个旋儿。”说着在妹妹的搀扶下就要上前去查看，可是两个孩子同时伸出手阻止道：“别过来。”欧曼玉伸手就要去摸她们的手，竹儿突然尖叫一声：“别碰我。”

女儿竟然连手都不想让她摸一下，她痛苦地闭上了眼睛，两行热泪又一次流了下来。所有的人都呆呆地站在那儿，空气似乎凝固了，唯一能够听到的就是欧曼玉的抽泣声。刘媛媛碰了一下欧晓巧，低声地说：“巧姐，玉姐快撑不住了，我们先把她扶回房间，明天再想办法行不行呀？”

欧晓巧搀着姐姐欧曼玉再一次向李圣依鞠了一躬：“多谢大姐的养育之恩，您多保重，我们先回去了。”

回到房间，欧曼玉倒在沙发上放声痛哭：“女儿呀，都是妈妈的错，妈妈对不起你们呀，妈妈愿意用全部财产换得你们一点点情意难道都不行吗？……”

就在欧曼玉哭得死去活来的时候忽然电话响了，刘媛媛抓起听筒：“喂，您好，这里是828房间，请问您找谁？”

“我是李翠儿，请你叫欧曼玉到816房间来一下，就她一个人过来。”电话啪的一声挂了。

欧曼玉心里猛然又燃起了希望的火焰，她赶紧梳洗了一下，怀着忐忑不安的心情来到了816房间。当她看见两个女儿正严阵以待时，心一下子又凉了下来。“女儿，可怜母亲了吗？”

“你抢我娘的《转移大法秘籍》呢？”翠儿单刀直入。

“你、你问这事干什么？”欧曼玉觉得有点儿意外。

“我只问你，它现在什么地方？”

“在……在我房间里。不不不，在……在香港，在……在香港我住的别墅里。”欧曼玉之所以结结巴巴，是因为她突然想到以取《转移大法秘籍》的名义带女儿到香港去，这样一来她就有机会和女儿接触了。“你们俩愿意跟我回去拿吗？”

李圣依从卧室里走了出来：“我跟你到香港去拿。”

“大姐，你……”

“你想把孩子骗到香港去是吧？死了这条心吧，快把《转移大法秘籍》还给我。”

那本《转移大法秘籍》现在对欧曼玉来说已经不重要了，现在最重要的是怎么能让女儿认了她这个亲娘。“大姐，您别生气，我、我这就去给您拿。”

不一会儿欧曼玉拿着《转移大法秘籍》回来了，她把那本书还给李圣依后说：“大姐，实在对不起，今天不管您怎么说、怎么做，甚至打我骂我都行，您一定要让我把话说完。”接着，欧曼玉哭诉了当年费贤仁要和她谈对象，被她拒绝后如何纠缠她、企图强暴她；又如何抢走大女儿逼她离婚，如果不从就杀死丈夫李圣高及其全家；又如何抢走孩子威胁她用《转移大法秘籍》交换等等。最后她说：“大姐，我之所以把两个女儿丢给了您，那完全是被费贤仁逼的呀，我拿到《转移大法秘籍》后为了逃出魔掌连家都没敢回，便背井离乡去了广州，在广州我寄人篱下，睡得比狗晚、起得比鸡早，受尽了千辛万苦，在万般无奈的情况下我按照《转移大法秘籍》苦练了三年。在我有钱之后便开始寻找您、寻找女儿，我找得好苦啊，大姐，呜呜呜……”

“你别哭了，一切都结束了，你可以走了。”李圣依冷淡地说。

“您能叫孩子喊我一声妈吗？大姐，求求您了。”

“这是孩子的事。”李圣依说后回了卧室。

“孩子，女儿呀，二十年来妈妈一直都想听见你们叫我一声‘妈妈’，我连做梦都想听到这一声啊。”

“费贤仁在哪里？”翠儿低沉的声音中带着愤恨。

“听说他脚后跟得了骨癌，死了。”

“我父亲的坟墓在哪儿？”

欧曼玉摇了摇头说：“我不知道，妈可以带你们去找。”

“你的故事讲完了，你也该走了。”竹儿冷冷地说，“希望你今后别再来打扰我们。”

欧曼玉心里清楚，不管再说什么都不会有用了。

她完全失望了，摇摇晃晃地走了。

第二天早上，等翠儿和竹儿梳洗完毕后，李圣依把他们叫到身边抚摸着她们两个人的头说：“孩子呀，姑姑想了一夜，我决定将你们还给你们的亲生母亲。她很富有，在香港你们会生活得更好……”

“娘，您不能这样……”姐妹俩见娘不要她们了，打断她的话齐声哭了。

“你们不要哭，姑姑会自己照顾好自己的。翠儿已经结过婚了，姑姑只有一个要求，就是竹儿临走时把姑姑准备好的嫁妆带上就行了。”

“娘，您就是我们的亲娘，我们要为您养老送终，您打死女儿，女儿也不会离开您的。”姐妹俩伤心地哭着说。

李圣依含着泪水对刘玉丹说：“刘姑娘，请你到隔壁去把她们的母亲喊过来，我有话要说。”

“阿姨，您看看她们两个人这个样子，不能缓一缓再说吗？”

“叮当……”门铃响了，刘玉丹打开门一看，欧曼玉不请自来了——原来欧曼玉已经在门口等候多时了，当她听见李圣依要把女儿还给她，又听见女儿死活不愿意，心里非常矛盾，最终她还是忍不住按响了门铃。当她刚刚跨进门时，李竹儿突然吼道：“谁叫你来的？你走，我不想见到你。”

欧曼玉呆呆地站在那里，眼巴巴地望着大姐。李圣依用手示意她坐下，然后说：“你犯过错，抛弃了孩子，她们已经长大成人了，现在我把她们俩还给你，希望你能好好地善待她们，呵护她们，再也不要抛弃她们了，你能做到吗？”

“能，我对天发誓：保证能做到。”欧曼玉手指上天，激动得直哆嗦。

“你把她们领回去吧。”

“不，娘，我绝不离开您。”翠儿死死地抱住了姑姑。

竹儿突然拿起水果刀对着自己的喉咙，含着眼泪指着欧曼玉：“你要是敢过来，我马上就死。”

这可把刘玉丹吓坏了，她赶紧拦住欧曼玉就往外推：“阿姨，您赶快走吧！再不走就要出人命了。”

翠儿松开姑姑对欧曼玉说：“娘老了，养育之恩不能不报，我们姐妹俩要为她养老送终。考虑到你给了我们生命，我们可以为你送终，但绝不会为你养老。”

刀尖已经刺破了竹儿喉咙的皮肤，鲜血直往外流。欧曼玉颤抖地点着头：“我走我走，你赶快把刀放下……”二十年前，她抛弃了亲生女儿，已经犯了一次错，现在她不能眼看着女儿死在自己的面前再犯第二次错。她哇的一声哭着跑开了。

李圣依知道竹儿倔强的性格，颤声地喊道：“女儿啊，快把刀放下，娘不逼你了。”

话说杜先林回到家以后，拿出他拍的照片指着上面的一个老妇人问：“爸，这个人你认识吗？”

杜华良看了看照片又看了看儿子，毫不隐讳地说：“认识，过去这么多年了，她人虽然老了，但是模样没有变，她叫李圣依。”

“她看到我和她的女儿谈对象，就晕死过去了……”

“什么，你要跟她的女儿谈对象结婚？儿子，你找个农村女孩子都行，就是不能找她的女儿啊。”

“为什么？她的女儿挺好的。”

“再好也不行，因为……”杜华良话说了一半突然停了下来。

“因为什么？爸，您说，您说呀？”

杜华良叹了口气：“唉，有一件事一直埋藏在我的心里，我早就想跟你说，可我张不开口啊！今天又闹上了这事，那我就直说了吧！她的女儿就是你的妹妹。”

“啊……”杜先林突然明白了，难怪那个“伯母”见了他，问了他父亲的姓名之后就晕倒了呢，原来她不是什么“伯母”，而是自己的亲生母亲，自己恋爱、拥抱、接吻的姑娘竟然是自己的妹妹。电视剧里经常出现的情节，为什么出现在了自己的身上？ 他痛苦极了……

接着，杜华良讲了一件不堪回首的往事：三十多年前，他正值青春年华，在北方某个城市的一个国有企业工作，由于勤奋好学、上进心很强，同事都很喜欢他。 经过一位阿姨的介绍，他认识了一个年轻貌美的姑娘，她留着齐耳短发，头上总是一左一右地夹着两只发夹，把头发紧紧地拢在耳朵后面，显出一张光滑白净的脸庞。 她平时最喜欢穿的是一件蓝底白花的连衣裙，裙摆又宽又大，一跑动，裙子就像一只花蝴蝶一样飞起来。 这个可爱的姑娘就是李圣依。 两个人相处一段时间以后结成了夫妻，第二年他们有了一个女儿，可是女儿仅仅活了几个月就夭折了，一年以后他们又有了一个儿子，然而儿子不到两岁又夭折了。 夫妻俩为此痛苦不堪，两年后第三个孩子降生了，为了保住这个孩子，李圣依请了一尊佛来家每天烧香、磕头、祈福，原本就很少出去专门转移小偷身上财物的她，彻底地洗手不干了。 杜华良也经常到庙里去烧香祈求菩萨保佑儿子一生平安。 有一天他从寺庙回来，路上遇见一位算命先生，先生说他“婚姻不顺”，并送了四句话：“女命子息为食伤，偏印多了子女伤；土日火旺金无根，女命难养小儿郎。”当他问及“食伤”是何意时，先生说：“这里不是指中医里的病症，而是说你的‘内人’是个神手，钱财太多而郁积不化。”为了保住这个孩子，他相信了算命先生的话，和妻子离婚了，并说服李圣依永远不能认这个孩子，否则大祸就会临头。 这个孩子就是现在的杜先林。

杜先林听后不可思议，痛惜地说：“爸，您也太愚昧了，算命先生的一句话就让您抱憾终生、痛苦一辈子，真不值啊您。”

杜华良摇了摇头说：“不仅仅如此，这里还有一个重要的原因，那时正值‘文化大革命’，抓阶级斗争的非常时期，我怕你母亲坏分子的帽子会让你背上黑锅，影响你的前程，所以我才下决心这么做的。唉！”他叹了一口气接着说，“什么值不值的，看到你健健康康、平平安安，工作又这么好，爸爸感谢那位算命先生还来不及呢。爸是一个快要入土的人了，爸害怕你有什么不测。宝贝儿子，忘了她们吧……”杜华良哽咽了。但他隐去了算命先生说的最为要紧的一句话，即他的妻子和“祥林嫂”一样，也是一个克夫克子的扫帚星。

杜先林是个孝子，他答应父亲，在父亲离开这个世界之前，不去见他的母亲李圣依。回到洛阳后，他就搬出了盛唐大酒店，并请“媒人”李建设转告李竹儿：他们的这段恋情到此结束了，理由是父亲反对这门婚事。

争夺“天下第一神偷”的比赛，由于实在找不到裁判，最后在没有办法的情况下把王金山补了上来。这天晚上在九楼会议室，贾百万准备布置明天的比赛，可是等来等去单单缺了个欧晓巧，经打听方知：欧晓巧放弃了比赛，已经随姐姐欧曼玉到香港去了。那么欧晓巧为什么不辞而别呢？原来是姐姐的寻女之情改变了她的初衷——

在欧曼玉寻找女儿精神即将崩溃的时候，她找到了女儿，可是不管姐姐怎么哀求，两个女儿就是不肯认她这个母亲，甚至宁愿死也不肯让亲生母亲摸她一下，更不要说喊她一声妈妈了。那一幕幕凄惨而又悲凉的场景，不时地闪现在她的眼前，一次又一次地触及她的心灵。她已经三十多岁了，至今还没有一男半女，她多么想要一个孩子呀，她多么想有一个完整的家啊。她再也不想因为她偷了别人的钱物而给对方带来不应有的痛苦，再也不想把自己的幸福建立在别人的痛苦之上，再也不想给更多的家庭带来不该有的悲欢离合了。她决心洗心革面，重新做人，到香港去帮助姐姐打点公司，更为重要的是，她想到香港检查一下自己不孕不育的原因，看能不能生个一男半女，哪怕是试管婴儿也行，就这样欧晓巧终止了危害他人的偷窃生涯。

她终于良心发现了。

十、便衣警察民爱戴　反扒伴随“老荣”在

欧晓巧虽然走了，但是争夺“天下第一神偷”的比赛并没有停止。第二天早上，五个帮主来到关林开始进行“指定对象”的赛程，他们行窃的对象是游客的腰包。在旅游区，很多游客都喜欢使用这种既方便又实用的腰包，它可以背在身前又可以系在腰上，安全系数比较大，因此要想从游客眼皮底下将包偷到手绝非易事。几个贼头在占地二百余亩、院落四进、殿宇廊庑一百五十余间的规模宏大的关公圣域转了几个小时，竟然没有一个人得手。上午 10 点多钟在关林庙的二殿，突然一个四十来岁的妇女，一边追赶一个十三四岁的男孩子一边急喊：“抓小偷啊，抓小偷啊，他把我的钱包偷去了……”

混乱的场面，有的人吓得往旁边躲闪，有的人伸头观望，有的人赶紧查看自己的钱包或财物。那个身强力壮的妇女眼看就要追到那个小男孩了，突然那个男孩掏出水果刀转过身来威胁道：“你别过来，谁偷你钱包了？”

妇女上气不接下气地说：“你个小兔崽子，就是你，快把钱包还给我！”

“俺不给，俺还要给俺娘治病呢！”

“你个小兔崽子，撒起谎来比大人还专业。昨天晚上我还看见你在饭店和几个大人喝酒猜拳呢。”

几个警察和一些正直的人围了过来，一名警察说：“小孩，把刀放下，有什么话跟我们到前面办公室去说，我们会秉公处理的。”

“我不去，你们谁也不准过来。”男孩用刀指着周围的人说。

就在小男孩和警察对峙的时候，在围观人群的后面，一个十二三岁的小孩来到一个姑娘的背后，轻轻地拉开了她的挎包拉链。正在陪姑姑李圣依散心的翠儿小声地喝道：“喂，干什么你！”

小孩赶紧把手缩了回来，翻眼看了一下李翠儿，气鼓鼓地说：“多管闲事。”然后转脸走了。

李圣依叹了口气说：“唉，缺少教养啊。”

“嚯。”围观的人群突然发出了一阵惊叫，只见一个警察从背后抱住了那个小男孩，另几名警察冲上去夺水果刀……管明亮趁机用刀片割下了一个游客的腰包，就在他转身离开之时，突然他觉得右侧肋骨一凉，哎哟一声蹲在了地上，旁边的一个姑娘看见飞溅出来的鲜血，吓得啊地尖叫了一声并捂住了双眼。刹那间，周围的几个女人也都发出了惊恐而又刺耳的尖叫声，现场再一次出现了混乱。跟踪监督的裁判王金山赶紧跑到管明亮跟前急问：“管帮主，你怎么了？”

“我、我好像被人用刀子捅了，赶、赶快把我送到医院去……”管明亮的话还没有说完便倒在了王金山的怀里。

此事正巧被李建设和杜先林看见了，杜先林赶紧上前帮助管明亮按住刀口，并叫旁边的一个志愿者立即到景点医务室去喊医生。李建设迅速向歹徒靠近准备将其抓获，这时不知谁高喊了一声：“堵住大门，别让凶手跑了。”

这个歹徒不是别人，正是库尔邦。他见有人向他围过来，自知无路可逃，抓住一个小女孩，掏出腰刀架在她的脖子上，向围捕他的人吼道：“谁要过来，我就杀了她。”然后一步一步地向出口退去。

“孩子啊！我的孩子……警察同志，快救救我的孩子呀……”一个身穿运动服的女人拼命地哭喊着。

受到惊吓的孩子在库尔邦的腋下拼命地挣扎，刀子在她的脖子上十分危险。李建设急忙跑到库尔邦的近前，亮出警官证劝说道：“我是警察，你把孩子放了，我跟你走。”

库尔邦见一个身强力壮的警察要换手上的小女孩做人质，目露凶光喊道：“你离远点，要不我马上就杀了她。”

为了保护孩子，李建设赶紧往后退了几步。他一边紧紧地盯着歹徒，一边在思考应急对策。

“你把孩子放了，我换她做人质。”李竹儿突然来到库尔邦的面前，“你带着一个八九岁的孩子能跑得了吗？你有没有脑子呀？你把她放了，我跟你走，我大门口外面有车，我开车送你，你想到哪里我就送你到哪里。你看怎么样？”

库尔邦的眼睛转了几下，心想：这个女人说得不是没有道理，我带着这个小女孩能往哪里逃呢？即使叫警察弄一台车来，我自己也不会开呀，如果押着人质开车，逃跑的机会就大多了。于是他凶巴巴地问：“你真的有车？”

“我还能骗你？”李竹儿亮出一串钥匙说，“喂，你看好了，这个是不是车钥匙。”实际上李竹儿没有车，那串车钥匙是她刚刚在地上捡到的，正是这串钥匙才使她想出了对付歹徒的计策：引诱凶手放了小女孩，自己找机会对他的“命根子”

飞起一脚，那时什么问题都迎刃而解了。

库尔邦看了钥匙后相信了，他对李竹儿命令道：“你转过身去。”

李竹儿没有动，她万万没有想到歹徒会叫她转过脸去，因为背对着凶手自己的计划就会落空。就在李竹儿犹豫不决的时候，歹徒的刀在小女孩的脖子上来回晃动了几下威胁道：“快转过去。”情急之下，李竹儿只好慢慢地把背转向了他。库尔邦把明晃晃的刀架在李竹儿的脖子上后放了那个小女孩，然后一把抓住她的长头发恶狠狠地说：“你要是骗我，我就把你的头割下来当球踢，走。”

李竹儿的头发被库尔邦死死地抓在手里，只能侧着身一步一步地向门口移动。她想：如果就这么着，等到了大门口歹徒一看没有车，他恼羞成怒，只要刀在自己的脖子上轻轻一抹，自己的性命立刻就没了，我绝不能就这样白白地死了。想到这里她说：“哎，这位大哥，你这么抓着我走，什么时候才能走到大门口呀？你能不能把手松开让我转过身来跟着你走，行吗？”

“少废话，别想要花招。”狡猾的库尔邦摇晃着李竹儿的头发说。

李翠儿陪着姑姑挤进人群，一看歹徒手里的人质是妹妹，顿时吓得心里怦怦直跳，差一点喘不过气来。李圣依看了吓得脸色苍白，凄惨地喊了一声“竹儿啊——”后，差一点儿倒下。

李翠儿赶紧扶着姑姑，安慰说：“娘，您不要担心，竹儿脑子活，她肯定有办法。”然后提心吊胆地、一步一颤地搀着姑姑跟在后面。

杜先林把管明亮交给医生后，听说歹徒劫持了一个八九岁的小姑娘做人质已经出了二殿，正在往一殿的大门口逃，他擦了擦手上的血赶紧跑了过去。 当他分开人群挤到里面定睛一看，歹徒劫持的不是别人而是竹儿时，心差一点蹦了出来。歹徒的刀已划破了竹儿的脖子，鲜血直流。 他不顾一切地拦住了去路，颤抖地说：“哎，这位兄弟，你劫持一个没有价值的老百姓干吗呀？ 兄弟我换她一下，我是警察，只有我才能帮助你逃走。”说着掏出手铐把自己铐了起来，“怎么样？你不用担心了吧？”

此时库尔邦极度惊恐、呼吸困难、猛烈地打着哈欠，流着鼻涕和泪水颤抖地说：“你，你再不滚开，我……我马上就杀了她。”

李圣依见此情况脱口喊道：“儿子你快回来，不要害了你妹妹啊。”

杜先林没有听见母亲的呼喊，他的注意力全部集中到了歹徒和李竹儿身上，他慌忙说：“哎，兄弟，你慢着，我……我这就走。”他赶紧退了回来对李建设说：“这个人好像是毒瘾上来了，得赶快想办法，不然李竹儿就危险了。”

李建设说：“一开始我就觉得这个人有一点儿不正常，哪有正常人在人山人海中这么行凶的？ 搞得不好，他是被人用毒品控制了，你赶紧绕到后边去，注意我的手势。”然后对身边的一位民警说，“你赶紧到景点医务室找一支注射器来，记着里面要吸上水，越快越好。”然后又问周围的游客，“谁身上有白色药片？ 赶快把它磨成粉末给我。”

一位老人赶紧从身上掏出高血压药倒在石头上，一个年轻人抢过药瓶将药片压成了粉末，李建设从烟盒里抽出锡纸包上药粉。 又从民警手里接过注射器，来到歹徒不远处，轻轻地往地上一放说：“这里是海洛因和哌替啶注射剂，你要不要？”

库尔邦盯住地上的东西，摇晃了一下李竹儿的头发，迫不及待地说：“快，赶快拿给我。”

李竹儿被他押着往前走了几步，蹲下身拾起注射器和纸包举过脑后。库尔邦松开她的头发，拿过注射器猛地扎进了右手臂。李建设见刀离开了李竹儿的脖子，赶紧向杜先林打了个手势。说时迟那时快，杜先林如饿虎扑食、猫儿捕鼠一般，猛扑上去抱住了歹徒。就在这一瞬间，库尔邦向后面猛刺两刀，杜先林身上顿时血流如注，随着两个人不停地扭打，地上被鲜血染红了一片。李竹儿得救了，可是她没有跑。她捡起地上的石头就去打凶手，在搏斗中被库尔邦一脚踢到她的腰部，昏倒在地。李建设和几个民警冲上前想把歹徒按倒，可是库尔邦挥舞手中的刀像疯子一样顽固地抵抗着，经过一番激烈的搏斗，众人才将这个凶神恶煞般的歹徒摁倒在地。在搏斗中，李建设和另外几名警察的胳膊上、手上都受了不同程度的刀伤。

杜先林大口地喘着粗气、脸色煞白，等候在一旁的医生赶紧跑上前去，对倒在血泊中的杜先林和昏倒在地的李竹儿实施了紧急抢救……

李圣依甩开翠儿拼命地跑了过去，她哭喊着对医生说：“你们一定要救活他们俩，他们是我的宝贝儿子和女儿呀……你们一定要救活他们两个人呀……”

李竹儿的脖子上只受了一点儿皮外伤，肋骨被歹徒踢断一根，问题不是太大；然而杜先林却因被尖刀刺破肝脏、刺穿大腿动脉血管，失血过多抢救无效而永远地闭上了眼睛。一朵生命之花就这样轻易地凋谢了。

英雄舍己救人的壮举感动了人们，英雄无私无畏的精神震撼着人们，英雄高尚的道德给社会带来了一股清风，这是多么珍贵的义举啊！ 在医院的病房、走廊以及院子里摆满了花篮和花圈，数以千计的人为之流泪。 被绑架的小姑娘叫平萍，是个三年级的学生，她跪在杜先林的遗体前痛哭流涕：“警察叔叔，感谢您的救命之恩，从今天起您就是我的干爸爸。爸，女儿给您磕头了。”

平萍的父母眼含热泪送了一副挽联，上联是：反扒为民情撼天地留寰宇；下联是：警察赤胆甘洒热血献青春。

李圣依悲伤至极、肝肠寸断，她呼天抢地、号啕大哭……她怎么也没想到，刚见面不久，还没来得及相认的儿子就这么离开了人世。 哭着哭着，一口气憋了过去，医生又赶紧对英雄的母亲进行抢救……世上的母亲都是一样的，没有一位母亲不爱自己的孩子，更没有什么比失去孩子更悲痛的事情了。

人生最大的痛苦莫过于失去亲人和朋友，这句话刘玉丹早就有体会了。 然而，白发人送黑发人，更会痛碎亲人的心，让亲人一辈子心痛！ 心碎！ 心悲！ 今天她才目睹了这个场面。

李建设受单位的委托在医院附近租了一套房子，布置了灵堂。 前来祭奠英灵的人们排着长队，他们来到杜先林的遗像前行礼致敬。 花圈从院子里排到了巷道，又从巷道排到了街上。

李竹儿伤心地坐在杜先林的遗像旁，此时她才知道杜先林原来是大姑的亲儿子，养母之所以竭力反对他们恋爱结婚就是出于这个缘由。 面对这样一个好警察、好男人、好哥哥，她悲痛至极，娘儿俩抱在一起又整整哭了一个晚上。 第二天早上，平萍来到杜先林的遗像前磕过头、烧了纸后，转身来到李竹儿的面前突然跪了下来：“干娘，女儿对不起您。”

李竹儿被小姑娘的举动惊得有点儿不知所措，她赶紧拉起平萍抚摸着她的头说：“平萍，就叫我阿姨吧。”

“不，”平萍指着杜先林的遗像带着稚嫩的童音说，“是您和他救了我，他就是我的干爸，您就是我的干娘。”只有八九岁的平萍是把杜先林和李竹儿当成夫妻了呢，还是杜先林和李竹儿把她从歹徒的刀下救了出来才这样称呼他们两个人的呢？

李竹儿鼻子一酸，眼泪扑簌簌地又流了下来。她担心平萍受到惊吓会在心灵深处留下阴影，为了让孩子心理上得到慰藉，她亲了一下她的小脸心疼地说：“孩子，忘了这事儿吧，一切都过去了。好好上学，这是阿姨对你的期望。”

大概是因为李竹儿没有答应收她做干女儿吧，平萍一把抱住李竹儿喊了一声“干娘”，咧开小嘴，泣不成声了。平萍的母亲是中学语文老师，就这么一个女儿。她走上前去搂住李竹儿和女儿哽咽地说：“好妹子，你是一个舍己救人的大好人，有着高尚的品德，平萍非常喜欢你、爱你。你就让孩子认了你这个干娘吧！”

李竹儿抱起平萍，一边给她擦眼泪一边安慰说：“平萍别哭了，干娘认下你这个闺女了。好孩子，乖，别哭了啊。等有时间，干娘带你到北京去看天安门、看故宫、看毛主席纪念堂，好不好？”

平萍乖巧地点了点头嗯了一声，紧紧地搂住了李竹儿的脖子。

祭奠英灵后，平萍又随父母来到了医院，那里有很多人在安慰、慰问英雄的母亲。已经从悲痛中走出来的李圣依，对前来看望她的人说：“谢谢你们，你们说得对，我的儿子是个好警察，我虽然失去了他，但我为有这样的好儿子而感到自豪、感到骄傲。‘人生自古谁无死？留取丹心照汗青’说得不正是这个道理吗？”

平萍挤到李圣依的床前，抓住李圣依的手说：“奶奶，您别再伤心了，到我们家去住吧。我长大了养活您。您是我最敬重的英雄的母亲，是好人，好人就应该得到好报。”

“谢谢你，可爱的小姑娘。”李圣依抚摸着平萍的头，暗暗地鼓励自己：作为英雄的母亲，一定要坚强起来……

话说库尔邦行凶，管明亮被杀，吓坏了其他几个贼头，他们惊恐万分，赶紧离开关林，纷纷回到酒店，然后打点行李四散而逃了。然而有一个人没有离开洛阳，只是换了一个住处，他就是贾百万。贾百万为什么没有逃走呢？原来这个江湖老手不但是个神偷，而且聪明绝顶。在组织这次“天下第一神偷”比赛前，他就盘算好了：一旦发生意外，他什么地方都不去，就留在洛阳，这叫安全的地方不安全，不安全的地方反倒安全，也就是人们常说的“灯下黑”。就这样，他住进了洛阳老城区的一家私人旅社。当天晚上，他叫旅社老板娘炒几个菜，独自在房间里喝起了闷酒。老板娘炒完菜后赔着笑脸笑嘻嘻地问：“喂，先生，我们这里有特殊服务，你如果需要的话，我给你找个来，中不中？”

贫穷思富足，富足思淫欲。腰包鼓鼓的贾百万，一仰脖子喝下一杯酒后说：“你给我找一个漂亮的姑娘来陪我消遣，服务费好说。”不一会儿，来了一个姑娘，她给贾百万斟满一杯酒，娇声娇气地说：“老板，您好帅啊！您的相貌跟我父亲似的，我叫您大叔好吗？”

贾百万摸着她又白又嫩的小手说：“我最喜欢美眉叫我大叔了。来，喝酒。”他端起酒杯和姑娘碰了一下一饮而尽。

这个女孩一点儿也不含糊，她频频举杯，一直陪贾百万喝到深夜。第二天早晨贾百万醒来，发现姑娘不见了，身边的提包也不见了。他赶紧叫来老板娘急切地问：“哎，老板娘，那个女人哪儿去了？”

老板娘没好气地说：“你问我，我问谁去呀？她不是一直陪着你的吗？她欠我的提成钱还没有付呢！如果找不到她，这个钱你一分也不能少。真是的，你还好意思找我呢。”

贾百万一听傻眼了，他的全部家当被那个女孩一扫而空，一夜之间他从富翁一下子变成了一个穷鬼。他瞪着眼指着老板娘骂道：“我看你比孙二娘的店还黑，你要是不把那个婊子交出来，看我怎么收拾你。”

“哎哟，你吓唬谁呀你。告诉你，老娘不是被人吓唬大的，你到派出所告我去呀，去呀。”

一提起派出所，贾百万立马没了脾气，他想：这事如果闹到派出所去，麻烦可就大了。于是他缓和着口气说：“好好好，我不跟你吵了，算我倒霉。你赶紧去给我搞点吃的来。”

吃完早饭，贾百万穿上风衣戴着墨镜来到街上开始“找光阴”。忽然，在他不远处停下一辆高档轿车，车上下来一位头发花白、红光满面的老者。他赶紧走上前一把握住老者的手：“王教授，你什么时候来洛阳的啊……哦哦……不好意思，对不起，我认错人了。”贾百万道歉后赶紧走了，他来到一个僻静处，看了看偷来的金表，取出钱包里的钞票，打车去了丽京门。

在丽京门景区，他偷了两个老外和一个富婆，收获近万元。然后他又来到上清宫，当他正要对一个港商下手的时候，他手指突然感觉一麻，接着是一阵剧烈的疼痛，他一边龇牙咧嘴地揉着手指，一边惊恐地向侧面望去，当他看见一张既陌生又熟悉的脸时，二话没说，慌慌张张地拦了一辆出租车逃走了。

这个霸气十足的江湖汉子为什么害怕一个老妇人呢？ 此事还得从三十年前说起：

那时他二十来岁，已是京津地区的扒窃高手，他的几个师兄，尤其是大师兄和三师兄更是技高一筹。 他们每天到街上、商场、车站等地行窃，无不满载而归，把京津两地搅得鬼怕神愁。 一天晌午，三师兄突然跑回帮会，攥着受伤的手指哭着对师父说：“师父，我这下完了，我再也不能为您老效力了，呜呜呜……”

师父看了看三徒弟食指叹了口气说：“唉，此乃‘高卖’家族的‘二指神功’所为，你不是侵犯他们的利益，就是得罪了他们的族人。”

三徒弟疑惑不解地问：“‘高卖’家族的‘二指神功’不是威震江湖的‘无影手’吗？ 我显然是被武功高强的人暗器所伤，这与‘高卖’家族的‘二指神功’有何关系呢？”

“你们只知其一不知其二，真正的‘二指神功’是‘右进’和‘左出’。 ‘右进’就是右手二指快速将别人钱包转移到自己口袋里，人称‘无影手’；‘左出’就是左手二指弹射出去的铜钱可以削断筷子。 你的手指就是被他的铜钱所伤，不过这个人只用了三成功力，否则……”

三徒弟吓得面如土色：“师父，我的这个手指还能好吗？您知道是谁所为吗？ 早知如此，我就不到他们的地盘去‘找光阴’了。”

师父仔细查看后说：“你的手少则三个月，多则半年就能好，不过没有以前灵活了。 到底是谁伤的你，我也说不清楚。说实话，这种功夫我也没有见过，只是听你师伯说过，他的指头就是被‘高卖’家族的第四代掌门废掉的。”

贾百万插话问：“师父，难道我们就没有办法找他们报仇了吗？”

师父摇了摇头，叹了口气说：“唉，算了吧，‘高卖’家族谁也惹不起。再说，伤你三师兄的人是谁，我们都不知道，找谁报仇去呢？”

年轻气盛的贾百万和大师兄商量后，决心为三师兄出一出这口恶气，两人来到“高卖”家族地盘疯狂行窃。第三天下午，大师兄偷了个钱包正要装进衣袋里，突然被飞来的硬币击中了手指，贾百万看得真切，原来是一个少女所为。他一个箭步蹿到跟前，抓住少女的手指正要把它折断，贾百万的屁股突然被什么东西击中了，一下跪在了少女的面前。少女狠狠地扇了他一个嘴巴，啐了一口唾沫扭头走了。在贾百万的脑海中永远留下了少女的影像，尤其是两眉之间的那颗黑痣。之后，他去医院做了手术，从屁股的肉里取出一枚铜钱。

从那以后，阴影一直笼罩着他的心头，令他心惊肉跳。正所谓一朝被蛇咬十年怕井绳，三十年过去了，就在他逐渐淡忘这件事的时候，今天突然又碰到了这个女人，不免惊出一身冷汗。他边揉着手指头边想：幸好手指头还在，要不然自己以后的日子就没法过了。

那么，这个女人究竟是谁呢？她不是别人，正是李圣依。这天，李圣依精神略有好转，翠儿和竹儿陪着她到洛阳老城去散心。在街上，李圣依忽然发现一个熟悉的身影，为了确定是不是当年的贾百万，便远远地跟在了他的身后，后来又尾随到了丽京门景区。当贾百万连续偷了几个人后，李竹儿再也忍不住了。她对李圣依说：“娘，您到旁边歇会儿，我去把老贼偷的钱财弄回来。”李圣依一把拽住她说：“这个人心狠手辣，你不能去，搞不好会伤着你。”翠儿笑着说：“娘，您放心，我和竹儿一起去，保证叫老贼两手空空，扫兴而回。”李圣依望着两个女儿说：“你们两个傻丫头，不是娘不让你们去，这个人奸淫狡诈、心如毒蝎，当年如果不是你祖父出手，娘的手指就被他折断了。走，随他去吧。”竹儿着急地说：“娘，反扒是我和姐姐的约定，我们决不让那些丧心病狂的扒手在我们眼前为所欲为，我们一定要把他偷的钱物取回来还给失主。”李圣依想了想说：“既然如此，还是我来吧，娘帮你们反一次扒，说好了，就这一次。”这个退出江湖近三十年女人终于出手了，她左手伸进衣袋钳出一枚硬币，不偏不斜正中贾百万的食指……

巅峰对决就是那么简单，“二指神功”李圣依一出手，威震江湖的贾百万就“败走麦城”了。不知是李圣依手下留情，还是年老体弱功力衰退的原因，贾百万逃过了断指的劫难。

再说，库尔邦被擒获后毒瘾大发，他感到背部和四肢疼痛难忍，全身的骨骼肌肉好像被虫咬蚁嚼一般，他不停地撞着墙壁，就像疯了一样。为了使审讯工作正常进行，医生给他注射了杜冷丁。审讯人员待其情绪稳定后，加大了审讯力度，对他展开了强大的法律攻势。在法律的威慑、政策的感召下，讯问有了突破性进展。库尔邦交代：迫使他行凶杀人的幕后指使者叫艾孜麦提·巴图尔，是乌鲁木齐一带小偷组织的帮主。半个多月前他随艾孜麦提来到洛阳参加争夺“天下第一神偷”的比赛，由于内讧，艾孜麦提被废掉了手指头，此人恼羞成怒，一心要报“废指”之仇，便强迫他去杀害参赛的欧晓巧、桂良成和管明亮。他虽然不愿意，但是没有办法，因为艾孜麦提在长期供给他的香烟里放进了毒品，他不得不依赖他，听从他的使唤，就这样他成了杀人凶手。

话又说回来，就在李竹儿被库尔邦的刀架在脖子上、拽住头发一步一挪地向大门口移动的时候，现场有一个四十三四岁干部模样的中年男子，他一会儿拨打手机，一会儿看信息，一会儿又发送信息，一会儿又接听手机，忙得不亦乐乎，对眼前凶犯劫持人质的重大事件毫不关心。刘玉丹看了非常生气，她搗了搗李翠儿：“喂！翠儿。你看看那个熊人，一点儿正义感都没有，不知他在忙活什么‘鸟’东西呢。”

一心只放在妹妹身上的翠儿回头看了一眼，心不在焉地说：“竹儿这么危险，我哪有心思管那些闲事？”

“哎哎哎，我跟你说哦，”刘玉丹迫不及待地说，“这事儿你一定要管，他不舍己救人也就算了，可他一点点同情心都没有，再讲难听一点儿的，这个人一点儿人性都没有，你看他那神秘的样子，肯定是在干什么不可告人的勾当。哎，你把他的手机‘拿’过来给我看看再还给他不行吗？”

就在这个衣冠楚楚的男子忙活完了之后，李翠儿破天荒地将他的手机转移到了自己手里，她打开信息一看，却发现了一个令她心惊肉跳的秘密，接收的信息是：“省长大人您好！感谢您对本公司的关心和支持，二十万元现金昨天晚上已送到您的家里。”回复是：“不是讲好三十万元的吗？你为何言而无信？”收信显示：“请您放心，我正在准备，今天晚上就给您送去。”回复是：“下一个工程还包给你。”再翻看以前的信息：“亲爱的，我怀孕了，赶紧送十万元过来，娜娜今晚等你——你老婆刚才打了我，骂我是狐狸精，你看怎么办？小娟等你回话。”……还有一些不堪入目的信息，令李翠儿和刘玉丹浑身直起鸡皮疙瘩。翠儿关上手机说：“没想到他是这么一个人，哎，丹丹姐，要不要把手机还给他呀？”

刘玉丹拿过手机说：“你赶紧扶着你娘，关心竹儿，我打个电话给一个人问问再说。”不一会儿，刘玉丹回来了，她对李翠儿耳语说：“鲍检察官说，这是一起重大行贿受贿案件的犯罪线索，他抓紧时间过来看看。”

第二天，鲍昶和反贪总局的一位副局长来到了洛阳，他们认真地研究分析了手机里的信息后，认为此案的成案性很大，经请示后立即抽调精兵强将进行了初查。 之后，告破了一起高官特大受贿案……

番　外

在市公安局的会议室里，正在召开针对“牡丹花会节”期间社会治安问题的专门会议，在这个一周一总结的会上，各县区公安局负责人就辖区内的治安状况进行了汇报。会上宣布成立“4·19”凶杀案专案组，由原先成立的牡丹花会“反扒”专案组负责人、市公安局副局长马文亮担任两个专案组的总指挥。

根据库尔邦的口供，“4·19”凶杀案专案组立即到盛唐大酒店对艾孜麦提进行抓捕，然而当他们扑向九楼时那里已空无一人。原来，就在库尔邦关林行凶、绑架人质之时，这一帮窃贼就知道事情闹大了，他们一个个惊慌失措，犹如丧家之犬，急急忙忙地逃走了。“4·19”专案组经过几天几夜的艰苦奋战，终于在喀什市将艾孜麦提·巴图尔缉拿归案。法院最终以故意杀人罪、贩毒罪、盗窃罪和故意伤害罪等，数罪并罚，判处艾孜麦提·巴图尔死刑，剥夺政治权利终身，并处罚金两万元；以故意杀人罪、故意伤害罪等罪判处库尔邦死刑、剥夺政治权利终身，并处罚金一万元。

“反扒”专案组是“牡丹花会”前成立的，在“牡丹花会”期间沉重地打击了窃贼的嚣张气焰，抓了不少盗窃数额较大、巨大的窃贼，等待这些人的将是法律的审判。然而，在抓的众多的小偷里面，大多数人不是因为数额较小就是因为不够法律惩处的年龄，或者没有确凿的定案证据，他们被批评教育或者行政拘留一段时间后就被放了。而这些被放了的小偷有相当一部分人却不思悔改，仍然流窜在各个景点，肆无忌惮地继续危害游客的财产甚至人身安全，特别是那些扒窃技术高超的小偷更是穷凶极恶，如何才能将这些窃贼绳之以法呢？最为关键的就是证据材料，“反扒”专案组为此在这天晚上又召开了一次紧急会议，会上很多人为没有铁的证据而束手无策。协助“反扒”专案组工作的李建设忽然想到了李翠儿和李竹儿，他说：“我认识两个女同志，她们是‘反扒’志愿者，也许她们两个人能为我们做点什么。”

一名在反扒一线工作多年的便衣警察嘿嘿笑了两声：“李支队长，我们这里‘反扒’志愿者多的是，他们根本不能解决我们的这些问题。如果这些人比我们专业的反扒警察还要强的话，我们只有回家带老婆逛公园、哄孩子睡觉去了。嘿嘿嘿……”

又一个同志帮腔说：“我们这些便衣是职业化的，抓小偷如同猫捉老鼠。老百姓称我们是小偷的克星、扒手的天敌。两个女人……嘿嘿嘿……我看就算了吧。”

李建设笑了笑说：“猫是老鼠的天敌不错，但是老鼠的天敌不仅仅是猫，还有鹰，还有蛇，有时候猫儿们没有的办法，而鹰或者蛇就有，甚至游刃有余。比如，洞中的老鼠，猫没有办法解决，而蛇就可以轻松自如地将它捕获。不妨，我们把那姐妹俩请来看一看、问一问，如果没有价值，再叫她们回去也不迟。不过，据我掌握的信息，她们很有可能会给你们带来惊喜。”

马文亮曾经听过李建设的课，看过他的功夫，他对这个身怀绝技的支队长佩服得五体投地，这个威震江南黑道的反扒高手既然能提出这个建议，说明这对孪生姐妹肯定有过人之处。不然这位傲视群雄、屡建战功的一等功臣是不会说出这番话的。于是他当即拍板说：“既然大家没有什么好的办法，我们就请李支队长代表我们反扒专案组，把李翠儿和李竹儿两位女士请到这里来。集思广益、警民合作，我看没有什么不好的。”

没过多长时间，李建设带着两个亭亭玉立、姿色出众的姑娘来到了专案组会议室门口。她们一头靓丽的黑发宛如瀑布，弯弯的蛾眉，一双丽目明媚闪亮，秀挺的琼鼻，粉腮微微泛红，滴水樱桃般的红唇，晶莹如玉的瓜子脸，身材曼妙匀称，清丽绝俗。

面对这样女子，很多人都不相信她们能对专案组有多大的帮助，个别人甚至发出了嘘嘘的声音。治安支队副支队长廖云祥笑着说：“感谢李支队长为我们找来了两个靓丽的模特，欢迎这对姐妹为我们表演一个节目，大家说好不好？”

掌声过后，李建设对李翠儿和李竹儿耳语了几句，然后笑着说：“应廖支队长的要求，两位女士同意走一下‘猫步’，不过你要陪着走才行。”

廖云祥笑呵呵地来到了门口，李翠儿嫣然一笑，挽着他的胳膊围绕会议室走了一圈。一阵欢声笑语过后，马文亮面带悦色地说：“节目表演到此结束，欢迎二位女士入座。”

治安支队副支队长廖云祥说：“两位女士确实了得，不过我们反扒专案组不是干你们这种事儿的，我们是要制伏窃贼的。 制伏窃贼的主要方法是：一是现场将他们擒获，不让他们伤害到自己和周围的群众；二是搜集盗窃证据，将案件移交给检察机关提起公诉。 你们行吗？ 你们有这个本事吗？”

李竹儿听了这话心里很憋气，这分明是瞧不起她们姐妹俩，她拉着李翠儿的手说：“既然廖支队长看不起我们，说我们这也不行那也不行，姐，我们走，让他忙活去，我倒要看看他何时、凭什么将那些贼首送到检察院起诉去。”

李建设哈哈笑道：“你这个竹儿呀，直得真像一根竹子。廖支队长的意思是想让你拿出那几个人的盗窃证据，好立案追捕，把他们缉拿归案，没有别的意思。 不信你问一问马局长。”

马文亮何许人也，他立刻明白了李建设话里有话，便笑哈哈地站了起来：“哈哈哈……两位姑娘不但人长得很漂亮，而且心地也很善良，你们两个人是民间反扒志愿者，为社会治安综合治理做出了很大的贡献。 据说连我们反扒队长没有抓到的小偷也被你们两个人揪了出来，真了不起呀！ 今天我特地请李支队长把你们两个人请来，就是想请你们二位协助我们公安机关侦破一起疑难案件，我想你们一定会全力支持我们工作的。 据库尔邦交代，是艾孜麦提叫他杀人的，其起因是小偷内讧引起的。 我从李建设教官那里得知，你们两个人跟踪这帮窃贼已经有一些日子了，能不能请你们俩为我们提供一点有价值的线索？ 当然喽，如果能提供第一手证据更好。”

李翠儿在这之前就已经听李建设说了，公安机关早就获悉盛唐大酒店里住着一大帮神秘之人，由于没法接近而不知他们在搞什么名堂，自从抓获库尔邦之后，他们才知道这是一个盗窃团伙，现在这些人都逃走了，公安机关急需知道这些人的基本情况，掌握他们的犯罪证据，以便尽快通缉、抓捕他们。

这时，李建设的话又在她耳边响了起来：“你们姐妹俩为了人民的利益自愿反扒，贡献很大。‘以鼠制鼠’的计划，其想法也是很好的，目的和公安机关的任务是一样的，都是为了打击不法分子，使他们受到应有的惩罚。现在这帮歹徒已经潜逃，千万不能让应该受到惩罚的人逍遥法外。”是啊！现在杜先林牺牲了，不能让英雄的血白流，惩处罪犯的时机到了。在强烈的正义感驱使下，李翠儿拿出了争夺“天下第一神偷”的组织名单、行窃计划和他们在扒窃时拍下的照片，对李建设和马文亮说：“我们姐妹俩只知道为老百姓做点好事，对法律知之甚少，这些东西不知道对你们有没有用处？”

专案组的人看了这些材料和照片后异常兴奋，马文亮局长感激地说：“群众是真正的英雄，有了这些证据材料我们就好办了。廖支、杨队你们抓紧时间和刑警支队研究一下，拟订一个抓捕方案报给我，尽快实施抓捕行动，绝不能漏掉一个犯罪分子。”

李竹儿此时心里舒服多了，公安机关对她们的肯定无疑是最大的鼓舞，接着她讲了几个窃贼行窃的经过，为该案提供了证人证言。

夜里 12 点多钟，李圣依见两个女儿一个也没有回来，心里非常担心。她在刘玉丹的带领下来到了“反扒”专案组。

“娘，您怎么来了？”竹儿吃惊地问。

李翠儿停下问话，赶紧跑到门口低声地说：“娘，不是跟您说好了吗？您安心睡觉，我们没事儿。”

大家赶紧给老人让座、倒茶，马文亮很客气地解释说：“大娘，深更半夜的，让您担惊受怕了，您的两个女儿这次可帮了我们大忙了。您坐，喝茶，等李翠儿做完笔录，我亲自开车送你们回去。”

李圣依点了点头说："唉，看见她们俩好好的我就安心了，你们大伙儿忙吧，别管我这老太婆子。"

刘玉丹感慨地说："阿姨在酒店一直惦记着两个女儿，不管我怎么劝，她就是不愿意睡下。你们不知道，翠儿和竹儿是阿姨的命根子啊！"

李建设对马文亮说："您带着大家抓紧时间工作吧，我陪阿姨到隔壁办公室坐会儿去。"然后端上热茶和李竹儿、刘玉丹一起到了隔壁房间。

李圣依看了看面前身着便衣的中年人，问："喂，同志，您该不会也像我闺女一样来给公安局帮忙的吧？"

李竹儿笑着晃了晃她的胳膊说："娘，说什么呢您，人家是上海公安局的李支队长，专门从事反扒工作的，他从开水里夹硬币的速度比我还要快呢！"

李圣依听了心里咯噔一下，心想：上海的，开水里夹硬币？难道他与弟弟李圣高有什么关系？于是试探性地问道："李支队长，你拜过师，学过'二指神功'吗？"

李建设苦笑了一下说："我没有拜过师，但是我学过'二指神功'。"

"这话阿姨就听不懂了。你没拜过师，怎么能学到'二指神功'呢？"李圣依疑惑地看着李建设问。

"阿姨，是这样的……"李建设简要地叙述了他如何被人骗到贼窝，又如何被逼着练习偷窃功夫的那段历史，而后叹了一口气说，"教我功夫的这个人性格怪异，城府很深，很少说及自己的经历和家事，我对他知之甚少，不过这个人的心倒是不算很坏。哦，对了，他在临去世前留给我一样东西，说这个世界上只有两个女人认识它，阿姨，要不要我拿给您看看？"

“快，拿出来给我看看。”李圣依忙不迭地说。

李建设从随身携带的办公提包里拿出一个红色绒布小方盒，递给李圣依。李圣依打开盒子一看，是一枚“玉指环戒指”，不由得鼻子一酸，落下了眼泪，这是她父亲的遗物——冰糯种飘阳绿翡翠玉指环戒指，弟弟结婚时是她亲手给他戴上的。她叹了一口气说：“唉，小李呀，你说的那个高老师叫李圣高，他是我的亲弟弟啊！你知道他是怎么死的吗？他的坟又埋在哪里？”

李建设一开始在列车上见到李竹儿的那张双胞胎照片，心里就有了一种疑惑的感觉，当李竹儿提出和他比试开水里夹硬币的功夫时，他推测这个女孩可能跟高老师有着某种联系，现在他明白了：这对孪生姐妹原来是自己老师的外甥女。他看了看李竹儿，又看了看李圣依，说：“阿姨您……哦，不不不，师姑您好，学生给您老鞠躬了。”

“哎，你是大领导，不要叫我师姑，喊阿姨就行了。你过来，我给你介绍一下……”她牵着竹儿的手对李建设说，“这是你高老师的二女儿，叫李竹儿，隔壁那个谈话的是大女儿，叫李翠儿，她们俩是一对孪生姐妹，是我把她们两个人从小拉扯大的。竹儿，快叫师哥。”

李竹儿调皮地扭了扭脖子，笑眯眯地喊了一声：“师哥您好！”然后乐得发出了一阵清脆悦耳的笑声。

李建设笑着说：“没想到我们从朋友关系一下子变成了师兄妹关系，大千世界真是变幻莫测啊！”然后对李圣依说，“师姑，老师是得了重病去世的，墓在青浦县农村，抽时间我带你们去。”

李圣依点了点头，摸着竹儿的手说：“这下好了，清明节你们姐妹俩也有个烧纸的地方了。”

陪在一旁的刘玉丹忽然想起了什么，她把李建设拽到门外低声地问：“哎，李支队长，杜先林是阿姨的亲儿子您知道吗？”

“啊？”李建设大吃一惊，然后埋怨道，“你怎么不早说啊？害得我到现在还蒙在鼓里。”

“你们这些当官的就会犯官僚主义，我也是临来你们这儿之前跟阿姨聊天才知道的。”刘玉丹委屈地说。

“哦，对不起，我错怪你了。”

李建设道歉后来到会议室门口向马文亮招了招手，待马文亮过来时，他悄声地说：“马局长，隔壁来的那个老人是刚刚牺牲的杜先林的母亲，难怪她老人家对她这两个女儿不放心呢。”

“啊？哎哟，真有点对不起她老人家了。”马文亮惊讶地说，然后对驾驶员招呼道，“郑辉，你把夜宵带一份过来送给屋里的大娘。”

“现在都快夜里一点了，李翠儿的笔录做完了吗？”李建设着急地问。

“刚刚做完，等大娘吃完了，我就送她们回去。”马文亮说后，向斜对面办公室的司机喊道，“郑辉，把车钥匙给我。”

马文亮来到李圣依跟前敬了个礼，然后双手握着她的手说：“大娘，实在对不起，我刚刚才知道杜先林同志是您的儿子，您是英雄的母亲……杜先林同志是一位好警察，他是我们学习的榜样，他永远活在我们的心中。大娘，您要好好保重身体。”然后，他命令反扒专案组的全体干警列队敬礼，把这位英雄的母亲送上了车。

在回去的途中，李圣依关心地问：“马局长，幕后凶手就是你们说的那个艾孜麦提，能抓到他吗？”

“大娘您放心，我们会全力以赴将其捉拿归案的。”

“有你这句话，我就放心了。”

“哎，大娘，我有一件事不知该不该问您？”

“甭客气，您有话只管说。”

“我想请您女儿……”马文亮话说了一半突然停了下来，他原来是想把李圣依的两个女儿留下来担任警校指导老师的，可是又考虑到她的儿子刚刚牺牲，身边没有人照顾，所以话到嘴边又没好说下去，于是改口道，“大娘，等有时间我再和您老人家慢慢地说吧。”

第二天早晨，公安机关兵分六路展开了全面的抓捕行动，经过几天几夜艰苦奋战，除了“左撇子王后”欧晓巧以外，其他所有盗窃分子全部被抓捕归案，在“牡丹花会”上盗窃的赃款赃物也全部追回，合计九十余万元；加上各个贼首赞助“天下第一神偷”的经费款项共计一百六十余万元——这个数字在二十世纪九十年代可谓是个天文数字。

关于欧晓巧的问题，洛阳警方通过上级机关与香港警方取得了联系，由于香港正处于回归祖国前的紧张谈判期，而被搁置了下来。

洛阳“牡丹花会”结束之后，李建设作为客座教官，在警校对学员、反扒便衣警察就怎样发现扒手、抓获扒手、掌握扒窃证据、移送扒窃犯罪分子，以及如何加强自我保护等问题进行了讲授和指导。特别是他与参加培训的便衣警察台上台下互动时，在众目睽睽之下随心所欲地将他们的物品转移到自己的手中而不被察觉，更令那些反扒高手叹为观止。

《觉世名言》中说，小偷是“搅世的魔头，把一个清平世界，弄得鬼怕神愁”，足见小偷的危害之大。有《钗头凤》

一词为证：

春花笑，秋叶老。
百味人生知多少？
乾坤转，把酒欢。
梁上君子，何日绝断？
看、看、看。
鱼儿跳，鸟儿叫。
海阔天空无烦恼。
“老荣”喜，世道乱。
便衣竭力，驱除忧患。
难、难、难。

李翠儿和李竹儿把姑姑送回家以后，又返回了西安。一场真假“玉面鬼手”的较量就此拉开……

刘巧玲在西安与李建设偶然相遇如同初次邂逅，她的出现让李建设惊喜万分，当李建设得知她和欧曼玉有不解之缘时又深感意外……

鲍昶率领“反贪工作组”审讯贼王，并从他偷来的手机里查获一条重要信息，由此又引出一起贼王贿赂高层官员的大案……